MW01713331

CLAUDE MOSSÉ

Né en 1928, Claude Mossé est historien de formation. Il a longtemps été journaliste en France et en Suisse, aussi bien pour la presse écrite que la télévision et la radio. Captivé par la Renaissance, homme d'audiovisuel et de plume maintes fois récompensé, il est l'auteur de plus de quarante ouvrages, parmi lesquels le dyptique *Les Borgia* (2011, HC Éditions) et *Marie l'insoumise* (2012, HC Éditions). Son dernier titre, *Le Temps des silences*, a paru en 2014 aux Presses de la Cité.

LES BORGIA

DU MÊME AUTEUR
CHEZ POCKET

LES BORGIA

LES FAUVES

LA CHAIR ET LE SANG
(à paraître en janvier 2015)

CLAUDE MOSSÉ

En collaboration avec Nicole Pallanchard

LES BORGIA

*

LES FAUVES

ROMAN

HC ÉDITIONS

MIXTE
Papier issu de sources responsables
FSC® C003309
www.fsc.org

Pocket, une marque d'Univers Poche, est un éditeur qui s'engage pour la préservation de son environnement et qui utilise du papier fabriqué à partir de bois provenant de forêts gérées de manière responsable.

Le Code de la propriété intellectuelle n'autorisant, aux termes de l'article L. 122-5, 2° et 3° a, d'une part, que les « copies ou reproductions strictement réservées à l'usage privé du copiste et non destinées à une utilisation collective » et, d'autre part, que les analyses et les courtes citations dans un but d'exemple et d'illustration, « toute représentation ou reproduction intégrale ou partielle faite sans le consentement de l'auteur ou de ses ayants droit ou ayants cause est illicite » (art. L. 122-4).
Cette représentation ou reproduction, par quelque procédé que ce soit, constituerait donc une contrefaçon, sanctionnée par les articles L. 335-2 et suivants du Code de la propriété intellectuelle.

© 2011, HC Éditions, Paris
ISBN : 978-2-266-22373-7

Pour ceux qui souffrent de voir le monde se désintégrer par la faute d'inquisiteurs et de censeurs se prétendant démocrates.

C.M.

Un prince, et surtout un nouveau prince, ne peut se plier aux règles et conventions qui font passer les hommes pour bons, car, pour maintenir son État, il lui faut sans cesse agir contre sa parole, contre la charité, contre l'humanité, contre la religion.

Il doit être prêt à changer de comportement suivant les vents de la Fortune et la variation des choses – en somme ne pas s'écarter du bien s'il peut, mais savoir entrer dans le mal en cas de nécessité.

MACHIAVEL
(Le Prince)

Celui qui écrit n'a pas pour but de se mettre au service de ceux qui font l'Histoire, mais de ceux qui la subissent.

Albert CAMUS
(Discours de Stockholm, 1957)

PREMIÈRE PARTIE

1

Vicente Romero s'était levé à l'aube. Après un long et pénible voyage de quatre journées à dos de mule, depuis Saragosse, sur des chemins poussiéreux, il avait enfin atteint, épuisé, Xàtiva, à moins de dix lieues de Valence. À vingt ans, Vicente s'interrogeait sur son destin. Son attrait pour les études, son ardeur à vivre l'aideraient-ils à réussir son existence ? Aurait-il la volonté de mener jusqu'à son terme le difficile combat dans lequel il souhaitait s'engager ?

Dès son plus jeune âge, sans en avoir l'obligation, il avait pris goût à la théologie. Par la prière, il échappait à la révolte agitant régulièrement son esprit. Le désespoir de la solitude s'emparait souvent de lui sans qu'il n'y pût rien changer. Il aurait désiré une famille, il n'en avait pas.

Il avait vécu enfermé, sans possibilité de sortir, avec d'autres enfants nés de parents inconnus, derrière les hauts murs du couvent de La Bellina, à Saragosse. Ayant atteint l'âge adulte, il s'efforçait, ne se préoccupant que des tâches quotidiennes, de se tenir à l'écart des querelles de la chrétienté. À l'intérieur du monastère, il ne prenait jamais part aux discussions entre partisans d'Avignon et ceux de Rome. Son inclination spontanée pour Benoît XIII, qui avait maintenu l'Église dans Avignon, suscitait l'ire du prieur. Vicente ne se posait qu'une question : avait-on besoin d'un pape pour respecter Dieu ? Un peut-être, mais deux ? Hélas, depuis quatre décennies, Avignonnais et Romains se disputaient la tiare, plus par orgueil que par foi.

Dans sa jeunesse, Vicente avait admiré le cardinal espagnol Pedro Martinez de Luna. Ce quinquagénaire navarrais de belle allure, silhouette d'adolescent, nommé par Clément VII légat en terre d'Espagne, avait séjourné à La Bellina, afin de plaider la cause de l'Avignonnais contre le Romain Urbain VI. Convaincu que le pontife légitime résidait, comme ses prédécesseurs, depuis Clément V en 1309, dans le palais d'Avignon, Vicente souhaitait se rendre en Provence. Non pour soutenir Benoît XIII, mais pour essayer d'y comprendre quels obscurs motifs faisaient hésiter les catholiques entre silence et vacarme.

Toutefois, Vicente l'avait décidé : il renoncerait à se rendre dans Avignon aussi longtemps qu'il ignorerait le nom de sa mère. Déposé, enfant, devant le lourd portail d'une église aragonaise, selon un triste usage pour de nombreux bâtards des royaumes d'Espagne, il avait grandi et étudié dans le couvent de La Bellina ; il n'avait jamais interrogé sur sa naissance les dominicains qui l'avaient recueilli. En savaient-ils plus que lui ? Qui l'avait mis au monde ? Il n'y avait pas pour lui pire déshonneur que de l'ignorer. Il n'envisageait son avenir que dans le calme d'un monastère, propice à l'épanouissement d'une vie intérieure. Il y trouverait dans le silence l'équilibre de l'esprit.

Un soir, alors qu'après la prière il se disposait à s'allonger sur sa litière de paille, il avait découvert, glissé sous la porte de sa cellule, un feuillet sans signature. Avec trois mots en langage catalan : « Ve a Xàtiva ».

Troublé, il n'avait parlé à personne de cet insolite message. Qui, et pour quel motif, lui enjoignait de se rendre à Xàtiva ? Plusieurs moines de La Bellina lui avaient parlé de ce village entouré d'orangeraies, près de Valence, à plus de cent lieues de Saragosse, perché sur un pic dominant la Grande Mer, écrasé par les premières aiguilles rocheuses de la Sierra de las Agujas, propriété d'une puissante famille aragonaise.

Vicente avait lu dans les livres que, après avoir arraché Valence aux Maures, Jaime Ier, vaillant roi d'Aragon, appelé affectueusement Jaime le Fortuné par ses sujets, avait lancé des centaines de guerriers lourdement armés à l'assaut de la place de Xàtiva, protégée par d'épais et longs remparts. Après trois mois de siège et de nombreuses victimes, la robuste forteresse avait enfin été prise et offerte aux plus dévoués seigneurs d'Aragon.

~

Vicente, intrigué par le billet, avait attendu ; à présent, il était résolu : ne croyant pas à une duperie, il irait à Xàtiva. Par une nuit très sombre, il avait franchi le haut mur du couvent, puis, dès l'aube, acquis une mule chez un laboureur et pris le chemin de Valence. N'ayant que peu mangé et bu, afin d'économiser son léger pécule, il errait maintenant dans les ruelles de Xàtiva. Avant d'arriver à la porte majeure, il avait observé avec curiosité plus de cent moulins qui, par de petites rigoles, amenaient de l'eau claire jusque dans la ville. Les travailleurs de la terre, la chevelure souvent rougie par le henné, détournaient leurs regards de lui ; par prudence : ils ne l'avaient jamais aperçu dans le bourg.

La muraille franchie, il avait accroché sa mule à un anneau. Oubliant quelques instants le motif de sa présence à Xàtiva, Vicente contemplait les façades des *solares*. De belles demeures seigneuriales ayant jadis appartenu à de riches Maures. Au croisement de la calle de Ventres et de la calle de Moncada, son regard fut attiré par une large porte cintrée, aux claveaux longs et minces, recouverte d'azulejos à la mode sarrasine. Par un petit grillage, il aperçut un patio fleuri, ombragé par des palmiers entourant un bassin d'eau vive. Du jardin, orné d'oliviers plusieurs fois centenaires, aux troncs noueux, s'échappaient des odeurs mêlées ; pour avoir étudié les plantes dans les livres, il les reconnut aisément : absinthe, thym, guimauve…

Vicente, admiratif, gardait l'œil fixé sur ce ravissant *carmen*, lorsque parut au portail une jeune fille élancée, habillée d'une robe de lin rouge, le regard sombre, la peau claire, une longue tresse brune caressant sa taille. Face à lui, elle blêmit, puis se retourna, apeurée. Elle voulut rentrer dans la maison quand Vicente, s'efforçant de sourire, dominant le vertige qui s'était emparé de lui, s'approcha d'elle.

— Ne soyez pas terrifiée ! Mon nom est Vicente Romero. J'étudie à Saragosse. On m'a assuré qu'ici, à Xàtiva, les seigneurs et leurs gens étaient plus fidèles au pape d'Avignon qu'à celui de Rome. Ne voyez donc en moi qu'un étudiant en théologie curieux d'en apprendre plus sur cette rumeur, afin de fixer son choix !

Ébloui par la beauté de la demoiselle, il la regarda sans se résoudre à lui parler.

La frayeur semblait pourtant passée chez l'aimable personne. Souriante, elle s'adressa à Vicente :

— Je me nomme Catalina… Peut-être le nom de ma famille ne vous est-il pas étranger… Mes aïeux ont longtemps vécu sur les rives de l'Ebre, dans un modeste logis. Au bon roi Jaime nous devons de résider à Xàtiva : après sa victoire sur les Maures, il a fait don de leurs belles demeures à ses vaillants capitaines. Les Infidèles de Valence venaient s'y reposer l'été, la chaleur y était moins éprouvante que dans la plaine. Ce domaine nous a été offert ; le roi Jaime ne doutait pas que les Borja avaient assez de zèle pour bien le gérer ; ils ont toujours eu la réputation d'honnêtes travailleurs, généreux et bons croyants dans la religion romaine. Nous apprécions le privilège de vivre à Xàtiva, les laboureurs sont plus sains et plus gais que partout ailleurs en Espagne. Ai-je satisfait votre curiosité sur les habitants de cette demeure ?

Vicente, d'un mouvement de tête, acquiesça. Ayant vaincu sa timidité, il répliqua :

— Oserais-je vous demander ce qui fait la gloire d'une famille qui, à vous entendre, paraît illustre ? Cela me permettrait, ajouta-t-il dans un souffle, de ne pas vous oublier… Dès votre apparition, j'ai été pris d'un vertige ; je ne parviens pas à le dominer : vous êtes si belle !

Plus par amusement que par fierté, la donzelle répondit en riant :

— Vous arrivez à Xàtiva et, sans plus tarder, voudriez tout connaître. Quel jeune impétueux ! Soyez rassuré, je n'ai rien à cacher : ce castel appartient à mes parents, Juan Domingo de Borja et Francesca Marti. Apprenez aussi, puisque vous étudiez la théologie, que j'ai pour cousin Alonso Borja, évêque de

Valence, qui a reçu la pourpre cardinalice des mains de Benoît XIII. Que cela ne trouble pas votre sommeil, je vous confierai encore que moi, Catalina, je suis promise à mon cousin Joffré de Borja y Oms, fils de Rodrigo Gil de Borja et de Sibilia d'Oms. Hélas, je ne peux rien vous confier de plus. Vous me comprenez, j'espère ? J'ai peut-être déjà trop parlé à un inconnu… si attrayant soit-il.

Vicente avait remarqué une douceur mélancolique dans les dernières paroles de Catalina. Ressentait-elle une sorte de dépit à l'idée de se préparer au mariage ? N'était-ce pas de son âge ?

Vicente ne maîtrisait pas un nouveau et curieux sentiment : une folie amoureuse pouvait donc s'emparer d'un homme pour une femme dont il ignorait l'existence quelques instants plus tôt ? Devait-il en éprouver de la culpabilité ? Il s'y refusait.

Un panier d'osier sous le bras, Catalina disparut dans la calle de Moncada.

Vicente eut l'impression qu'elle s'éloignait à regret.

~

À l'auberge El Toro, devant laquelle s'alignaient une douzaine de chariots chargés d'oranges et de bananes, tirés par des bœufs épais, liés aux anneaux du mur, Vicente obtint une chambre misérablement meublée ; aucun gentilhomme n'en aurait voulu. Pour un prix modique, quatre sols par nuit, on lui servirait aussi une soupe de fèves, des tapas et un gobelet de vin de Valence. Cela lui convenait. Il se satisferait de ce logis proche de la forteresse et de l'ancienne mosquée, devenue l'église San Lorenzo ; il pourrait aisément s'y rendre, afin d'accomplir, matin et soir, les dévotions auxquelles il ne dérogeait jamais. Si on lui avait posé la question de savoir combien de temps il pensait rester à Xàtiva, et dans quel but, il aurait été incapable de répondre.

Entre deux sommeils, légers, il ne pouvait empêcher son esprit de passer de la belle Catalina à la raison de sa présence à Xàtiva. Le billet avait été placé dans sa cellule avec une intention précise. S'il ne s'agissait pas d'une imposture, comment réagir ? Qui l'avait attiré à Xàtiva ? Pour y retrouver la trace de sa mère qui l'avait abandonné sous un porche d'église ? À moins que ce fût seulement pour l'éloigner de Saragosse... Pour quelle obscure raison ?

Quand il descendit souper, personne dans la salle ne s'intéressa à lui. Dans les vapeurs du vin, des buveurs, parfois au bord de l'ivresse, parlaient haut et fort, discutaient âprement. Devait-on moissonner dans les jours à venir ou attendre qu'avec la pluie le froment mûrît un peu plus ? Les gens d'expérience affirmaient qu'il ne fallait pas tarder avant de dépiquer ; cela permettrait de diminuer le volume de blé quand les gardiens de grenier viendraient pour le seigneur Borja réclamer les taxes.

Parmi les éclats de voix, Vicente entendait régulièrement le nom de Borja.

Enfin, le calme revint ; Vicente apprit alors de la bouche d'un bouvier que Juan Domingo de Borja se disposait à obliger de nombreux planteurs d'orangers à le suivre dans Avignon, afin de soutenir le pape assiégé dans le palais édifié par son lointain prédécesseur Jean XXII. Le roi de France, allié de l'Italie, menaçait de massacrer femmes et enfants si le souverain pontife n'abandonnait pas la tiare au profit du pape romain, le seul légitime aux yeux du monarque.

Dans le tumulte, Vicente se garda d'exprimer une

opinion, même s'il affectionnait Benoît XIII. Dans l'effervescence des harangues, difficile de savoir qui défendait qui. Si on protégeait l'Avignonnais, Vicente s'en réjouirait. Prudent, il préféra garder le silence.

De retour dans sa soupente, Vicente, malgré le bruit qui ne cessait pas dans la salle, songea toute la nuit à la jeune beauté avec laquelle il n'avait échangé que quelques mots. La reverrait-il ? Oserait-il enfin lui parler ? Lui accorderait-elle un regard ? Dans l'obscurité, les yeux clos, il revoyait avec tendresse son visage.

D'elle il n'avait appris qu'une chose : son appartenance à la riche famille Borja pour ou contre laquelle les esprits s'échauffaient dans l'auberge. Il s'interrogeait : pourquoi ces puissants seigneurs ne l'aideraient-ils pas à découvrir le secret de sa naissance ? Cela ne lui semblait pas impossible : et s'il s'agissait d'un heureux hasard ? Pourquoi ne pas croire à la providence divine ?

Et si un émissaire de ces Borja était venu discrètement à Saragosse... Avait déposé le message avec la complicité des moines de La Bellina... Dans quel but ? Il s'efforçait de comprendre. Sans trouver de solution acceptable. Dans l'auberge, les tapageurs avaient aussi cité le nom du roi Alphonse d'Aragon ; y avait-il un lien entre le monarque et ces Borja ?

Sa quête débutait étrangement ; Vicente ferait confiance aux astres. Autant qu'à Dieu. Son esprit, il n'y pouvait rien changer, était entièrement occupé par les projets d'alliance de Catalina avec le cousin Joffré, un Borja. Quelle bizarrerie que d'unir deux jeunes gens du même sang ! Cela n'aurait pas dû le concerner, et pourtant il y pensait.

Lorsque l'aube parut, Vicente avait pris une décision : sitôt vêtu, il solliciterait un entretien avec

Juan Domingo Borja. Sans ouvrir la bouche sur les épousailles de sa fille, la merveille à laquelle il ne cessait de songer. Qu'avait-il à espérer ? Rien. Il découvrait les douleurs de la passion subite ; il en tremblait, craignant que ce sentiment l'éloignât du service de Dieu.

2

Catalina n'avait que dix-sept ans. Elle quitterait avec regret Xàtiva pour Barcelone. Aurait-elle la possibilité et l'envie d'y revenir ? Elle aurait aimé partir seule, sans l'escorte imposée par son père. D'où lui venait cette inquiétude ? Probablement du manque d'empressement à rejoindre un mari qu'elle n'avait jamais rencontré. Elle ne ressentait pas non plus le besoin de découvrir une autre terre ; née dans le royaume de Valence, elle y avait toujours vécu. La peste, quand elle effectuait ses premiers pas dans le jardin familial, avait manqué l'entraîner vers les abîmes de la mort ; elle avait survécu. Être la fille d'un Borja semblait la protéger. À la table familiale, on répétait souvent que Dieu portait une attention particulière aux Borja. Pour eux, le Seigneur ouvrait les portes du paradis. Catalina était belle et le savait. Comme beaucoup d'Espagnoles de son rang, castillanes ou aragonaises, elle avait un tempérament fier qui lui permettait d'affronter sans baisser les yeux les outrages qui peuvent accabler les êtres humains. Jamais elle n'aurait songé à bouder les plaisirs partagés avec Alonso Borja, dont à Barcelone elle serait privée. Elle perdrait un confesseur et un amant.

Allongée sur le large lit de sa chambre, d'où elle apercevait la rivière au-delà des remparts de Xàtiva,

Catalina s'interrogeait : serait-elle aimée ? Saurait-elle chérir ce cousin qu'on lui imposait ? Elle avait pris l'habitude de rapporter dans un petit livre tout ce dont elle refusait de s'entretenir avec son père. Sans qu'elle y réfléchît, les mots s'alignaient. Pourquoi, ce soir, ne livrait-elle pas à sa plume les sombres pensées occupant son esprit ? Elle aurait dû, à la veille d'un prestigieux mariage, rêver d'un nouveau bonheur ; elle avait le cœur empli d'un insurmontable chagrin.

Sur son esprit régnait en maître le jeune inconnu avec lequel elle n'avait échangé que quelques mots, en sortant de la demeure pour se rendre à la grande halle emplir son panier de fruits et de légumes : ses parents en faisaient grande consommation. Ils détestaient viandes, gibiers et hachis, préféraient orge, fèves, haricots rôtis, arrosés de safran. Elle avait fait ses achats sans vraiment prendre garde à ce qu'elle avait acquis ; elle avait la tête ailleurs.

La haute stature de Vicente l'avait impressionnée. Dès le premier regard, elle avait été attirée par son élégance naturelle, l'éclat de ses yeux clairs. L'aisance avec laquelle il s'était exprimé l'avait enchantée plus qu'il n'était souhaitable : il était étranger à Xàtiva. Elle ne comprenait pas ce qui avait pu l'attirer dans la ville. Une curiosité incompréhensible et déraisonnable l'avait envahie.

Catalina appuya plus fort la tête sur l'oreiller. Il lui sembla entendre Vicente lui murmurer des mots doux, le sentir caresser sa longue chevelure brune dont il aurait avec aisance démêlé la tresse.

Brusquement la porte s'ouvrit. Son père, dans un pourpoint de chasse en velours noir, surgit, le visage grave. C'était exceptionnel, car dans Xàtiva Juan Domingo Borja avait la réputation d'un homme joyeux. Sans être opulent, il passait l'essentiel de son temps dans les orangeraies, afin d'y surveiller avec soin l'évolution des fruits. Il avait pris l'engagement de rejoindre avec cinq cents hommes, après le mariage de sa fille, l'armée espagnole qui défendait vaillamment le vieux Benoît XIII. La nouvelle s'était vite répandue : ayant fui Avignon, il avait trouvé refuge dans la forteresse de Peníscola où il vivrait tel un prisonnier. Qu'on rende sa liberté au pape ! Le temps n'était plus aux oraisons, mais aux combats.

Juan s'assit sur le bord du lit de Catalina, la préférée de ses trois enfants, deux garçons et une fille, qu'il avait eus de Francesca Marti, épousée vingt ans plus tôt dans la nouvelle cathédrale de Valence. Par affection pour son père, qui assurait aussi son avenir, Catalina avait accepté de s'unir à Joffré. Contrairement à ses espérances. De peur de remontrances, elle avait évité de se plaindre.

Juan lui déclara d'un trait :

— Catalina, je n'ai plus aucune certitude. Pourrons-nous te marier dans la foi catholique ? Je n'en ferai pas le serment. L'Église romaine se meurt. Benoît XIII a passé moins d'une journée à Barcelone, pour enfin s'établir à Peníscola. Un repaire où il n'aura plus la possibilité de mener convenablement les affaires de l'Église. Nous le délivrerons.

Juan reprit son souffle, et poursuivit.

— Je connais Peníscola, près de Tarragone. Sur un rocher, face à la mer, le pape sera à l'abri d'une attaque. Pour l'atteindre, ses ennemis devront traverser une plaine étroite. On y cultive les oranges… moins grasses que les nôtres. D'un côté c'est la mer, de l'autre la sierra. Certes, aucune troupe ne pourra passer, mais de cette forteresse, sur ce pic, Benoît XIII sera sans défense. Aucun religieux ne l'a accompagné. Il ne suffit pas de le plaindre, il faut l'aider. Je vais sans tarder m'y employer. Si ses alliés n'y réussissent pas, l'Église romaine en mourra, ce sera inévitable.

Catalina avait écouté son père. Sans le comprendre. Si l'Église devait disparaître, qu'elle disparaisse ! Plutôt que d'être menée par des prélats qui, du plus modeste au plus puissant, ne songeaient qu'à accroître leurs prébendes et à pourchasser des hérétiques réels ou imaginaires.

Juan demeurait silencieux. De ses grands yeux sombres il regardait sa fille, hésitant à se retirer. Ne lui avait-il pas dit tout ce qu'il avait à dire ? Prenant ses mains dans les siennes, il les serra très fort contre sa poitrine, avec une inhabituelle exaltation, avant de les relâcher.

— Catalina, notre joie de vivre est peut-être trop parfaite… À ton âge, tu as la tête emplie de rêves et d'illusions. Je ne souhaite que ton bonheur et ta réussite. Jamais je ne t'ai chapitrée. Lorsque j'ai appris que tu t'enivrais de caprices pas toujours très convenables, j'ai feint de les ignorer… Aujourd'hui, c'est différent, il te faut renoncer à épouser ton cousin. Je ne te l'ai jamais dissimulé : chez les Borja, la gloire passe avant l'amour. Nous avons soutenu ce qui reste de vie dans le corps malade du pape. Pour récompense de notre fidélité, il a donné le chapeau à ton cousin Alonso évêque de Valence, mais il refuse que tu épouses Joffré. Il y voit une offense à la religion. Il faut accepter ; nous n'avons pas la possibilité de refuser. Comprends-le ! Sois sans crainte, je te trouverai un bon mari… Le jour de tes noces, tu me remercieras.

Juan redoutait des cris d'effroi ; pas un sanglot ne sortit de la gorge de Catalina. Il l'embrassa tendrement et sortit.

3

Juan Borja n'eut pas à quitter Xàtiva, l'obstiné Benoît XIII mourut d'épuisement à quatre-vingt-quatorze ans.

Les religieux de toute la chrétienté maugréèrent, acceptant difficilement qu'il suffît d'un conclave de trois prélats, nommés par le défunt, pour désigner un nouveau pape. Une indignité de l'Église ! Le roi Alphonse V d'Aragon, occupé à guerroyer contre la Castille, ne porta aucun intérêt à cette comédie. Qu'on l'informe de la suite des événements, il n'en demandait pas plus. Dans le gouvernement de l'Église, rien ne l'étonnait.

Son épouse, la reine Marie, ne partageait pas cette détermination à ne rien vouloir entendre des luttes détruisant des siècles de puissance chrétienne en Occident. Respectée des catholiques défenseurs d'un pape unique, résidant à Rome, il lui était impossible d'accepter que Gil Sanchez Muñoz, prévôt du chapitre valentinois, fût, après la mort de Benoît, élu par trois conclavistes pour coiffer la tiare. Elle dépêcha cinq cents hommes pour assaillir et se rendre maîtres sans combattre de la forteresse de Peñiscola, puis ordonna la confiscation de tous les biens de Muñoz, qui avait déjà pris le nom de Clément VIII. Ce qui décida enfin le roi à réagir. Furieux, il interdit toute atteinte à la personne et aux biens de Clément VIII. Outre que celui-ci était espagnol, il le soutenait parce que vivement encouragé par Marguerite de Hijar, sa favorite. Une femme de quinze ans son aînée, issue d'une obscure famille de petite noblesse aragonaise. Elle poursuivait sa liaison avec Alphonse non par amour, mais parce qu'elle espérait la couronne de son fief de Naples. Par tradition, depuis Jeanne la criminelle, qui pour obtenir le pardon du pape Clément VI, après avoir égorgé son époux, avait fait don à l'Église de sa propriété d'Avignon, les femmes pouvaient régner sur ce riche royaume, possession de l'Espagne, convoité par la France et les États pontificaux.

Occupé à préparer son départ, Juan Borja n'avait pas eu la possibilité de recevoir Vicente Romero. Dépité, celui-ci avait quitté Xàtiva pour Valence, avec l'intention de se mettre au service du nouveau cardinal : Alonso, un Borja. Peu lui importait qu'il fût ecclésiastique ou châtelain ; Vicente voulait s'introduire dans cette famille qui l'intriguait de façon inattendue.

Personne ne l'ignorait, le prélat avait pris pour maîtresse sa sœur Isabelle Borja. De cette liaison incestueuse étaient nées deux bâtardes : Juana et Beatriz. Des enfants qu'il n'entendait pas tenir à l'écart de sa vie. Avec elles, il se montrait à Valence en tous lieux où l'on pouvait sans honte oublier les règles de la morale ; le jour ou la nuit, selon son désir du moment.

~

Vicente était tenace. Venu à Xàtiva après avoir découvert le billet glissé intentionnellement sous sa porte, il ne voulait plus s'en éloigner. Par la rumeur des tavernes, il avait appris que Catalina n'épouserait pas son cousin Joffré. Il n'avait pas tardé à le comprendre : s'il n'y avait pas d'épousailles, ce n'était pas parce que les promis étaient du même sang, mais parce que le vieux pape, encore lucide, voyait en Joffré un homme indigne, empli de vices. Un mauvais mari pour une héritière de si honorable famille.

La mort de Benoît avait moins peiné Vicente qu'il aurait pu le croire. Puisque, avant sa fin, Benoît XIII avait offert le chapeau de cardinal à Alonso Borja, pourquoi ne pas en profiter ? La Providence avait mis sur son chemin la belle Catalina Borja ; il ne se tiendrait plus à l'écart de sa famille. Autant par curiosité que pour obtenir une charge. Convaincu qu'il fallait utiliser les gens ayant une position avantageuse, rien ne l'arrêterait. Quelles que fussent les rumeurs entourant les mœurs des Borja.

~

Vicente, la bourse de plus en plus légère, avait trouvé un logis dans une auberge proche du port de Valence. Les catins y étaient aussi nombreuses que les chalands. Sans l'avoir cherché, parce qu'il faut parfois faire confiance au hasard, porteur de bonheur ou de malheur, il y aperçut rapidement, avec surprise et tristesse, le cardinal Alonso Borja, dont il avait entrevu la silhouette lors d'une messe dans la cathédrale, à laquelle il avait assisté par curiosité. Au-delà des obligations de sa mission apostolique, Vicente découvrit chez Alonso des occupations d'une autre nature. Vicente appréciait peu qu'un homme d'Église, même s'il en respectait publiquement les règles, n'eût pas dans sa vie quotidienne un comportement exemplaire. Convaincu qu'il aurait besoin d'Alonso dans un proche avenir, il eut la sagesse de garder le silence sur les visites régulières du prélat chez les catins. Peu soucieux de la réputation du cardinal, il s'intéressait plus à sa destinée qu'à dénoncer un scandale que de nombreux Valentinois ne semblaient pas condamner.

Alonso Borja se plaisait dans la débauche ; Vicente, lui, occupait ses journées à la lecture d'ouvrages religieux. Rêvant autant de cuirasses brillantes que de textes sacrés, il devait sans trop tarder trouver un emploi, afin d'assurer sa subsistance. Il lui fallait savoir : y avait-il un lien entre les Borja de Xàtiva et le billet découvert à Saragosse ? Sans trop d'illusions, il espérait aussi croiser de nouveau la ravissante Catalina.

~

À la fin d'une journée ensoleillée, devant l'auberge, il observait les esclaves, souvent des Maures, se bousculant, se battant pour transporter, des caravelles aux chariots alignés sur le quai, les lourds ballots leur assurant la soupe du soir, lorsqu'il fut interpellé haut et fort. Il reconnut aisément le cardinal Alonso.

— J'espère, monsieur, lança celui-ci en riant, que vous avez d'autres ambitions que de vivre dans cette taverne, avec ces gredins qui se déchirent pour un plat de fèves. Ils mourront plus rapidement que vous. Vous avez l'allure d'un homme de bonne éducation, certainement capable de réussir sa vie. Vous devez être instruit. Je me trompe ?... Non ? Alors, si vous le souhaitez, je peux vous aider. Il me plaît de me montrer indulgent avec qui aurait la tentation de raconter avoir vu ici le cardinal évêque de Valence. C'est une idée étrange, on n'y peut rien changer, que de croire qu'un prélat peut échapper aux désirs de la chair. L'important est d'obtenir le silence sur ces besoins naturels. Vous m'avez compris, j'espère ?

Vicente, heureux de pouvoir parler avec le prélat sans avoir à solliciter une audience, omit volontairement de se présenter. S'il le respectait pour son rang, il le méprisait pour les souillures infligées à la religion qu'il servait.

— Oh, monsieur, la mort ne m'effraie pas. Mourir jeune ou vieux, ici ou ailleurs, peu importe… Il nous faut mourir. Les vertueux comme les médiocres.

— Je m'étonne, reprit Alonso sentencieusement, qu'un gentilhomme puisse tenir pareil langage. Pourquoi vous cacher dans cette auberge à catins ? J'ignore vos raisons, mais vous y attarder est peu flatteur. N'y séjournez pas longtemps ! Dans une maison aussi peu recommandable, les mauvaises maladies se propagent vite.

Vicente sut répondre habilement :

— Assez bon connaisseur du droit et de la théologie, mais sans fortune, je suis venu à Valence avec la volonté de rencontrer le cardinal Alonso Borja… Je crois, à présent, pouvoir vous être utile. Je rêve peut-être, mais que deviendrions-nous si nous ne nous emplissions pas la tête de rêves ?

Regrettant, malgré les propos de Vicente, d'être broyé par la rumeur, Alonso hésita. Devait-il ordonner qu'on réduisît au plus vite l'insolent au silence, qu'on jetât son cadavre dans les eaux malodorantes et emplies de déchets du port ? Ou s'intéresser à lui ? Par jeu, il choisit la deuxième solution. Aussi par goût de l'intrigue.

— Demain soir, au palais épiscopal, je réunis quelques amis. Accepteriez-vous d'être des nôtres ? Chez moi, on boit et on ripaille, sans songer à tirer l'épée. Les dévots ont appris à s'en accommoder, les hommes virils à y montrer leur vigueur.

Vicente ne répondit pas ; son visage exprimait la

joie. Alonso aimait ce genre de défi. Le prélat le plus titré de Valence se plaisait à ce que les gens trop pieux fussent offensés par son goût des réjouissances profanes. Il ne souhaitait pas qu'on le prît pour un saint, préférant converser sur l'amour que sur les servitudes de la religion. Qu'on ne compte pas sur lui pour imposer dans le Valentinois des ceintures de chasteté aux femmes infidèles !

~

La fête nocturne donnée par Alonso fut somptueuse. Dès le soleil disparu derrière la sierra, sous les arbres du jardin chargés de milliers de chandelles, deux cents convives, peut-être davantage, dont de nombreuses jeunes femmes très légèrement vêtues, prirent place autour de tables somptueusement dressées, couvertes de pièces d'orfèvrerie. Des valets maures servirent les mets les plus divers, rares et coûteux, des gibiers enduits d'épices rapportées d'Orient sur les nefs espagnoles. Des paysannes, portant des robes fendues jusqu'à la ceinture, offraient des fruits connus en Espagne depuis peu d'années : tomates et aubergines pillées dans les campagnes turques.

Jusqu'à une heure avancée de la nuit, Vicente s'efforça de dissimuler son étonnement, s'entretenant avec son voisin, un alcade de Valence ayant bataillé contre les Maures pendant la Reconquête.

— Une surprise est annoncée… Un peu de patience, jeune homme ! lui souffla-t-il.

Surprise il y eut. Vicente manqua de s'effondrer, froissant dans ses mains la nappe blanche ornée de mille broderies, quand il aperçut, la poitrine nue, Catalina se hisser sur une table.

Croyant à un cauchemar satanique, il ressentit dans

sa tête, soudain douloureuse, une étrange impression. La vue de cette beauté qui habitait ses nuits le saisit comme un mal étrange. Plusieurs minutes lui furent nécessaires avant de comprendre : si Catalina n'avait pas épousé Joffré, elle acceptait de partager la couche de son cousin le cardinal. Il n'avait plus qu'une envie : s'enfuir. Malgré cette vision horrible pour lui, il demeura.

Que restait-il de la jeune fille qui occupait toutes ses pensées ? Rien. Elle était devenue, apparemment avec allégresse, une débauchée sans pudeur. Il la détestait avec autant de violence qu'il avait cru l'aimer. Indigné, ridicule, humilié par l'exécrable comportement d'une femme à peine entrevue, il ressentait un trouble qu'il n'aurait jamais osé imaginer. Il aurait donné sa tête à la potence pour oublier le désespoir saisissant son corps et son âme. Plus insupportable que sa colère.

~

De retour à l'auberge, il ne put retenir ses sanglots. Outre sa brûlante douleur, un désir de vengeance occupait son esprit. Il parvint à réfléchir à sa situation : pourquoi gémir ? Il devenait urgent d'agir : il ne pouvait demeurer à l'écart d'Alonso Borja, surtout si cela l'aidait à retrouver une mère. Il devait oublier Catalina. Il l'avait crue naïve, il la découvrait catin parmi d'autres catins.

Encore que Vicente n'eût guère d'illusions : Alonso Borja devait sans doute son titre à quelques intrigues sur lesquelles il avait su garder le silence. Le roi Alphonse venait souvent au couvent de Saragosse. À chaque visite, il utilisait le lit de Vicente, sans qu'aucune honte ne le retînt, pour satisfaire des plaisirs qu'il ne tentait pas de dissimuler. Pourquoi la cellule de Vicente plutôt qu'une autre ? Cela aussi demeurait un mystère. Peut-être Alphonse voulait-il montrer quelque affection à un étudiant sans parenté reconnue. Cela pouvait-il expliquer le secret de sa naissance ? Il s'efforcerait de le découvrir. Aussi longtemps qu'il l'ignorerait, il souffrirait. Qui que fussent ses parents, il se jetterait dans leurs bras.

Pour l'heure, il dominait difficilement sa détresse : le roi, un prélat de haut rang… Il découvrait l'une après l'autre les turpitudes sur lesquelles les plus honorés maîtres du monde avaient l'art de garder méticuleusement le silence. Cela l'affligeait ; il aurait été vain et téméraire de se rebeller.

Les sentiments qui l'agitaient étaient si violents que, ne parvenant plus à trouver le sommeil, Vicente demeurait jour et nuit dans sa chambre, les yeux fixés au plafond. Ne mangeant pas, ne buvant que de temps à autre un gobelet d'eau, il devenait de plus en plus faible. Pourquoi s'irriter contre Catalina ou Alonso ? L'impudeur, qu'on prétendait ne plus scandaliser personne en Italie et en France, avait gagné l'Espagne. Vicente en souffrait, quoiqu'il n'y pût rien changer. Il en était tourmenté, mais de quelle autorité disposait-il pour combattre ceux qui profitaient de leur position pour persister dans la débauche ? Il aurait pu en éprouver de la colère, il ne ressentait qu'une profonde tristesse. La prière ne l'apaisait plus.

~

Au hasard d'une conversation dans la salle de l'auberge où, affamé, il s'était enfin résolu à descendre, après plusieurs jours de jeûne, il apprit qu'Alonso Borja avait quitté Valence pour Rome. Avec une petite escorte, sans prévenir quiconque ni dire quel rôle il jouerait en Italie.

À Naples, où il négociait avec les Français la possession de la ville et du trône, le roi Alphonse avait proclamé, devant ses capitaines rassemblés, qu'il renonçait à soutenir le pape espagnol et reconnaissait le nouvel élu, l'Italien Eugène IV, comme chef unique de l'Église. On oublierait Avignon, il siégerait à Rome ; on ne songerait plus aux querelles qui avaient déchiré les ecclésiastiques ardents à se disputer la tiare. Alphonse prit toutefois soin de préciser qu'il ne se soumettait pas au pontife, mais qu'il en devenait le « protecteur ». Il entendait ainsi désigner lui-même les dignitaires qui rendraient au Vatican sa splendeur passée. Après soixante-dix années de troubles et d'exil dans Avignon.

Parmi les appelés : le cardinal Alonso Borja. Afin de ne pas déplaire aux prélats italiens, Borja l'Espagnol deviendrait Borgia, ce qui ne fâcha pas l'ambitieux prélat, plus attaché à sa position qu'à son nom. Quittant Valence, il n'avait qu'un souhait : ne pas s'ennuyer à Rome. Dans ses malles, il avait emporté son goût pour la galanterie. Il n'entendait pas mettre fin à ses plaisirs habituels, abandonner à Valence sa pratique de certains vices. À Rome, il ne resterait pas longtemps seul dans son lit.

4

Dès son arrivée à Rome, le roi d'Aragon, qui logeait dans un palais nouvellement érigé sur l'Aventin, face aux forums antiques, reçut en audience privée Alonso, remis des émotions du voyage. Entre l'Espagne et l'Italie, sa nef, prise dans une terrible tempête, était demeurée deux jours et trois nuits sous la menace d'un naufrage. Le capitaine, un Portugais, avait su l'éviter.

Le roi et le cardinal se regardèrent en silence. Alphonse, le premier, prit la parole.

— Je n'ignore rien, Alonso, de vos turpitudes ni du plaisir que vous prenez avec les femmes, titrées ou catins. Je n'exige pas votre repentir, je connais trop la famille Borja pour ne pas vous demander l'impossible… N'oubliez pas, néanmoins, que si nous sommes tous égaux par la naissance, je demeure votre supérieur par le rang. Si vous portez un chapeau rouge, on a placé sur ma tête une couronne d'émeraudes et de diamants. Je peux donc, sans crainte de vous fâcher, vous affirmer que vous êtes un coquin… J'ai ouï dire ici et là que de toutes vos amantes votre cousine Catalina était votre préférée. C'est cela ?… Malgré vos outrances, je persiste à souhaiter votre présence à Rome. J'ai besoin dans la ville de notables espagnols, fussent-ils des gredins. Maître de l'Aragon, je veux aussi régner sur l'Église.

Le cardinal pâlit. Ne pouvant mentir ni montrer sa rage d'être ainsi humilié, il fit de la tête un geste d'assentiment.

Un ricanement s'échappa, sans qu'il l'eût vraiment voulu, de la gorge du roi qui reprit :

— Je ne saurais souffrir qu'ici, à Rome, vous appeliez auprès de vous votre sœur Isabelle… ou votre cousine Catalina. Vous n'avez pas besoin des femmes de votre famille, même si elles ne sont pas ignorantes des belles lettres, pour gérer avec vous les affaires de l'Église…

Le roi Alphonse s'arrêta net, faisant mine de chercher un mot, afin de semer le trouble chez Alonso. Oubliant un instant Catalina, il poursuivit :

— Je ne retournerai en Espagne qu'avec l'assurance qu'il n'y aura plus de désordres dans Rome. Je veux que cessent définitivement les querelles de l'Église. Pour cela, j'exige, dans la foule du Vatican, la présence de nombreux Espagnols. Plus que les Italiens et les Français, ils se montreront impitoyables avec les huguenots et les hérétiques. Vivre au cœur de l'Église n'interdit pas d'y dresser des bûchers. Qui rompt avec notre foi doit périr par le feu !

Le monarque hésita un moment avant d'ajouter :

— Il faut aussi tenir en respect les Orsini et les Colonna. Trop puissants ! Ces deux familles, qui préfèrent l'épée au crucifix, se disputent depuis des décennies l'autorité sur Rome et les Romains. Refusez donc toute invitation de l'une ou l'autre ! Demeurez le plus souvent dans le palais que j'ai acquis pour vous ! Consacrez votre temps à l'Église en respectant le pape ! Qu'en nul lieu autre que l'Espagne les chrétiens ne lui soient aussi dévoués ! Si vous devez prendre parti, que ce soit pour les Aragonais ! Évitez à l'Aragon et à la Castille, que je songe à réunir, de souffrir des libertés dont vous n'allez pas manquer d'abuser ici ! Vous apportez à Rome le vent d'Espagne. Qu'il ne se transforme pas en tornade ! Ne vous risquez pas à trop de fantaisies ! Vous avez compris ? Je ne vous demande pas de m'approuver, mais de m'obéir. Sans faillir.

Avant de mettre un terme à l'entretien, Alphonse ajouta :

— Si vous souhaitez attirer l'attention sur vous, que ce soit par l'intelligence ! Accueillez à Rome de jeunes érudits ! Je veillerai à leurs ressources… À condition qu'ils ne sollicitent pas d'inutiles faveurs.

Avant de s'incliner devant le roi, Alonso demanda à voix basse :

— Puis-je savoir quelle paroisse me sera dévolue ?

D'un doigt bagué, Alphonse se frappa le front : il avait oublié l'essentiel. Il pâlit un instant. D'un ton vigoureux, il répondit :

— Vous disposerez de la basilique des Quatre-Saints-Couronnés. Vous l'ignoriez ? Cela ne m'étonne pas. Vous retenez plus vite le nom d'une femme que celui d'une église ! Je ne m'y habituerai jamais… Ce sanctuaire doit son nom à d'obscurs martyrs, victimes d'une persécution des Huns venus du Danube, au IVe siècle. Votre palais, j'en conviens, a plus l'allure d'une forteresse que d'une aimable résidence, mais votre rôle est d'observer tout ce qui survient au Vatican et de m'en rendre compte régulièrement. Eugène IV revient à Rome, après avoir maîtrisé les émeutes sanglantes des États pontificaux et vécu neuf années d'exil à Florence, sous la surveillance constante des espions de Laurent de Médicis. Un serviteur zélé de l'Aragon, je le soutiens… mais il est italien ; cela exige qu'on se méfie. Vous y réussirez ; je compte sur vous…

— J'accepte, reprit Alonso. Avec obéissance et respect. Afin de ne pas vous déplaire, je me guérirai de mon attirance pour les femmes… J'en fais la promesse.

Le cardinal se retira. Son séjour à Rome ne s'annonçait pas aisé. Sans femme, il se sentait perdu. Sans vouloir offenser le roi, il ne supporterait pas longtemps les désirs de la chair inassouvis.

~

Marchant sans but précis, l'esprit en désordre, Alonso s'interrogeait. L'église dont il devenait le titulaire s'élevait sur une crête du Caelius, l'une des sept collines de Rome. Un fort érigé par les derniers Césars qui redoutaient un assaut des guerriers gaulois. On y accédait par un chemin très étroit, montant en pente raide jusqu'à un rempart crénelé. Un lieu singulier au-dessus de la ville, entouré de bosquets de buis et de massifs de lauriers.

L'intérieur était plus avenant, on avait une belle vue sur les thermes de Caracalla. Dans une première cour, on avait dressé, plusieurs siècles auparavant, une petite chapelle dédiée à saint Sylvestre qui avait enseigné la religion catholique à l'empereur Constantin d'Orient. Dans une seconde cour, un cloître avait été érigé, bordé de colonnes en marbre blanc aux chapiteaux sculptés de feuilles de nénuphars.

Une demeure simple, calme, aux salles assez petites, où régnait une agréable sérénité. Le cardinal aurait pu y résider paisiblement ; dès les premières heures, il avait éprouvé le sentiment qu'isolé il lui serait difficile, malgré les exhortations d'Alphonse, de surveiller qui entrait, qui sortait du Vatican. Avant de quitter

Rome, le roi l'avait mis en garde contre de méchantes rumeurs, qu'il savait vérités, courant sur sa personne à la Curie. Sa mission n'en serait pas facilitée. Quand cela s'avérerait nécessaire, il s'efforcerait de montrer, comme la plupart des ecclésiastiques, un visage austère.

Un de ses rares amis italiens, le poète Poggio, venu se divertir à Valence, ne l'avait-il pas prévenu ?

— Sache, Alonso, et ne l'oublie jamais, que dans la Curie romaine il y a très rarement place pour le talent ou la vertu. Tout s'y obtient par les intrigues ou la chance. Plus souvent encore par l'or, maître de l'Église.

Poggio, apparemment aussi déçu qu'amer, avait encore ajouté :

— À Rome, la science et le mérite ne servent à rien. Mais ne te décourage pas ! Travaille quelque temps à désapprendre ce que tu sais et à t'instruire des vices que tu ignores ! Ainsi tu te feras apprécier du pape.

Alonso n'avait pas tardé à le découvrir : la vérité sortait de la bouche de Poggio plus que de celle du roi Alphonse. Ce qui l'avait rassuré. Autour de la résidence pontificale d'Eugène IV, il s'aperçut vite qu'il n'y avait que des religieux paillards titubant d'avoir trop bu, reprenant en chœur des refrains lubriques, satisfaits d'avoir oublié leur sacerdoce, accompagnés de jeunes Romaines en quête d'une bonne fortune chez un riche prélat. Tant de catins se mêlaient à la foule qu'il aurait été difficile d'en fixer le nombre avec exactitude. Cela convenait à sa manière de vivre.

La nuit, dans le voisinage du Vatican, les femmes devenaient reines. Ensorceleuses élégantes, elles avaient l'art de séduire des ecclésiastiques qui, dans la journée, œuvraient au service de l'Église. Sans avoir le sentiment de pécher, ils passaient d'apparentes dévotions aux ardents plaisirs de la chair. Leur position leur autorisait tous les excès. Pécheurs, ils sauraient se repentir avant de pénétrer dans le royaume de Dieu. Caresser les femmes ne les empêchait pas de croire au paradis. Ils n'avaient guère la hantise des feux de l'enfer.

Alonso, comme d'autres, avait constaté avec satisfaction que le pape, feignant d'ignorer ces vices, n'y attachait guère d'importance. Alonso Borja respirait : son existence à Rome ne s'annonçait plus désagréable. À la condition de ne pas s'inquiéter d'une rumeur courant de taverne en taverne, sur les berges du Tibre. Dans Rome, en effet, on croisait de nombreux hommes armés napolitains ; après boire, ils clamaient, sans que quiconque criât au scandale, se préparer à un assaut contre Florence. Les Médicis auraient fait alliance avec le vaillant et rugueux condottiere Francesco Sforza, époux de Maria, la fille du très fortuné duc de Milan. Cela déplaisait autant au roi de France qu'aux souverains espagnols. Si la menace d'un nouveau conflit pesait sur les États du pape, la vie à Rome deviendrait difficile.

Allant d'un pas lent entre les colonnades des forums, après avoir effectué trois fois le tour du Colisée, Alonso demeurait indécis : que la paix persiste, il pourrait s'intéresser aux femmes, même s'il ne les regardait que des hanches aux pieds, comme il se plaisait à le répéter à quelques amis espagnols accourus à Rome pour vendre soieries et épices aux nombreux Orientaux y résidant. Que le roi Alphonse quitte l'Espagne pour combattre Sforza, il serait contraint de se montrer vertueux ; cela ne lui convenait guère.

De sa province de Valence, Alonso avait imaginé Rome différente de ce qu'il avait découvert. Pendant l'exil des papes dans Avignon, la ville avait souffert de multiples atteintes à sa réputation de cité des arts et de l'esprit. On s'y aimait, on s'y détestait sans se soucier du bonheur du peuple. Pour les familles nobles, il n'y avait qu'une loi, celle du plus fort à dominer ses adversaires. Les querelles se multipliaient. Dans l'Église, il n'y avait plus d'autorité ; les prélats de haut rang, les autres aussi, se plaisaient à intriguer. Il fallait en finir avec les désordres et rendre à la ville sa grandeur historique. Cela passait par la volonté d'Eugène IV, mais aussi par la fin des luttes opposant depuis deux siècles les Orsini et les Colonna. Pour affirmer son pouvoir, tout était bon dans un camp comme dans l'autre : tromperies, meurtres… La Rome religieuse devait retrouver sa splendeur. Pour cela, il fallait se soustraire aux vices devenus vertus. Le pontife disposait d'une autorité qu'aucun autre souverain n'aurait osé réclamer, mais au Vatican on mêlait volontiers fierté, orgueil et vanité. On y clamait que le bien était un principe… Un principe qu'on s'autorisait à ignorer.

Alonso s'approchait de sa demeure ; une idée lui vint à l'esprit. Il n'avait pas oublié Vicente Romero, assez discret pour s'être abstenu de répéter dans Valence que le cardinal fréquentait régulièrement une maison de catins. Le moment était peut-être venu de faire quelque chose pour lui, même s'il était dans les habitudes des Romains de toujours recevoir sans jamais rien donner. Cet homme, jeune et érudit, l'aiderait à montrer au pape qu'il pouvait accorder sa confiance à un cardinal tellement plus savant que d'autres, excellent connaisseur des lois de la théologie. Sa cousine Catalina ne rechignerait pas à lui transmettre la proposition… si, évidemment, il résidait encore à l'auberge sur le port de Valence. Il attendait avec hâte une réponse à la lettre qu'il lui avait fait parvenir.

5

N'ignorant rien des divertissements préférés de son cousin, Catalina n'aurait pas été étonnée qu'il s'intéressât à un aventurier demeurant dans une des plus sordides maisons de la ville. Qu'un savant y logeât la surprenait davantage. Plus insolite encore : Alonso proposait à cet inconnu d'embarquer aussi rapidement que possible sur un vaisseau en partance pour l'Italie. Catalina avait hésité quelques jours. Puis, par affection pour un cousin dont elle avait été la maîtresse, elle s'était rendue de Xàtiva à Valence, à dos de mule. Alonso désignait le lettré sous le nom de Vicente Romero. Vicente… Vicente… Impossible que ce Vicente fût l'élégant gentilhomme avec lequel elle avait échangé quelques paroles devant le logis familial… Elle gardait de lui un doux souvenir, d'autant plus vif que depuis leur rencontre elle avait souvent pensé à lui ; par curiosité et, sans se l'avouer, par besoin de tendresse sincère. Qu'était-il devenu ? Le cœur en émoi, elle avait sans difficulté trouvé l'auberge désignée par Alonso.

Catalina apprit avec une sincère satisfaction que Vicente Romero n'avait pas quitté les lieux. Sans toucher une des créatures vendant leurs appas aux matelots comme aux plus illustres notables de Valence, affirma l'aubergiste Victor Malemort. Un ancien galérien, avide de raconter à qui voulait l'entendre, avec quelque fierté dans la voix – et parfois aussi un peu de malice, sachant qu'entre Français et Espagnols on préférait les combats aux embrassades –, qu'il avait réussi à fuir son pays, la France, pour servir dans la glorieuse armada de guerre aragonaise, avant d'acquérir cette modeste taverne.

Il accueillit Catalina avec les égards dus à une personne qui, à son apparence, devait être bien née. Il l'invita à s'asseoir et lui servit un gobelet de vin. Elle l'avala d'un trait. D'un mouvement de lèvres très particulier, qui lui permettait de parler sans être entendu des autres buveurs, d'ailleurs indifférents à la présence d'une si jolie donzelle, Malemort murmura :

— Je crois, madame, que la Providence vous protège. Voilà, en effet, une très curieuse affaire… Romero m'a annoncé ce matin qu'avant la fin de la semaine il aurait quitté Valence. Pour quelle destination ? Je l'ignore. Je n'ai jamais compris la raison de sa présence chez moi ; je l'ai nourri sans m'inquiéter… Je ne cherche jamais à connaître les désirs réels de qui loge dans mon auberge. Romero, comme beaucoup d'autres, ne m'a rien révélé de ses projets. Peu parleur, il a du goût pour le silence.

Malemort n'eut pas la possibilité d'ajouter une parole. Descendant d'un pas léger l'escalier de bois, Vicente apparut. Apercevant Catalina, il se crut victime d'une vision. Un acte de sorcellerie ?

Sans y être invité, il prit place à côté de l'aubergiste, à une table proche de la large cheminée où rôtissait un mouton entier. Son regard plongé dans celui de Catalina Borja.

— Madame, lui dit-il d'une voix sans expression, je ne pensais pas que la jolie villageoise de Xàtiva non seulement se plaisait à paraître nue au côté d'un prélat, mais fréquentait – monsieur Malemort pardonnera ma sincérité – une maison où on voit plus de catins que de nobles héritières… Je crains, s'il l'apprenait, que votre père ne vous réprimande sévèrement… À moins qu'il ne vous y encourage. Il est vrai que chez les Borja tout semble permis, le scandale n'effraye personne. La fortune autorise les vices, elle ne les impose pas. J'ai cru comprendre que, dans votre famille, on se sentait plus à l'aise dans un lit qu'agenouillé devant un autel.

Catalina écoutait, son visage ne trahissait aucun sentiment ; elle supportait, sans réagir, les offenses d'un homme qu'elle avait cru ne jamais revoir. Le destin en avait décidé autrement ; un instant d'émotion passé, elle s'appliqua à remplir l'office dont Alonso l'avait chargée. Elle n'avait que faire des fables colportées sur sa conduite. Dans la famille Borja, les réalités de la vie avaient plus d'importance que les rêves. Seule comptait la réussite, dût-elle s'obtenir par l'intrigue ou le meurtre. Si son cousin Alonso réclamait Vicente à Rome, celui-ci devrait y consentir ; elle se croyait assez forte pour le convaincre. Catalina aurait voulu le garder près d'elle, alors que le hasard le plaçait, une fois encore, sur son chemin. Les mots sortirent difficilement de sa gorge desséchée, mais elle parla.

— Monsieur, malgré vos propos désobligeants sur ma famille, je considère comme un honneur et une joie que de vous rencontrer à nouveau. Sachez, toutefois, que ma présence n'a qu'une explication : servir mon cousin le cardinal Alonso Borja. Sur ordre du roi Alphonse, il s'est définitivement installé à Rome. Il y vit, me semble-t-il, très heureux… Félicitez-vous donc que d'Italie il se préoccupe de vous. Il souhaite vous avoir près de lui. J'ignore ses raisons, mais il semble y tenir.

Vicente fit un énorme effort sur lui-même.

— Madame, rien ne m'a échappé de vos liens avec ce prélat ; je ne saisis cependant pas pour quelle raison il me veut à Rome. S'il préfère l'Italie à l'Espagne, les États pontificaux aux royaumes de Castille et d'Aragon, cela relève de son choix ; ce n'est pas le mien. J'aime à décider sans contrainte les entreprises dans lesquelles je m'avance. L'audace, comme la liberté, est un privilège de la jeunesse. Vous me comprenez ?

Catalina fronça le sourcil : Vicente devenait désobligeant.

— Monsieur, dit-elle avec un sourire contraint, soyez sans crainte ! Mon cousin le cardinal n'a nulle envie de vous déplaire. À le rejoindre à Rome, vos désirs seront satisfaits. Je le connais assez pour vous assurer qu'il n'a qu'un souhait : votre réussite. Vous n'avez aucune raison de vous méfier…

Sans reprendre son souffle, elle ajouta :

— Le pape Eugène IV a demandé à Alonso de rassembler au Vatican quelques esprits délicats, riches de leur savoir. Le cardinal doit considérer que vous répondez à cette exigence. Il m'a confié la charge de vous inviter à le rejoindre… Sans tarder. Profitez de la chance, elle ne passe jamais deux fois.

Catalina n'ajouta rien, elle se leva et sortit. Stupéfait, Malemort demeurait muet. Vicente remonta en hâte dans sa chambre.

Devait-il bousculer le destin ? S'attacher à la famille Borja servirait peut-être ses ambitions… Certes, mais il ne trouverait certainement pas à Rome trace de sa filiation… Devait-il abandonner le dessein qui l'avait mené à Xàtiva ? Devenir l'hôte de la cour pontificale ne le laissait pas indifférent. Il hésitait entre soupçon et satisfaction.

Le pape, par la voix du cardinal Borja, l'appelait

à le rejoindre. Après réflexion, il ne refuserait pas et puiserait dans sa bourse le prix de la navigation entre l'Espagne et l'Italie. À Rome, la paix régnait à nouveau, le vice devait y être condamné, la vertu récompensée. La réputation du pape Eugène IV était excellente : avec l'aide des Grecs, n'avait-il pas tenté de réunir les deux Églises, celle de Rome et celle d'Orient ? Pour le plus grand déplaisir des Turcs possédant des terres en Méditerranée. Le pape Eugène avait su les calmer, comme il avait su vaincre les condottieres au service de Sforza, duc de Milan.

~

Malgré son angoisse de voir sa nef aux armes de l'Aragon attaquée par des pirates barbares, Vicente avait atteint par mer calme le port d'Ostie ; avant de remonter le Tibre dans une petite embarcation, à l'aube d'une journée tiède et claire. Comme à Valence, la nature se montrait généreuse : sur chaque rive de la Méditerranée, séparées par un millier de lieues, une identique abondance de palmiers, de lauriers et d'oliviers ; les mêmes murs ocrés des maisons et, il le remarqua vite, de nombreuses églises et chapelles. Cela lui plut.

À Rome, avant de se présenter au cardinal, Vicente trouva sans difficulté, près du Tibre, un logis modeste, au premier étage d'une demeure de bois, propriété d'un marinier. Dans les ruelles romaines, on parlait moins de la disparition brutale et imprévisible d'Eugène IV, qu'on venait de mettre en terre sans faste particulier dans sa ville natale de Venise, que de l'élection de son successeur. La mort d'Eugène ne peina pas trop Vicente, l'important était que le nouveau pape fût pieux et hostile aux vices, à la corruption. Sur le nom, il n'avait pas d'idée précise. Tout se jouerait à la réunion du conclave.

Avant de se présenter à Alonso Borja qu'on avait, au Vatican, surnommé Borgia le Catalan, il voulut respirer un peu de la vie romaine. Une nuit de sommeil l'avait reposé de dix jours de secousses, malgré un bon vent entre Valence et Ostie, sur la planche lui servant de lit à bord de la caravelle.

Souhaitant marcher au hasard des rues d'une ville illustre dont il ignorait encore tout, Vicente descendit jusqu'au Tibre. Sur les berges, les tavernes succédaient aux tavernes. Après avoir traversé l'île Tibérine, il accrocha longuement son regard sur l'austère château Sant'Angelo, sépulture de l'empereur Hadrien, devenu geôle pontificale : selon ce qu'il avait très vite appris, aucun prisonnier n'en sortait jamais vivant ; puis il grimpa l'escalier majestueux et récemment achevé du Capitole. Ce qu'il voulait : prendre son temps pour s'émerveiller sur les restes de l'ancienne Rome, glorieuses pages de l'Histoire. Il en pleura d'émotion. Enfin, elle lui appartenait cette ville découverte dans les livres. Depuis des siècles s'y mêlaient avec intensité, et brutalité parfois, le temporel et le spirituel, le profane et le sacré. Il n'en était plus le spectateur, il en devenait un nouvel acteur.

Étrange impression que d'avoir sous les yeux ce qu'il ne connaissait que par les manuscrits enluminés de la bibliothèque de Saragosse. À l'angle de deux venelles, sur une place couverte depuis des siècles de terre rouge, tout un lointain passé devenait réalité. Un moment, il oublia qu'il devait se mettre au service du cardinal Borgia ; il errait dans Rome, le cœur empli d'allégresse face à tant de beautés. Il n'avait jamais imaginé avoir la possibilité de toucher de ses mains les pierres des nouvelles fontaines, des temples antiques.

Sous le ciel d'azur, Vicente vivait des heures d'enchantement. Ces colonnades et murs souvent enfouis sous des herbes ou une mousse épaisse, il les conserverait longtemps dans sa mémoire. Sans doute jusqu'à son dernier souffle. Ce qui lui paraissait légende en Espagne devenait vérité à Rome. Dans son esprit se mêlaient respect et admiration pour les artistes des temps anciens. Que les discussions se prolongent pour l'élection du nouveau pape, il ne voulait pas y songer. Quel que fût l'élu, il n'y pourrait rien changer. Il ne prétendait pas détenir la vérité sur les étrangetés des affaires vaticanes. Cela ne l'intéressait guère.

6

Alonso n'avait pas encore revêtu son habit de jour quand Vicente se présenta enfin à lui. Après s'être courtoisement informé des conditions de la traversée, le cardinal lui demanda :

— Avez-vous trouvé un logement convenable dans une des rares rues où le matin les hommes d'armes du Vatican ne chargent pas de cadavres dans leurs chariots noirs ? Soyez prudent ! Gardez-vous, à Rome, de défendre avec rigueur les Orsini ou d'avouer vous ranger derrière les Colonna ; cela entraîne souvent la fin brutale de celui qui, sans réserve, a le courage ou l'inconscience de ne pas dissimuler son camp.

Vicente, lui, n'avait d'yeux que pour les livres grecs, habillés de précieuses reliures de cuir, couvrant les parois de la librairie où le prélat le recevait. Il observa, mais se garda d'en dire un mot, que les œuvres libertines y étaient plus nombreuses que les textes religieux.

En pénétrant dans la salle, Vicente avait vu Alonso poser sur une table basse un livre dont il semblait parcourir à la hâte les feuillets. Vicente avait lu, gravé en lettres grasses, le nom de l'auteur : Tommaso Parentucelli. Un personnage dont il ignorait l'existence.

Alonso, immobile, austère, fit l'effort de sourire à

Vicente. Ayant surpris son regard sur le livre, il lui dit en baissant les yeux :

— Vous ne connaissez certainement pas le lettré qui a écrit sur l'histoire du Colisée romain. Il rédige en latin, mais que ce soit en latin ou dans tout autre langage sa pensée demeure difficile à suivre. Nous devrons pourtant nous y habituer : il a été élu, cette nuit, par le conclave pour succéder à Eugène IV. Avec pour nom Nicolas V. Un érudit qui ne connaît rien aux affaires de l'Église… Une chance pour vous : il vous accueillera près de lui plus aisément que si portiez un chapeau rouge de cardinal.

Le propos ne déplut pas à Vicente, intrigué toutefois qu'Alonso Borgia semblât si troublé à l'idée qu'un penseur coiffât la tiare. Un pontife devait-il être sot pour guider les chrétiens sur les chemins du salut ?

— Je savais, quand je vous ai appelé près de moi, que le Saint-Père Eugène, retenu depuis des mois dans sa chambre, ne vivrait plus longtemps. Nicolas aura, plus encore peut-être que son prédécesseur, besoin de votre savoir. Sachez vous attacher à lui ! Grâce à son influence, vous découvrirez le succès. Pour l'affection que je vous porte, je m'en réjouirai.

— Que le Ciel vous entende ! répliqua courtoisement Vicente.

— J'espérais que notre roi Alphonse aurait assez d'autorité pour faire élire un cardinal espagnol, reprit Alonso, un brin d'irritation dans la voix.

Vicente hésita, puis dans un murmure lâcha :

— Vous… peut-être ?

Alonso répondit sur un ton plus sévère qu'il l'aurait voulu :

— Non, Vicente… Vous délirez. Il ne s'agit pas de ma personne. Je peux même vous confier que le roi Alphonse s'est tenu à l'écart du conclave. Certains souverains auraient difficilement accepté qu'un Espagnol intriguât pour l'élection du nouveau pape.

— Je ne comprends pas, avoua Vicente.

— Je ne vous en tiens pas rigueur. On ne peut pas en quelques jours connaître le jeu subtil des intrigues romaines. Aussi longtemps que vous séjournerez ici, vous ne pourrez pas éviter de vous prononcer sur les rivalités des uns et des autres. Pour ne fâcher personne, les dix-sept cardinaux du conclave, où je représentais seul les monarchies espagnoles, ont dans les formes régulières fixé leur choix sur un inconnu : Tommaso Parentucelli l'érudit… Fils d'un astrologue pauvre, mais talentueux, natif d'un village proche de Bologne, il a eu les faveurs des Italiens parce qu'il a donné son enseignement à Florence, dans les familles Strozzi et Albizzi. Je ne suis pas certain que cela facilite nos liens avec les Médicis. Votre avenir personnel est assuré, n'est-ce pas ce qui vous importe plus que tout ? Vous me remercierez un jour de vous avoir invité à Rome. Toutefois, n'oubliez pas qu'entre le gouvernement de l'Église et la vie de chaque jour dans les royaumes chrétiens la navigation humaine est malaisée, les tempêtes sont souvent violentes, les naufrages imprévisibles. La position du nouveau pape sera difficile. Puissent les chrétiens ne pas regretter cette élection !

Vicente, ignorant quelle charge le cardinal Borgia avait décidé de lui confier, écoutait avec attention le prélat, apparemment peiné des malheurs qui frappaient la chrétienté. Des événements intéressants à entendre de la bouche d'un haut dignitaire de l'Église.

Ainsi apprit-il qu'Alonso Borgia avait réussi, du moins le prétendait-il, à déjouer le complot de Stefano Porcaro : par haine d'Eugène IV, celui-ci aurait tenté de le poignarder. Alonso se félicitait aussi d'avoir conseillé au pape défunt d'envoyer une flotte contre le sultan Mehmed II. Vicente se garda de faire remarquer au cardinal que la fin de l'Empire chrétien d'Orient était depuis longtemps prévisible. Chacun le pressentait : après la défaite du roi de Hongrie Ladislas V, à Varna, rien n'empêcherait les Turcs de prendre Constantinople, illustre pour ses richesses, et de la piller sans délai.

Quand Alonso eut achevé d'énoncer les difficultés de l'Église, Vicente eut hâte de savoir quelle tâche il lui confierait, ne cachant pas que s'il n'avait plus besoin de ses services il retournerait sans barguigner en Espagne. Ayant eu le privilège de visiter Rome, il saurait s'en contenter.

— Surtout, n'en faites rien ! s'écria Alonso, incapable de dissimuler plus longtemps ses pensées. Je vous veux à Rome. Vous y demeurerez aussi longtemps que je le souhaiterai. Mais ne m'exaspérez pas trop avec votre morale ! Vos réflexions sont trop souvent désobligeantes. Ne vous y trompez pas ! Le prochain pape, ce sera moi… Oui, moi ! Je vous accorderai, si vous la méritez, la délicate charge de rédiger ma correspondance. Correspondance secrète sur laquelle vous saurez garder le silence… J'ai confiance en vous. Ne me trahissez pas ! s'empressa-t-il d'ajouter. Votre cadavre, comme tant d'autres, serait lié à de grosses pierres et vous entreriez au paradis, ou en enfer, par les eaux boueuses du Tibre. Qui me trompe doit périr !

À cette idée, un large sourire apparut sur le visage triste du cardinal ; Vicente en trembla d'effroi.

— Revenez me voir demain ! lui dit Alonso. Pour l'heure, je dois vous congédier ; j'attends une petite merveille de seize ans, découverte à La Cantina del Popolo. Les plus jolies Romaines s'y rendent régulièrement, les mets y sont un enchantement apprécié de tous les prélats. Je vous y convierai… Peut-être… Si votre dévouement le mérite.

Vicente se retira, les cloches de la ville sonnaient la mi-journée. Comme tout cela était étrange ! Il n'attendait rien de précis de Rome, mais découvrait avec tristesse que l'Église ne vivait que de rivalités et d'intrigues. De religion, Alonso n'avait pas dit un mot durant l'entretien.

~

Jour après jour, rédigeant quelques missives sans grand intérêt à l'intention des ambassadeurs étrangers, Vicente apprit, sans l'avoir jamais rencontré, que le pape Nicolas était plus préoccupé à préserver les intérêts des États pontificaux que de l'avenir des chrétiens des royaumes d'Occident. Il avait même soutenu les Vénitiens quand, afin de préserver le négoce, le doge avait signé un accord avec le sultan Mehmed II qui ne cessait de festoyer, tout à la joie de posséder les trésors de Constantinople. Après Venise, Gênes s'était aussi alliée aux Turcs. La Banque de Saint-Georges, qui gérait les finances de l'Église, n'avait pas meilleur client que le sultan, chef des Infidèles. Les morts des croisades avaient péri inutilement et Nicolas, depuis longtemps malade, ne s'intéressait plus à l'avenir de la chrétienté. Plus on évoquait dans Rome la fin prochaine du pape, plus l'humeur d'Alonso Borgia s'améliorait.

Vicente ne souhaitait plus prolonger son séjour dans une cité où les ecclésiastiques de tous rangs étaient devenus les cibles de la risée populaire. Il avait de la religion une autre idée, et se désolait que des prélats aux mœurs honteuses soient mêlés aux intrigues les plus indignes, que les plus titrés se soucient uniquement d'alourdir leur héritage. De crainte de perdre son idéal, il devait au plus vite quitter Rome.

~

Le pontife s'éteignit enfin. Si Vicente Romero pria de l'aube au crépuscule pour le salut de l'âme du défunt, le cardinal Alonso ne montra aucune tristesse. Indifférent au deuil de l'Église, il s'empressa, par provocation, dans les salles du Vatican, d'annoncer avec délectation à Vicente qu'il se préparait à organiser, dans son palais, une fête à laquelle seraient conviés, outre quelques personnages d'importance, les électeurs du Sacré Collège : vingt religieux qui, pour l'occasion, seraient autorisés à venir accompagnés de leur favorite du moment. Cinq d'entre eux, pour des raisons diverses, seraient absents : deux Français, deux Allemands et un Hongrois.

Pour ces festivités, Vicente avait reçu d'Alonso un ordre précis : éviter de boire, mais se mêler à tous les groupes, afin de lui rapporter qui soutenait les Colonna, qui penchait pour les Orsini ; chacune des deux familles avait un représentant au conclave, ce qui susciterait à n'en pas douter de violents affrontements. Alonso ne dissimulait pas sa joie : le roi Alphonse lui avait écrit qu'il userait de son prestige en Italie pour inviter les conclavistes à voter pour lui.

Dès réception de cette missive, le cardinal avait convoqué Vicente.

— Avant la fête, vous rencontrerez les trois électeurs espagnols, Carvagal, Torquemada et Antonio de La Cerda.

— Que devrai-je leur dire ? insista Vicente, auquel cette tâche ne plaisait guère, mais qui n'osait pas refuser.

Il ne se soustrairait pas à la mission, mais il se félicitait, à la place qui était la sienne, d'avoir jusqu'à ce jour réussi à se tenir à l'écart des turpitudes romaines.

Le cardinal fixa du regard le jeune homme, qui devrait lui obéir sans le juger. Cela allait de soi.

— Étrange question ! Je pensais que vous aviez compris. Pourquoi aurais-je supporté le pontificat de Nicolas, si ce n'était pour attendre mon heure. Mon tour est venu. Enfin ! Je ne priverai pas plus le monde chrétien de ma piété que de mon art de la diplomatie. Et, ajouta-t-il à mi-voix, j'espère encore écrire plus de lettres d'amour que de bulles…

Alonso s'exprimait avec aisance. Vicente, ne voulant commettre aucune imprudence devant un homme qui se moquait d'être accusé de cynisme, répondit :

— Je pense que vous avez les qualités pour gouverner l'Église. Toutefois, et sans vous froisser, le roi Alphonse est-il votre allié ? Selon certains murmures de la ville, le pape à venir serait le Vénitien Pietro Barbo, neveu du défunt Eugène IV, encore que, selon moi, Domenico Capranica, romain et ami des Colonna, donc opposé au cardinal Orsini, ait encore quelque chance. Peut-être ai-je tort. Il vous faudra compter sur la lucidité des conclavistes ; rien de moins évident. Satisfaire tous les partis s'annonce malaisé.

Alonso ne put retenir sa colère.

— Méchante jalousie ! Qui pourrait douter qu'à soixante-dix-sept ans mon cerveau est encore assez ouvert pour que je mène à bien le gouvernement de l'Église ? Voilà ce que je vous ordonne de répéter aux trois Espagnols hésitants : qu'ils votent pour moi ! Je l'exige. Je saurai les récompenser… et les punir s'ils me font défaut. Qu'ils me donnent la tiare, dussent-ils voter dans les latrines de la nouvelle chapelle érigée sur ordre de Nicolas, désormais lieu de réunion des conclavistes.

~

Des trois cardinaux espagnols, Antonio de La Cerda fut le plus difficile à convaincre. Peut-être Vicente ne fit-il pas avec lui les efforts nécessaires.

Le dominicain l'interrogea avec dédain.

— À vous entendre, monsieur, il apparaît que le cardinal Borgia est un de vos amis. Peut-être se voit-il déjà pape… Tel n'est pas notre projet. Nous ne voulons pas d'un pontife licencieux et puant l'ail.

— Oh, le mot ami n'est pas exact, répliqua Vicente. Vous parlez d'Alonso avec beaucoup de sévérité. Oui, je lui dois de séjourner à Rome et de rencontrer régulièrement ceux que vous appelez ici les « humanistes », mais je me satisfais de le servir. Avec les responsabilités qu'il m'accorde. Je rédige sa correspondance sans me préoccuper de porter un jugement. Je ne dispose pas des pouvoirs de Dieu dans le royaume des Cieux, mais je m'efforce de respecter la vertu sans avoir, malheureusement, la possibilité de condamner le vice.

Le dominicain sursauta.

— Pour quelques écus, vous cédez aux exigences d'un prélat qui nous déshonore et qui se croit tout permis. Un homme de Valence qui n'a d'appétit que pour les catins dont il s'entoure devant le peuple ! Qui s'efforce, en vain, de nous faire croire que Rodrigue, venu d'Espagne, est son neveu.

Vicente comprenait la colère de La Cerda : il se félicitait de n'avoir jamais agi contre la morale. Si Vicente avait remarqué une certaine ressemblance entre Alonso et le jeune Rodrigue, trottant toute la journée dans les galeries du palais, il n'avait jamais posé de question, soucieux de ne pas s'aliéner la bienveillance du cardinal. Si le dominicain disait vrai, comment

Alonso Borgia pourrait être élu pape ? Les intrigues ne manquaient pas au Vatican, toutefois les prélats, pères de bâtards, s'efforçaient de ne pas se montrer avec eux : leur présence à leur côté pouvait compromettre définitivement leur destinée. Seul Alonso, par désinvolture ou provocation, se faisait accompagner par Rodrigue. Il était exact qu'il le présentait volontiers comme un neveu. Pour d'honnêtes chrétiens, la morale n'y trouvait pas son compte.

Personne n'osait le lui reprocher. Outre ses aventures galantes, le cardinal, quand il se sentait en danger, maniait aussi facilement l'épée que le poison. De la mort brutale d'un proche, s'il était l'auteur du coup, il se consolait vite. À Rome, nul ne devait l'ignorer : le cardinal Alonso Borgia pouvait tout se permettre, jamais il ne renoncerait aux délices d'un scandale.

7

Vicente attendait sans impatience le résultat du conclave, dans le palais cardinalice d'Alonso Borgia, occupé à la rédaction d'une missive pour l'empereur d'Allemagne, lorsqu'il entendit des vivats et des hurlements de protestation.

Haletant, Di Caprio, qui logeait dans une rue voisine, se précipita sur Vicente, sorti pour comprendre la raison de ces criailleries.

— C'est fait ! C'est fait ! hurla, rouge de fureur, ce franciscain hostile à toute forme de désordre.

Natif de Sienne, il avait la charge de placer chandelles et cierges dans la nouvelle basilique Saint-Pierre, achevée quelques semaines seulement avant la mort de Nicolas V. Des sculptures pieuses manquaient encore à l'intérieur.

Aucun autre mot ne put sortir de sa bouche. Une foule bruyante se pressait, curieuse de découvrir les raisons d'une rage si violente. Vicente réussit à s'approcher du religieux. D'un geste, il parvint même à calmer ceux qui l'entouraient. Les yeux de Benedetto Di Caprio débordaient de fureur.

— Pourquoi cries-tu si fort ? lança Vicente.

Di Caprio le regarda, étonné.

— Si quelqu'un doit savoir la raison de la colère

romaine, c'est toi ! Bientôt l'Italie deviendra une province espagnole !… L'Église est à Rome, c'est à un Italien que revenait la tiare. Le Catalan l'a emporté ! Préparons-nous à vivre sous son joug… mais toi, le lettré de Valence, aie l'audace de lui dire que nous le détestons ! Alonso Borgia ? Un prélat hérétique ! Assez effronté pour se promener dans Rome en tenant ses bâtards par la main ! Nous ne tarderons pas à le faire choir de son trône, à lui arracher la tiare qu'il nous a volée.

Vicente avait compris : Alonso, comme celui-ci l'attendait depuis des années, avait été élu pape. Il avait pris le nom de Calixte III en souvenir de Jean Struma, l'Espagnol qui, en 1159, à Burgos, s'était désigné lui-même pontife Calixte III. Il n'avait jamais régné et, après quelques semaines de ricanements en Aragon, s'était réfugié, dévoré d'amertume, dans un monastère de Galice. Personne ne savait quand ni comment il était mort ; personne ne cherchait à le savoir.

Vicente n'en doutait pas : l'élection d'Alonso avait été facilitée par le prestige d'Alphonse, roi d'Aragon et de Naples. Les Italiens, dépités que ce ne fût pas un des leurs qui occupât le Saint-Siège, criaient leur inquiétude et leur rage. Vicente, qui ne songeait plus à son avenir personnel, pensa qu'ils avaient peut-être tort. Passant de l'état de cardinal à celui de pape, Alonso changerait de comportement. Lassé du vice, il saurait retrouver les véritables valeurs de la foi.

Le franciscain Di Caprio, enfin calmé, voulut haranguer le peuple rassemblé autour de lui.

— Mes frères chrétiens d'Italie, je comprends que l'élection de Borgia vous irrite… Le nouveau pape est natif de Valence… ou de Catalogne, vous pouvez redouter qu'il songe bientôt à transporter la cour pontificale en Espagne… Il n'en sera rien ! Disciples de saint François, nous nous y engageons ! Rome restera dans Rome.

Une longue ovation salua le discours du religieux ; il s'enhardit à poursuivre.

— Oui, vous les Romains, vous pouvez craindre qu'il ne confie les terres de l'Église à des Catalans auxquels il sera difficile de les reprendre… Nous les défendrons. Par la parole et, si nécessaire, par les armes…

Une nouvelle ovation mit un terme à ce discours enflammé. La foule se dispersa. Di Caprio, d'un geste, la retint. Il se tourna vers Vicente.

— Toi, le lettré, le Catalan, je te vois dans l'allégresse. Quelle défense as-tu pour celui qui a su duper nos cardinaux ? Délivre-nous le secret !… Parle ! Nous t'écoutons. Tente, si tu le peux, de calmer notre fureur.

Vicente, s'il découvrait chaque jour les vices d'Alonso, ne voulait pas, face aux Italiens, le charger. Ne lui devait-il pas de vivre à Rome des moments heureux ? Il se refusait à l'accabler.

— Je pense, lança-t-il d'une voix assurée, que vous devez dépasser vos regrets de voir un Espagnol régner sur l'Église. Je connais assez Alonso Borgia pour apprécier sa bonté, sa sagesse, sa droiture et son impartialité.

Vicente ne croyait à aucune des vertus dont il parait Alonso, mais par une journée si éprouvante il ne pouvait que se ranger à son côté.

Dans la foule, une voix s'éleva :

— Tentera-t-il de reconquérir Constantinople ?

Sans attendre la réponse, une autre cria :

— Délivrera-t-il les chrétiens qui languissent dans l'esclavage, pour relever la vraie foi et exterminer en Orient la secte de l'infâme et perfide Mahomet ?

Que répondre ? Tous n'entendirent pas Vicente quand il murmura :

— Tout dépendra des circonstances.

~

À l'intérieur du palais où il avait travaillé pour le cardinal, un palais qu'il devrait sans doute quitter, Vicente s'effondra en pleurs. S'éloignerait-il de Rome ? Le Vatican devenait une forteresse à l'accès toujours plus difficile. Calixte l'appellerait-il près de lui ? Tant de gens allaient proposer leurs services. Bien évidemment, songea Vicente pour se rassurer, si Alonso avait choisi le nom de Calixte, c'était en souvenir de sa province natale plus que pour honorer un pontife oublié depuis tant d'années. Les Maures y avaient laissé des traces, à Xàtiva, à Valence, à Lerida, dans les provinces d'Andalousie où ils tenaient encore le pouvoir. Alonso, sans jamais lui en avoir parlé, souhaitait-il poursuivre l'œuvre grandiose des souverains d'Aragon ? L'union avec la Castille, afin qu'il n'y eût plus qu'un seul royaume d'Espagne ?

À l'intérieur du Vatican, entouré de remparts, protégé par le château Sant'Angelo, quelle place Alonso accorderait-il à Rodrigue et ses frères, des neveux désormais « pontificaux » ?

Vicente se prit la tête entre les mains. Après son séjour romain, ne devait-il pas faire le choix d'un autre chemin ? Quelle que soit sa décision, ne la regretterait-il pas jusqu'à son ultime souffle ? Il ne parvenait pas à se déterminer, cela le désolait.

Alonso, couronné, s'était installé dans les appartements pontificaux, meublés par son prédécesseur Nicolas V. Il lui avait suffi de quelques jours pour éprouver le sentiment d'être prisonnier d'une forteresse d'où il ne pourrait plus s'échapper. Il savourait son élection, il regrettait sa liberté. Ne s'était-il pas montré trop audacieux en se battant pour coiffer la tiare ? S'il devait abandonner les gaietés de la vie, il en souffrirait : il avait toujours aux messes préféré les réjouissances.

Dans la chambre pontificale, il n'y avait, outre un lit de bois, une chaise et une table avec un pot en cristal empli d'eau claire pour la toilette, qu'un petit autel, recouvert d'un fin tissu incrusté de plaques d'or. Au-dessus, fixé au mur, un tableau de Filarete évoquant le concile de Florence et l'espoir déçu de la réunion des Églises grecque et romaine. Eugène IV avait souhaité, sur cette peinture, présenter l'événement à son avantage.

~

Enfin, arriva le jour si longtemps espéré. Avec l'aide des moinillons à son service, Alonso revêtit le grand habit blanc brodé de fils d'or, et s'avança en tête du cortège dans la basilique Saint-Pierre. Devant les prélats et ambassadeurs étrangers présents à Rome, mêlés à la foule des fidèles, le doyen des cardinaux, Prospero Colonna, posa sur sa tête la tiare : un bonnet conique de plumes de paon blanc tressées, ceint de trois cercles d'or. Prospero Colonna prononça ensuite la formule rituelle : « Recevez la tiare ornée des trois couronnes et sachez que vous êtes le père des princes et des rois, le guide du monde, le vicaire sur la terre de Jésus-Christ, notre Sauveur, à qui sont consacrés honneurs et gloire dans les siècles des siècles ! Ainsi soit-il ! »

La cérémonie s'annonçait éprouvante, mais à soixante-dix-sept ans Alonso Borgia voyait enfin s'accomplir la prédiction de l'illustre théologien Vincent Ferrier. S'étant approché de lui, vingt ans plus tôt, à l'issue d'une messe dominicale dans la petite église de Xàtiva, il lui avait déclaré avec autant de solennité que de conviction :

— Mon fils, gardez en mémoire que vous serez, un jour, investi de la plus haute dignité qui soit. Vous deviendrez par votre gloire éternelle l'honneur de votre famille, de votre pays. Efforcez-vous donc de vivre dans la vertu ! Ne fermez pas les yeux sur les misères humaines !

Alonso, prenant ces paroles pour un discours de sorcier, avait beaucoup ri.

Il comprenait, au jour de son intronisation, que la prophétie de Ferrier, pour hasardeuse qu'elle fût, se réalisait. Faisant fi de la morale, il avait pourtant passé plus de temps en gaillardises qu'en prières et recueillements. Il aimait le luxe et le plaisir, fréquentait les bals, les tavernes à boire, les maisons de catins. Si les salles du Vatican n'avaient pas la délicatesse des résidences toscanes, si quelques religieux ne montraient que des visages austères, affectant une grande pudibonderie et une indifférence dédaigneuse pour les fêtes, Alonso, devenu Calixte, aurait-il le courage de changer de vie ? Ceux qui ne l'estimaient pas se taisaient ; il n'en demandait pas davantage. Que les prélats se le disent !

À soixante-dix-sept ans, Calixte Borgia s'autorisait, malade et infirme, à passer tout son temps dans son lit. Seul ou en bonne compagnie. S'il lui plaisait d'y convier une aimable personne, les gens à son service seraient contraints de l'accepter. Pourquoi un vieil homme, fût-il chef de l'Église, renoncerait-il au plaisir de séduire ? Il userait de tous les moyens, éviterait toutes les embûches, imposerait le silence à ses adversaires pour que nul ne protestât si une femme qu'il désirait s'attardait auprès de lui. Que prennent garde ceux qui seraient tentés de le condamner !

~

À l'entrée de Calixte III dans Saint-Pierre, un dominicain enflamma devant lui de l'étoupe, symbole de la grandeur éphémère de la papauté, et lui dit : *« Sic transit gloria mundi »* — Ainsi passe la gloire du monde. Puis, sur l'autel aux colonnes de marbre rose, Calixte célébra la messe, assisté des cardinaux Barbo et Colonna. Le nouveau pape, malgré ses efforts, paraissait plus crispé qu'heureux. On aurait pu imaginer qu'il s'enivrait du plaisir d'avoir été désigné, son visage ne montrait aucune joie.

La cérémonie achevée, un cortège de clercs et d'ecclésiastiques se forma devant l'église jusqu'au centre de la place ; les cloches des églises sonnèrent à toute volée.

Calixte, après avoir retiré la tiare, la confia à un moine espagnol, se hissa sur son cheval, puis, entouré des cardinaux sur des montures blanches, suivis de quatre-vingts évêques en ornements blancs, se rendit sous les cris de joie du peuple à Saint-Jean-de-Latran, pour prendre possession de son siège épiscopal. Toutes les rues étaient décorées d'oriflammes et de fleurs fraîches. Qui était pape devenait aussitôt évêque de Rome.

Dans la foule qui se pressait, gueux et bourgeois mêlés, on entendit des réprobations :

— Voici l'homme qui défie Dieu ! osa l'un.

— Au Vatican, il y a plus d'écus à compter que de prières à réciter ! hurla un autre.

— Avec un Borgia, il y a danger de mort ! brailla un troisième.

Les vivats couvrirent les protestations. Heureusement. Calixte n'aurait pas apprécié qu'on le défiât ainsi.

Sur la place Monte-Giordano, alors que les juifs présentaient, suivant la coutume, les Tables de la Loi, habituellement enfermées dans une armoire d'argent à l'intérieur de la synagogue, le pape fut bousculé. Les juifs, poursuivis, réussirent à fuir avant d'être taillés en pièces dans les ruelles étroites de la Carrière.

Les Orsini ne restèrent pas inactifs. Aux cris de « Pour Orsini !... Pour Orsini ! », trois mille hommes se rassemblèrent sur la place, hallebardes et fourches à la main, prêts à couper des têtes. Le meurtre d'un serviteur de Napoleone Orsini avait provoqué la fureur du peuple. Prévenu par le cardinal Pietro Barbo, le nouveau pontife avait accepté de négocier avec les rebelles à une condition : il rentrerait sans tarder au Vatican, avant d'être victime d'une agression.

Le vieux Calixte n'était plus certain de vivre un rêve. Son orgueil devait admettre l'évidence des difficultés qui l'attendaient. Après avoir tant convoité la tiare, il s'inquiétait. Aux mauvais présages il ne voulait toutefois pas croire.

~

Le couronnement, malgré son éclat, n'avait donc procuré à Calixte aucun plaisir. Il avait espéré le titre, les solennités liées à la fonction lui paraissaient pesantes. Pour y échapper, il n'avait qu'une possibilité : oublier sa promesse de vertu.

Afin de montrer son autorité, le pape décida de rédiger une bulle à l'intention des Romains : ils devraient accepter la présence d'un pape espagnol ! Devant le cardinal Barbo, il s'était engagé à ne pas concéder de dignité majeure à ses parents. Ce n'étaient que des paroles : bien décidé à accorder titres et privilèges à sa famille, il n'avait aucune obligation de les confirmer par ses actes. Qu'on s'agitât autour de lui, il n'en avait que faire. Chef de l'Église, il était convaincu de détenir la Vérité : la sienne. La menace de nouveaux troubles ne l'effrayait pas. Et, surtout, qu'on le sache : il ouvrirait son lit aux femmes de son choix et ne supporterait aucune bravade, aucune plaisanterie, aucun chuchotement sur ses jeux amoureux.

~

Il n'eut pas à attendre longtemps avant de vérifier à quel point on le méprisait. Un soir après vêpres, alors qu'il se rendait par l'intérieur de son palais à Saint-Pierre, un homme, le visage caché par une étoffe de lin gris, se précipita sur lui, bousculant les gardes censés le protéger.

— Monsieur, lui dit l'intrus, négligeant de l'appeler par son titre, je vous promets de faire tout ce qui sera en mon pouvoir pour que votre fin soit misérable. Mauvais ecclésiastique, vous n'avez jamais accompli votre devoir… Si le moment est venu pour vous de triompher, cela ne durera pas… La luxure dans laquelle vous vivez, les catholiques ont le devoir de la combattre.

Le vieux pontife répondit sur le ton du dédain :

— J'avais oublié… C'est moi qui vous ai appelé à Rome… Vous m'avez servi, j'aurais dû vous récompenser… Passé aux Orsini, cela devenait inutile… Ne demeurez pas trop longtemps dans la ville, vous pourriez vous en repentir… Vous m'avez émerveillé par votre savoir, je n'éprouve aucun remords à ne plus y penser.

Le cardinal Domenico Capranica, qui suivait le souverain pontife, tenta de repousser l'importun. Sans y parvenir. Borgia avait reconnu sans difficulté sous son déguisement le fougueux Vicente Romero. Goguenard, ne voulant pas ternir une soirée agréable, il dit à Vicente, que retenaient deux hommes d'armes, hallebardes à la main :

— Je pourrais vous faire enfermer dans les souterrains de Sant'Angelo. N'ayez aucune crainte ! Je ne le ferai pas. Je comprends votre désappointement. Sans rien ignorer de ce que je vous dois, impossible de vous garder parmi mes gens : vous fréquentez trop les Orsini… Impossible ! répéta-t-il, tentant de se convaincre lui-même de la sincérité de ses paroles.

Son visage devint grave lorsqu'il ajouta :

— Que ceux auxquels je déplairais, qui auraient la folie de s'opposer à moi, sachent qu'il y a au Vatican assez de poison pour les décourager. Dans les galeries sombres, les traîtres périssent sans cérémonial. Un pape reste jusqu'à son dernier souffle le maître des chrétiens. Qu'on l'aime ou qu'on le haïsse importe peu. Consolez-vous en vous montrant moins ridicule et plus soumis !

~

Le cardinal Domenico Capranica, présent dans les appartements pontificaux, alors qu'Alonso préparait le cérémonial du couronnement, avait aperçu Vicente Romero. Celui-ci, sans y être invité, avait surgi, droit, fier.

— Plus jamais je ne pourrai vous tenir en estime, avait-il hurlé. Les Borgia ont un tempérament que je condamne. Les catins n'ont pas leur place au Vatican. Non satisfait de faire la fortune de vos neveux Rodrigue et Pedro Luis, peut-être vos bâtards, vous cachez Francesco. Une folie ! Les bons chrétiens ne tarderont pas à vous la faire payer.

Alonso n'avait pas dissimulé sa surprise. Comment Vicente avait-il appris que Francesco, qui se faisait appeler Francesco Pigniotti, obscur chanoine mineur de Saint-Pierre, était aussi de son sang ?

Ayant repris son souffle, Vicente avait ajouté :

— Francesco, né de vos ignobles et incestueuses amours avec votre cousine Catalina ! Ignorante, elle, de ses devoirs de chrétienne… Par votre faute !

Vicente avait sorti de sa poche un feuillet, il l'avait brandi à la figure d'Alonso.

— Lisez ceci, monsieur ! s'était-il écrié. Votre cousine elle-même me charge de prendre soin de son enfant. Le seul que, par honte ou par crainte, vous abandonnez dans une basse condition. Je vous ai donné tout ce que je pouvais vous offrir. Je n'attends aucune récompense, mais je vous le promets : la terre entière connaîtra l'ignominie du pape Borgia.

Sans rien ajouter, Vicente s'était élancé hors de la chambre. Au cardinal, qui ne savait que dire, Calixte avait déclaré :

— Malgré ses efforts pour m'échapper, je le tiendrai bientôt. Rien ne calmera ma volonté de vengeance. Je n'ai besoin ni d'amour ni de respect, j'entends qu'on m'accepte tel que je vis. Qu'on m'approuve, qu'on me désapprouve, cela m'importe peu.

Après cet incident, Calixte avait poursuivi la préparation du cérémonial.

~

Que Vicente, le visage dissimulé sous un tissu, avec deux minces ouvertures pour les yeux, osât une nouvelle fois affronter Calixte, ne surprenait donc pas le cardinal Capranica. Comme d'autres prélats de tous rangs, il avait accueilli sans enthousiasme l'élection d'Alonso Borgia. Désigné avec l'appui d'un Colonna. La plupart des familles romaines le savaient singulier, capable de tous les vices et de toutes les machinations. C'était peu rassurant.

Vicente, et sans doute d'autres avec lui, ne profiterait pas longtemps de l'impunité. Nombreux étaient ceux qui murmuraient qu'au vin qu'il offrait à ses visiteurs, Alonso avait toujours eu l'art de mêler du poison. Devenu pape, il ne changerait rien à ses habitudes. Il avait trop fréquenté les sorcières empoisonneuses, nombreuses à Rome, pourquoi les abandonner ? Calixte, nul ne l'ignorait, n'avait jamais craint le scandale. Qui l'accusait pouvait finir dans le Tibre ; qui voulait conserver la vie devait demeurer bouche cousue.

8

Certes, Calixte régnait sur l'Église, mais il se savait impopulaire et redoutait de tomber sous les coups de ses adversaires, nombreux à Rome. Pour se préserver, il avait besoin du soutien de ses proches.

Lors d'un souper, il avait convoqué Rodrigue et Pedro Luis. Malgré leur jeunesse, il leur déclara, sans rougir du mensonge, détenir l'estime des Italiens : les Borgia, pour le reste des temps, n'abandonneraient plus l'Église. Il y avait assez d'hommes de guerre dans les États pontificaux pour soumettre les princes d'Italie, peut-être même ajouter à la tiare la couronne de France ; qu'ils ne négligent pas cette opportunité ! Ils avaient son approbation.

Avec Rodrigue et Pedro Luis, il partagea victuailles et pichets de vin. À en perdre la raison. Il s'amusa beaucoup, oubliant qu'il se trouvait à l'intérieur du Vatican. Calixte participa, joyeux, à ce qui ressemblait plus à un festin gaillard qu'à une réunion de famille, moquant les religieux, s'offusquant que certains se plaisent à regarder les fesses des filles, accablant les honnêtes ecclésiastiques de plaisanteries que n'auraient pas osé les gens du peuple. Pressentant que Rodrigue et Pedro Luis souhaitaient achever la nuit dans une des tavernes du Tibre, où toutes les aventures galantes étaient possibles, le pape, d'un ton aussi solennel que l'abus de vin le lui permettait, leur dit :

— Je vous ai réunis afin d'assurer votre avenir. Ne soyez pas surpris ! Faites-moi confiance ! Je sais ce que vous attendez de moi. Je ne vous décevrai pas.

Rodrigue et Pedro Luis échangèrent des regards complices.

— Toi, Rodrigue, le plus agité, je te désigne notaire apostolique. Une charge importante. N'échoue pas !

Rodrigue fit grise mine : la fonction n'enrichissait guère celui qui la remplissait. Amusé, Calixte s'empressa d'ajouter :

— Ne t'effraie pas ! Tu auras aussi la doyenneté de l'église Santa Maria, dans notre chère ville de Xàtiva, avec toutes les taxes que tu pourras y prélever… Cela te paraît insuffisant ? Sache que tu recevras encore les revenus de toutes les cures du diocèse de Valence. Tu pourras banqueter sans souci. Ici, à Rome, sans qu'il te soit nécessaire de résider en Espagne. Une visite chaque année à Valence suffira, les petites gens n'en demandent pas davantage.

Rodrigue, satisfait, baisa la main baguée du pape. Avec un brin d'anxiété, à l'extrémité de la table, Pedro Luis attendait, impatient de connaître la décision de Calixte. Celui-ci sourit, le regarda fixement dans les yeux.

— De toute notre famille, tu es sans aucun doute le moins attaché aux plaisirs de la vie. Tu aimes le travail, je t'en félicite. Je ne comprends pas qu'on puisse préférer l'étude à la galanterie, mais puisque pour toi il en est ainsi je te donne le gouvernement de Bologne, la cité la plus importante de nos États pontificaux. Fais preuve de sage autorité ! N'accepte aucune rumeur, et que chacun de tes visiteurs, quel que soit son titre, apprenne à plier le genou devant toi comme ils le plient à la messe. Cela imposera ton autorité. Ne montre qu'à tes maîtresses l'exaltation de ceux qui ont le privilège de porter le nom de Borgia !

Rodrigue avait montré sa joie, Pedro Luis ne dissimula pas son amertume.

— Je devrais vous remercier, je n'en ferai rien, répondit-il. Ne serait-il pas juste, nous reconnaissant comme chers, que vous nous proclamiez cardinaux ? Quel texte du droit canon enseigne qu'il soit nécessaire d'attendre la vieillesse pour recevoir le chapeau ?...

Le vieux Calixte demeura impassible, feignant de n'avoir rien entendu. Alors que ses fils se disposaient à quitter la salle, il leur lança, autoritaire :

— Aux prélats qui ne manqueront pas de vous interroger, répondez que malgré la peste qui rôde, malgré mes jambes lourdes, je n'ai pas l'intention de mourir ! Leur rêve est insensé ! Pour moi, la vie garde tout son sens, je saurai encore le prouver... Vous avez le devoir de le répéter à tous, en tous lieux. Avec force et sincérité !

— Nous comprenons, nous comprenons, marmonnèrent les fils, contraints de se soumettre, avec plus d'amertume que de respect, aux exigences paternelles.

— Toi, Rodrigue, demeure !

Inutile de s'opposer à la volonté de Calixte. Rodrigue attendit que le pape eût fini de vider sa vessie dans un coin de la salle, comme il avait l'habitude de le faire depuis qu'il souffrait d'une peu reluisante maladie, fruit de ses anciennes débauches. Aucun médecin n'avait pu le soigner. Rodrigue était accoutumé à le voir ainsi montrer sans pudeur ses parties naturelles quand une envie soudaine le prenait.

— Tu vas aussi devoir quitter Rome... Pour Bologne. Tu y resteras deux années, puis tu reviendras ici.

Rodrigue, irrité par le sourire narquois de Calixte, répliqua :

— Satisfait ou non, je ne peux qu'obéir. Tout pape que vous soyez, votre famille n'est que poussière. Ne refusez pas l'évidence !

— Ne te fâche pas, Rodrigue ! Dans la famille Borgia, tu es celui qui a le plus de savoir. Peut-être un jour seras-tu assis à ma place… Tu devras t'y résoudre ; aucun homme ne dispose du pouvoir de détourner le cours de l'Histoire… N'en sois ni terrifié ni émerveillé !

— Et si je meurs avant vous ?…

En prononçant ces paroles, Rodrigue savait que s'il ne renonçait pas à séduire l'une après l'autre les femmes de la haute noblesse romaine il courait le risque d'être discrètement poignardé ou empoisonné par un mari jaloux de l'avoir vu en compagnie de son épouse. Être un proche du pape ne le mettait pas à l'abri. Qui se sentait vraiment protégé ? Qui aurait l'autorité pour mettre un terme aux meurtres organisés par les riches familles romaines, avides de s'entre-tuer pour assurer leur domination ?

— Sois sans souci ! reprit Calixte, rassurant. Je n'ignore rien de tes égarements. Je ne les condamne pas, mais loin de moi quelque temps tu comprendras combien tu m'es cher. À l'université de Bologne, au côté de Pedro Luis, tu étudieras la théologie, obtiendras quelques connaissances des arts et des sciences, utiles à qui veut réussir sa vie. Le philosophe Gaspar, de Verona, t'accompagnera. Le jour où tu prendras le grade de docteur en droit – je veillerai à ce que tu le reçoives plus rapidement que les autres étudiants –, je t'accorderai le chapeau de cardinal ; tu ne pourras douter de mon affection. Ton frère Pedro Luis ne te jalousera pas, je le proclamerai cardinal dans le même temps que toi. De sept ans ton aîné, je le nommerai aussi capitaine général de l'Église. N'y vois aucune préférence, Pedro Luis est plus doué que toi pour les armes : il sait combattre avec sérénité, tuer en silence. Quand il plante son épée dans le corps d'un ennemi, il ne se retourne jamais pour s'assurer qu'il est mort. Pourquoi notre famille s'excuserait-elle d'un crime ? Tuer un adversaire réel ou supposé demeure un excellent exercice.

Si ces promotions familiales réjouissaient Rodrigue, elles l'inquiétaient aussi. Ses mâchoires se crispèrent.

— Ne craignez-vous pas que les faveurs accordées à vos proches vous déconsidèrent auprès des princes de la chrétienté ?

Calixte ne put se retenir de rire.

— Ne te soucie pas de cela ! Je vais proclamer des cardinaux dans d'autres pays d'Europe. Ne crains rien !

— Qui avez-vous choisi ? s'enquit Rodrigue, dubitatif.

Calixte avait vraiment tout prévu.

— Piccolomini, qui a représenté l'Église chez les princes allemands… Juan de Mella, l'évêque de Zamora, parce qu'il est espagnol… Rinaldo de Piscielli, l'archevêque de Naples, parce que Naples nous appartiendra bientôt ; Alphonse en fera don à nos États afin d'éviter que les Français ne s'en emparent… Richard de Longueuil, l'évêque de Coutances, parce que j'ai besoin des troupes du roi de France… Jean de Castiglione, l'évêque de Pavie, parce qu'il est italien et que pour éviter de nouveaux troubles il faut un Italien… Tous, pour ces raisons, seront promus par le même décret que ton frère et toi. Vous recevrez assez de bénéfices pour tenir votre rang. Il n'y a là rien de compromettant. Cela ne suscitera aucun embarras chez quiconque. Personne ne se permettra de grogner contre vous.

Rodrigue, s'il acceptait avec plaisir, craignait que la décision d'accorder des privilèges importants aux siens ne provoquât les protestations de puissants ecclésiastiques. Parmi eux, le cardinal Domenico Capranica, ancien grand pénitencier de Nicolas V. En tous lieux, il clamait sa haine des Borgia. Rodrigue, par sagesse, s'en ouvrit à Calixte. Pour toute réponse, il s'attira un cri de fureur du vieux pontife :

— Pour moi, l'opposition d'un haut dignitaire de l'Église ne compte pas. S'il persiste à nous détester, je l'éloignerai de Rome… Cela me soulagera. Je suis plus habile que lui… Je sais quel coup lui porter. Il ne s'en remettra pas. Je n'ai nul besoin de lui.

Rodrigue n'insista pas ; il se leva. Calixte le retint.

— Penses-tu, Rodrigue, que l'affaire du sarcophage puisse intéresser les Romains et les tenir en paix pour un moment ? Réponds-moi avec sincérité ! Quelle que soit ton opinion, je la respecterai.

Redoutant un nouvel affront, Rodrigue sourit. Tout Rome, y compris devant les étals des pêcheurs du Tibre, ne parlait que de la récente découverte d'un très lourd sarcophage de marbre, dans l'église Sainte-Pétronille, jouxtant la basilique Saint-Pierre ; les maçons s'y activaient. Ils avaient sorti deux cercueils de cyprès en excellent état de conservation ; l'un pour un adulte, l'autre pour un enfant. Six hommes, unissant leurs forces, avaient peiné à les porter. Extraits de leurs linceuls brochés d'or, les deux corps s'étaient vite transformés en poussière. Des plaques d'argent couvraient les cercueils. Quel grand prince avait pu recevoir pour l'autre vie une si somptueuse sépulture ? Chacun donnait son avis. Comme à l'accoutumée, les Orsini et les Colonna s'opposaient. Chaque famille, affirmant la précieuse relique être celle d'un de ses aïeux, en réclamait la restitution.

Calixte, indécis, interrogea Rodrigue. Celui-ci, pas plus que d'autres Romains, n'avait d'idée précise ; ce qui ne l'empêcha pas de répondre avec autorité :

— Aucun doute n'est possible… Il ne peut s'agir que de la sépulture de l'empereur Constantin et de son fils.

L'idée plut à Calixte. Rallié à la suggestion de Rodrigue, il l'affirmerait publiquement. Cela lui permettrait de mener à bien son projet.

— Nous assurerons qu'il s'agit de la tombe de Constantin et de son enfant, mais afin d'éviter toute dispute à propos de ce trésor je vais, sans tarder, donner l'ordre d'envoyer à la fonte l'or et l'argent des cercueils.

Le pape n'eut pas besoin d'ajouter quoi que ce fût. L'or et l'argent fondus seraient vendus plus d'un millier de ducats. Une fortune qui, s'ajoutant aux biens déjà importants de la famille Borgia, ne manquerait pas de ranimer la colère des Italiens. Alphonse d'Aragon, avec lequel les relations étaient devenues mauvaises depuis que Calixte se plaisait à louer le roi de France, n'apprécierait guère ce geste impie. À la Curie, l'opposition gronderait. Ce cercueil, même ancien, donnerait aux adversaires des Borgia une nouvelle occasion de se venger. Rodrigue voyait là une maladresse, il ne pouvait l'empêcher.

Éprouvé par tout ce qu'il avait entendu et appris durant ces longues heures en compagnie du pape, Rodrigue remit à plus tard l'envie de l'entretenir des rumeurs de l'Église. Dans les galeries pontificales, on assurait que le roi de France, afin de déplaire aux Anglais et de se réconcilier définitivement avec les États pontificaux, souhaitait la révision du procès de Jeanne, la pucelle de Lorraine, sacrifiée en 1431 sur le bûcher de Rouen. Selon le peuple, elle n'était ni aigre ni méchante, mais, conseillée par Dieu, avait voulu renvoyer les Anglais dans leur île.

L'évêque de Coutances Richard de Longueuil aurait reçu la mission de présenter une requête au pape. S'il avait effectué réellement cette demande, Calixte n'en avait soufflé mot à quiconque. Rodrigue, dans l'espoir d'accroître son prestige, avait affirmé à d'autres religieux qu'il s'occuperait personnellement de cette affaire. Haï par les dominicains, qui jugeaient désastreuse la présence à Rome de trop d'Espagnols libertins, il voyait là une occasion de ternir l'image des hommes en noir qui ne supportaient pas qu'on pût paraître au Vatican avec les plus belles Romaines et s'intéresser aux affaires de l'Église… Les plus téméraires ajoutaient que Rodrigue ne songeait qu'à accroître son bien.

Rodrigue ne pouvait rien contre sa nature. Comme Calixte, il aimait l'amour autant que ses charges. Pourquoi considérer les délices de la chair comme un péché honteux ? Puisqu'il devait étudier à Bologne, il entendait, pour ses plaisirs, y réussir aussi aisément qu'à Rome. Il quitterait la ville sainte sans avoir le visage inondé de larmes, décidé à délaisser les leçons de l'université, à prendre le temps de s'amuser. Rien ne l'empêcherait d'attirer d'aimables personnes dans son lit. Que son frère Pedro Luis ne s'avise pas de le réprimander, il ne le supporterait pas ! Jamais il ne s'engagerait dans la voie de l'austérité, il avait besoin de volupté. La famille Borgia ne manquait pas de fortune, qu'on ne compte pas sur lui pour se lancer dans la nouvelle croisade que le pape s'efforçait, sans conviction, de prêcher. Calixte l'ignorait : Rodrigue, de moins en moins soumis à Dieu, avait entrepris près des forums la construction d'un palais ; dès son retour, dans les appartements qu'il voulait somptueux, on festoierait ; toutes les pratiques de l'amour seraient autorisées. Pour y parvenir, il avait besoin d'être admiré ; obtenir la révision du procès de la jeune Française pouvait l'y aider. Il avait l'espoir et la volonté de réussir.

9

Vicente Romero, sans en informer quiconque, avait discrètement quitté Rome. Après avoir hésité à rejoindre les Médicis à Florence ou Charles VII à Paris, il avait fixé son choix sur le royaume, plus puissant que la République toscane. Il éprouvait, en effet, de l'attirance pour le jeune Louis qui effectuait en Dauphiné son apprentissage de roi. Pour la première fois de sa vie, Vicente voulait oublier qu'il était espagnol, né dans un pays régulièrement en guerre contre la France.

Vicente, las des turpitudes romaines, souhaitait servir un prince qui exerçât son autorité dans le respect des règles auxquelles il était très attaché. N'ayant obtenu aucune faveur, aucune charge ni du pape Calixte ni d'Alphonse d'Aragon, pourquoi ne pas tenter sa chance auprès d'un seigneur bienveillant, assurant ne pas considérer les femmes de la Cour comme des catins ? La Valence dauphinoise évoquait, de surcroît, pour lui la Valence espagnole. Il avait envie d'enflammer son existence plutôt que de l'éteindre.

À Rome, on suivait avec inquiétude la situation dans les royaumes chrétiens. Louis menait habilement les affaires du Dauphiné. Quand il succéderait à son père, sous le nom de Louis XI, il ne se lancerait certainement pas dans un nouveau conflit en Italie, comme le souhaitait Charles VII, désireux que, de Milan à Naples, États et principautés lui appartinssent.

En Dauphiné, Louis avait, sans l'autorisation du pape Calixte, eu le courage de supprimer leurs privilèges aux puissants évêques de la province, et avait exigé des nobles un serment de fidélité. Des décisions qui avaient séduit Vicente. Nul n'ignorait que Louis passait plus de temps en compagnie des laboureurs qu'à la chasse, et qu'il avait fondé l'université de Valence sur le Rhône. Sans trop y penser, Vicente avait le secret espoir d'y obtenir une charge d'enseignant.

Vicente s'approchait de Chambéry, quand il apprit qu'on festoyait à Grenoble pour le mariage de Louis, deux fois veuf malgré sa jeunesse, avec Charlotte de Savoie. Il n'avait pas le cœur à danser, et devrait se montrer patient s'il voulait être reçu par le Dauphin. Sans raison sérieuse, il regrettait ce mariage dont pourtant il ignorait tout. Mariage d'amour ?… de convenance ?… en vue d'une guerre ? Avec les grands de ce temps, tout était possible.

~

Vicente n'avait qu'une idée : obtenir du roi de France qu'il prît Rome, imposant qu'on y respectât la religion. Il se sentait assez de ténacité pour le convaincre. Vicente se voulait juste, tolérant. Profondément imprégné de sa foi, il ne supportait plus les débordements du pape et des prélats de son entourage. Le Dauphin Louis pouvait l'aider ; il voulait, malgré ses angoisses, s'en persuader.

Vicente se refusait néanmoins à croire qu'il y eût autant de ténèbres au royaume de France que dans les États pontificaux : mauvais traitements, devoir d'obéissance, humilité, esclavage, taxes toujours plus élevées… Sur les chemins, au pas de sa mule, Vicente n'entendait que plaintes, ne voyait que résignation. Cela le préoccupait. Chaque jour, la paix de l'esprit semblait s'éloigner. Tant de misères l'effrayaient, le troublaient.

Installé avec ce qui lui restait d'écus – de moins en moins – dans une auberge du lac d'Aiguebelette, à deux lieues de Chambéry, il apprit que le mariage de Charlotte, âgée de onze ans, semait la consternation chez les Savoyards, obligés de constituer une dot de cent mille écus ; elle pèserait sur les impécunieux plus que sur les riches ; elle écraserait les laboureurs miséreux plus que les seigneurs fortunés.

~

Un soir, enfermé dans sa peine et ses regrets, Vicente décida sans déplaisir de rentrer en Italie, de gagner Florence. Les Médicis se montreraient, à n'en pas douter, plus intéressés que le roi de France par les affaires de Rome. Cela le réconforta.

Il s'en ouvrit, dans l'auberge, à un inconnu s'étant présenté sous le nom de Guillaume de Rechignac. L'un et l'autre, leurs bottes posées, se chauffaient devant la cheminée de la grande salle. Vicente ne put taire les inquiétudes le taraudant.

— Par Dieu qui a créé le monde, la mer et les poissons, par saint Georges qui nous voit lui aussi, comprenez-vous, monsieur ! Pourquoi le roi Charles VII oublie-t-il Rome ? Pour notre foi, il y a péril et urgence. Les chrétiens, désespérés, pleurent de ne plus pouvoir respecter et admirer le pape. Ils agonisent sous les traits des Borgia. Personne ne s'intéresse à eux. Il semble même qu'en France on se félicite de voir au Vatican plus de décolletés féminins que de bures.

Guillaume de Rechignac répondit par un grognement.

— Péril… Péril… Il n'y a pas péril quand un pape, fût-il de mauvaises mœurs, entend rendre son honneur à une fille de France, victime des Bourguignons, des Anglais et des dominicains avides de sang innocent !

— Je vous parle sans acrimonie, répliqua Vicente. Je comprends que Borgia veuille sauver son âme en condamnant une ignominie ! Cela justifie-t-il que le Vatican devienne un lieu de débauches quotidiennes ? Il n'y a rien de plus dommageable pour l'Église que de flatter le vice. Cela ne prépare pas à la vie éternelle.

— Toi, si tu tiens à la vie, passe ton chemin !… Dès l'aube ! hurla Guillaume, agressif.

Terrifié, Vicente ne comprit pas pourquoi un homme à l'allure affable le menaçait avec tant de hargne. Saisi par l'angoisse, son cœur se mit à battre plus fort qu'à l'accoutumée. Refusant de s'abaisser, ne voulant pas que l'autre le prît pour un couard, il parvint à dire :

— Qu'y a-t-il de honteux à souhaiter que l'Église se réveille ? Pourquoi une telle rage ?

— Apprenez, monsieur, puisque vous insistez, que vous parlez à un gentilhomme qui n'a guère envie de s'intéresser aux débauches du pape quand il doit, lui-même, demeurer dans l'état de cocu. Naguère, comme d'autres, j'aimais rire et prendre du bon temps. Les histoires gaillardes ne me déplaisaient pas, j'y voyais une occasion de me décongestionner le cervelet. Depuis que Louis est en Dauphiné et change de femme comme de chemise, Marguerite, mon épouse, est devenue reine de ses nuits. Quand on souffre, on a souvent des accents de colère. Pardonnez-moi ! Comprenez ma situation ! J'y vois une mauvaise conjonction des astres et je ne compte pas sur l'Église pour en modifier le cours…

Une sorte de râle accompagna ces mots.

Vicente ne s'expliquait pas l'ardeur du mari bafoué à défendre Calixte. Il osa le questionner.

— Votre condition est, en effet, peu enviable. Sans vous offenser, je saisis mal le lien entre votre rancœur et votre soutien au Borgia, pape des ténèbres. Lui n'hésite pas, malgré son âge, à inviter dans son lit les plus belles jeunesses romaines. Il ouvre plus volontiers sa porte aux catins qu'au Seigneur Jésus. Qui peut accepter sans se rebeller d'être témoin silencieux d'une telle honte ?

Guillaume, les pieds face aux braises brûlantes, se cala au fond de son faudesteuil. Apaisé, après avoir avalé deux gobelets de vin de Savoie, il consentit à s'expliquer.

— Votre honnêteté me touche. Ne soyez pas étonné si je vous confesse avoir pour père l'archevêque de Rouen, un familier du roi Charles VII. Un monarque qui a encore l'esprit vif. Voulant réparer l'offense qui m'a été faite, il souhaite, usant de ses prérogatives royales, que je me rende à Rome, afin d'y obtenir la révision du procès de Jeanne qu'on assure avoir été brûlée pucelle. Libérer l'âme de la plus admirée des filles de France contraindrait le Dauphin à me louer et sans doute à regretter de m'avoir arraché une femme que je croyais être le seul à regarder nue. Peut-être me la rendrait-il… Je saurais lui accorder mon pardon. Les traîtrises des puissants sont de celles qu'il convient par sagesse d'oublier. J'irai voir le pape dès qu'il voudra me recevoir.

Vicente doutait que le pape fût aussi favorable à Jeanne que Guillaume l'affirmait ; il n'en dit rien, prêt à se retirer dans sa chambre. C'est alors que Guillaume se leva.

— Quelle ardeur, quel zèle à vouloir purifier l'Église ! Arrivez-vous de Rome ? Calixte ne manque pas de partisans. Ses aventures galantes ne méritent pas qu'on le désavoue avec tant de sévérité. Voyez ce qui m'arrive. À la cour de France, on n'a pas plus d'égards pour la morale qu'à Rome. Avec les femmes de toutes conditions, les courtisans peuvent se plaire dans la débauche sans que le roi ne songe à le leur reprocher. Ne vous dressez pas contre cela ! Ne soyez pas navré !

« Notre temps ignore les jeux innocents. Chacun est libre de vivre comme il lui plaît. Un fils de putain a autant de pouvoir que le prieur d'une abbaye...

À entendre Guillaume, Vicente eut une révélation : de cet entretien un peu vif il tirerait avantage.

— En effet... J'ai quitté Rome, les Italiens n'y ont plus leur place. Il n'y a de considérations que pour les Catalans. Ils ont envahi la ville, et pour obtenir une faveur ils ne reculent pas devant l'ignominie, voire le meurtre.

Guillaume ne put s'empêcher de sursauter.

— Peut-être manquez-vous d'indulgence...

— En effet... En effet... Je devrais m'enorgueillir d'être né en Espagne, je le ressens comme une honte. Comment en finir avec ces turpitudes ? Hélas, je l'ignore. Jamais, depuis qu'Alonso Borja a été élu, il n'y a eu dans Rome autant de rixes et de meurtres. Des guerres, car il s'agit bien de cela, opposent régulièrement les Colonna et les Orsini. Les ententes se font et se défont sans que le pape cherche à apaiser les conflits. Le voudrait-il, il n'y parviendrait pas. Son ambition personnelle s'ajoute à celle de ces clans rivaux. La peste qui rôde ne facilite pas la vie : le mal sévit avec une telle violence que tous ceux qui peuvent fuir Rome abandonnent demeures et familles. Ils craignent de passer sans raison de vie à trépas.

— C'est pour cela que...

Guillaume n'acheva pas.

— L'éloignement ne sera jamais un exil. Je m'établis en France avec la volonté de servir le roi Charles. Le pouvoir a besoin de gloire, mais il n'y a pas de gloire sans vertu. J'ai envie d'aider une monarchie qui préfère la grandeur au vice. S'il faut combattre, je combattrai…

Le tavernier mouchait les chandelles, la salle se vidait. Dehors, on n'entendait que le hennissement des chevaux dans les écuries.

Guillaume dans sa chambre, Vicente dans la sienne, réfléchissaient. Ni l'un ni l'autre n'avaient l'envie de dormir. Dans l'esprit du Français, dans celui de l'Espagnol – sans doute auraient-ils été surpris de l'apprendre –, un même nom avait surgi : les Médicis. Pour Guillaume, ils devaient s'allier avec le roi de France, afin de plaider la cause de Jeanne ; pour Vicente, il n'y avait pas meilleurs adversaires aux Borgia que les banquiers de Florence. D'une alliance entre le trône de France et la fortune des Médicis pourrait naître une période de paix. Les Borgia, coupables de tant de crimes, n'auraient qu'une chance de se sauver : fuir Rome.

~

Le lendemain, sans qu'ils se fussent revus, Vicente sur une mule, Guillaume sur une robuste et fière monture, ignorant les épousailles de Louis, chevauchaient sur le chemin de Florence.

Guillaume à Turin, Vicente dans le Val d'Aoste, apprirent la fin de Charles VII de France. Le Dauphin devenait le roi Louis XI. Qu'en pensait-on à Rome ? Le fils se vautrerait-il, comme le père, dans la débauche ?

~

Les Turcs s'en réjouissaient, les Français le regrettaient : rien ne permettait d'envisager un changement. Doués d'un tempérament ardent, fiers de leur autorité en Toscane, les Médicis s'étaient brouillés avec la papauté pour une affaire de succession à Sienne. Eugène IV, après un séjour de neuf ans à Florence, où il n'avait eu que peu d'échanges avec Laurent, avait rejoint le Vatican, affligé d'avoir échoué dans ses tentatives de réconciliation entre les Églises d'Orient et d'Occident… Les Toscans en étaient venus à détester les Romains, lesquels méprisaient les Florentins. Aussi négociant en marchandises précieuses que banquier, Cosme de Médicis, soucieux d'accroître la fortune familiale, commerçait toujours avec Rome ; il vendait aux plus riches familles de la ville épices d'Orient, fourrures des pays vikings, tapisseries des Flandres, étain et plomb anglais…

~

À l'université de Saragosse, fondée quelques années avant son arrivée, et devenue rapidement célèbre dans toute la chrétienté, Vicente avait été autorisé, dès l'âge de huit ans, à étudier deux heures par semaine sous la surveillance d'un moine. Ainsi avait-il appris qu'à Florence on servait mieux Dieu qu'à Rome. On y respectait la volonté divine, on y construisait des chapelles, des monastères et une vaste cathédrale Santa Maria dei Fiori. Cosme avait confié à l'illustre Brunelleschi l'édification de la coupole, elle stupéfiait les visiteurs de la République. Pour les Médicis, les arts devaient contribuer à leur grandeur, ils étaient assez fortunés pour ordonner la construction d'autant d'églises qu'il y avait de palais sur les rives de l'Arno. Le fleuve, on l'aimait quand il glissait paisiblement vers la mer ; on le redoutait et on pleurait quand, pris d'imprévisibles colères, il se répandait dans les ruelles, à l'intérieur des maisons modestes, dans les plus riches demeures, sans que rien ne pût résister à la violence de ses flots. Dans ces débordements, prêtres et astrologues ne voyaient que le rappel aux puissants comme aux miséreux des exigences d'une foi qu'ils avaient tendance à négliger.

Fort de ce qu'il avait appris, Vicente avait la certitude de trouver à Florence des oreilles attentives, pour mettre un terme dans Rome aux intrigues et aux débauches des Catalans et de leurs proches.

10

Florence faisait la fête, Cosme l'avait décidé. Pressentant sa fin proche, il voulait, peut-être pour la dernière fois, profiter de la liesse populaire, sans tomber dans des abus indécents. Qu'on braille et qu'on boive, mais qu'on s'efforce de bien se comporter avec les dames et les donzelles ! Son petit-fils Laurent, qui gouvernait la République, n'en avait cure.

Quand Vicente arriva, impossible de trouver un logis : les prétentions des aubergistes auraient rapidement vidé sa bourse. Il se résolut à dormir sur l'herbe des berges de l'Arno. Le lendemain, dépité d'avoir fui les fêtes dauphinoises pour en découvrir d'autres à Florence, il se rendit sur la place de la Seigneurie. Elle était close ; on y donnait un spectacle de corrida, une course à la mode espagnole, ce qui emplit son cœur de joie.

Devant des milliers de spectateurs, se bousculant pour être au plus près de l'arène d'un jour, allait-on, comme à Valence, lâcher de robustes taureaux noirs face à des guerriers florentins ? Il n'en fut rien. Afin de frapper les imaginations, on fit paraître deux lions, symboles de la République, suivis de deux chevaux, quatre bœufs, une vache et son veau, un ours, six loups, et un animal inconnu de Vicente et des assistants : une girafe.

La foule hurlait, Vicente s'interrogeait : qui pouvait combattre ces animaux et comment ? Très vite, il sut : une vingtaine de jeunes gens, vêtus aux couleurs des Médicis, se disputaient une sphère de bois, effrayant par leurs cris les animaux qui se précipitaient hors du champ clos.

Malgré la faim le tenaillant – les marchands avaient épuisé toutes leurs victuailles –, ignorant où et comment il pourrait, sinon dormir, au moins se reposer malgré le vacarme, Vicente, qui avait dans le tumulte égaré sa mule, assista à la fête de nuit.

Dans la lumière de milliers de torches, des hommes d'armes défilèrent sur des montures blanches, dans la via Larga, devant le palais de la famille Médicis. Trente joueurs de viole, tenant difficilement leurs petits chevaux bruns, suivaient. Puis, sous un baldaquin de bois doré, parurent deux adolescents, perdus dans cette foule immense. Vicente les reconnut sans difficulté : Laurent, apparemment réjoui d'affirmer, encore jeune, avec l'accord de son grand-père, son autorité sur les Toscans ; à ses côtés, son frère Julien, le visage fermé. Cosme, sur un cheval blanc, clôturait le cortège, derrière un char sur roues. Vicente aperçut, noyée sous des fleurs, une madone de bois au visage d'ange. Sculptée par un artiste très illustre à Florence, un religieux qu'on surnommait Fra Angelico.

La parade achevée, la famille Médicis rentra dans le palais de la via Larga. Selon la rumeur, on avait prévu pour le festin, entre autres mets savoureux, des nouveautés arrivées de chez les Turcs, avec lesquels les Médicis commerçaient régulièrement. Quant au peuple, il but, chanta, dansa jusqu'à l'aube.

Vicente se contenta pour la nuit, sous une arche du Ponte Vecchio, d'un abri protégé du vent et du vacarme. Il le partagea avec une dizaine de gueux, sans avoir pu pénétrer dans une église pour ses dévotions du soir ; toutes avaient fermé leurs portes.

Dans l'impossibilité de s'endormir, il s'interrogeait : comment éliminer les Borgia du Vatican ? Trouverait-il chez les Médicis ce qu'il n'avait pas trouvé chez Louis de France ? Il n'y avait pas de temps à perdre.

~

Dans une taverne à l'enseigne de San Michele, Vicente avait appris que se rencontraient chaque jour des lettrés et des artistes appelés à Florence par le vieux Cosme, contre l'avis de son fils Pierre qui ne souhaitait pas la présence d'étrangers dans la ville. Qui n'avait pas vu le jour à l'intérieur des remparts ne pouvait se réclamer d'appartenir à l'élite florentine.

Quand il pénétra dans la salle sombre, on y parlait haut et fort. Debout sur une table, un homme de grande taille, vêtu de noir, les cheveux roux, le visage marqué par un coup d'épée, haranguait une douzaine d'assistants, tous assis sur le sol en terre. Attentifs à l'orateur, ils ne prêtèrent aucune attention à l'intrus.

— Non !… Nous ne capitulerons jamais ! Lequel d'entre vous peut croire que le pape Borgia utilisera les trésors qu'il a volés pour pacifier la chrétienté ?… Personne ! Soulevons-nous et faisons serment de ne jamais nous réconcilier avec lui !

De longs vivats saluèrent le discours.

— Quant à la croisade que Calixte prêche, qui s'imagine qu'elle partira un jour pour les Lieux saints ?… Personne !

De nouveaux cris d'enthousiasme s'élevèrent. Il n'avait pas achevé.

— Oui, hurla-t-il, comme si rien ne pouvait mettre un terme à sa fureur, l'armée du Borgia a repoussé du Milanais le condottiere Jacomo Piccinino ; elle n'a pas pu l'empêcher de tenter d'incendier les vaisseaux du pape, payés avec les impôts levés sur les malheureux habitants des États pontificaux. Ces vaisseaux construits pour prendre Naples, il en a fait don au roi de France pour vaincre les Anglais. Que Calixte promulgue la bulle *In cœna domini*, qui excommunie ceux qui portent atteinte aux biens de l'Église, les désordres ne cesseront pas pour autant en Italie ! Ce pape espagnol est capable de favoriser les émeutes devenues quotidiennes. Il ne s'agit pas de se lamenter, mais d'agir. Défions le Borgia avant qu'il ne soit trop tard ! Il y va de notre honneur d'Italiens.

Dans les rangs des assistants, une voix s'éleva.

— Que va faire Alphonse ? Il règne en Aragon, mais tient à Naples. Sera-t-il excommunié ? Sans son soutien, Alonso Borja ne serait jamais devenu Calixte III. Le pape osera-t-il défaire celui qui l'a fait ?

Quelques rires jaillirent dans la salle. L'homme hésita à répondre. Puis il se décida.

— Certes, je suis le fils bâtard d'Alphonse d'Aragon, mais je suis résolu à me battre contre la vanité du pontife Borgia. J'ai fait le choix de vivre en Italie plutôt qu'en Espagne. Si mon père vient à mourir, et cela ne tardera pas, je ne ménagerai pas mes efforts pour lui succéder. Pour réussir, j'aurai besoin de votre aide. Le royaume de Naples n'appartiendra jamais à ce pape. Aussi solliciterai-je des Napolitains, et d'eux seuls, qu'ils me couronnent. À Naples, je ne renoncerai pas. Je veux le royaume en héritage. Il y a longtemps que j'ai inscrit ce pays dans mon cœur. Il porte la marque des temps anciens, ceux de la grandeur romaine. Tout y est prétexte à festoyer et à rimer. Je consacrerai chaque heure du jour au bonheur du peuple.

Vicente l'avait compris : le rouquin vêtu de noir était Ferrante, un bâtard jamais reconnu par Alphonse. Vicente s'approcha de lui, alors qu'il débattait avec un personnage qu'on lui avait assuré être Jean Bessarion, évêque de Nicée. À observer les visages, Vicente perçut que Ferrante n'avait pas que des admirateurs prêts à s'engager à ses côtés.

— Platon et Aristote peuvent se rencontrer dans leur explication des origines de l'univers, argumentait Bessarion, mais pour ce qui est de l'univers humain on ne peut exiger de quiconque, fût-il pape, qu'il se conduise comme un saint. Qui peut lui reprocher d'être triste à l'idée de coucher seul ?

Quelques auditeurs semblaient disposés, par prudence, à suivre l'évêque de Nicée ; nul n'ignorait qu'il avait obtenu du Vatican la promesse de recevoir bientôt le chapeau de cardinal, ce qui augmenterait son autorité au Vatican. Ferrante voulut convaincre ceux qui doutaient encore.

— Croyez-moi, il est temps de rappeler à l'Église son devoir essentiel : protéger les croyants. Par la croisade ou tout autre moyen. Sans religion, la vie perdrait tout son sens. Y aurait-il du génie, de la passion, sans la foi ? Avec leurs œuvres religieuses, les artistes connaîtront la notoriété. Éternellement. À Rome comme à Florence. Ne l'oubliez jamais !

Chacun retenait son souffle. Quelques-uns eurent le courage d'avouer leur consternation de devoir lutter contre Rome.

Ferrante n'avait pas encore tout dit.

— Croyez-moi, reprit-il avec force. Florence peut s'allier de nouveau avec Rome, sans se jeter aux pieds des Borgia. Des Borgia qu'il faut abattre. Sans pitié. Refusons que tout leur soit permis ! Ils se croient puissants, ils veulent éliminer Dieu, nous les éliminerons.

Ferrante prit son temps, réfléchit. Devait-il rapporter tout ce qu'il savait ? Ce qu'il avait promis de taire devant ses adversaires les plus acharnés ? Il s'y résolut.

— Depuis plusieurs semaines, mon père me l'a assuré, le vieux pontife Calixte ne quitte plus son lit, victime d'un mal qu'aucun médecin, aucun astrologue ne parvient à guérir. Avoir conféré au cardinal Tabaldo, frère d'un savant qui le soigne, le siège archiépiscopal de Naples, avoir confié à Pedro Luis l'opulent évêché de Lérida et au fougueux et peu vertueux Rodrigue la chancellerie de l'Église romaine ne l'empêchera pas de mourir. Notre affaire est d'assurer sa succession. Je suggérerai aux conclavistes l'élection d'Enea Silvio Piccolomini, le cardinal de Sienne. Aucun chrétien ne s'en plaindra. Et vous ?

La proposition fut suivie d'un long silence. L'un après l'autre, les participants à cette réunion secrète, ignorée des Médicis qui l'auraient fait interdire, quittèrent la taverne. Chacun, inquiet, s'interrogeait sur son destin personnel plus que sur l'avenir de l'Église.

Vicente demeura ; il regardait Ferrante avec intérêt, épuisé, n'ayant pas obtenu l'accord de tous malgré la vigueur et la sincérité de son discours ; il s'était allongé sur un banc, les mains croisées sous la tête.

Pour Vicente, l'heure était venue, il devait agir. D'autres que lui voulaient que l'Église renonce à ses turpitudes, retrouve le chemin de la foi ; la morale triompherait des richesses. Il n'y avait aucune raison de désespérer ; cette cause était la sienne. Le pape avait brisé l'Église qu'il aimait. Il l'avait cru intelligent, il n'était qu'un dépravé, délaissant ce pourquoi il avait été élu.

Apprendre que son ancien protecteur Alonso Borja, devenu Calixte, souffrait dans sa chair l'avait moins ému qu'il aurait pu le penser. Sa mort lui paraissait presque anodine ; occuper le trône de saint Pierre ne faisait pas de lui un immortel. Chacun passait, et c'était bien ainsi.

Vicente ne l'ignorait pas : la tâche s'annonçait plus rude que Ferrante ne l'avait assuré. Calixte mort, sa famille conserverait tous les privilèges réclamés et accordés. Il gardait en mémoire une colère d'Isabelle, la sœur d'Alonso, insistant pour que sa dot, lorsqu'elle se marierait, fût prélevée sur les deniers du Vatican. Alonso, qui n'était encore que cardinal, avait réussi, par une intrigue ignorée de Vicente, à ce qu'elle obtînt satisfaction. Chez les Borgia, on avait l'art de détourner les lois morales, avec l'audace de ceux qu'aucune injustice n'arrête jamais.

Vicente haïssait Rodrigue. Qu'il ait été fait cardinal à vingt-neuf ans l'irritait, d'autant qu'il ne serait jamais digne des offices que Calixte lui avait généreusement attribués.

Vicente s'approcha du banc, où Ferrante s'efforçait de reprendre ses esprits ; il lui frappa doucement l'épaule. L'autre se redressa, troublé dans sa réflexion.

— Monsieur, dit Vicente, le saluant avec beaucoup d'aisance, mon nom est Vicente Romero. Je dois à votre père, le roi d'Aragon, d'avoir étudié avant de venir à Rome, appelé par celui qui n'était encore que le cardinal de Valence, Alonso Borja. Acceptez-vous de m'accueillir dans les rangs de ceux qui sont las d'une Église discréditée par les vices, les intrigues et les promesses non tenues ? Cela ne peut plus durer. Il y a des fautes qu'on doit refuser de pardonner. Si vous persévérez, je souhaiterais vous rejoindre.

Ferrante regardait fixement Vicente.

— Mon père a été votre protecteur, je vous reçois donc en ami. Peut-être devrais-je voir en vous un conspirateur, un espion des Borgia… Ce pape tient un serpent entre les mains. On ne sait jamais de quelle ignominie il est capable. Au Vatican, il s'est rendu coupable de crimes plus odieux que ceux des tribunaux de l'Inquisition. Un monstre ! Combien de meurtres a-t-il scellé de sa lame ? Personne n'en connaît le nombre.

Vicente l'écoutait, le regard clair, honnête.

— L'Église doit retrouver la paix de Dieu. Je suis d'une nature peu guerrière, mais comptez sur moi, je vous aiderai.

Ferrante se leva, serra Vicente entre ses bras.

11

Dans une galerie sombre du Vatican, sous des fresques évoquant la vie de Jésus, que Giotto avait eu la témérité de signer de son nom, contrairement aux usages imposant aux artistes de ne jamais tirer orgueil personnel de leurs œuvres, Guillaume d'Estouteville, archevêque de Rouen, s'entretenait à voix basse avec Vicente Romero. La défense de l'Église, les injustices et les égarements de puissants prélats, Vicente les combattrait, remettant à plus tard la quête sur sa naissance. Ferrante avait confié au prélat français que Vicente, las des mœurs des Borgia qui jour après jour transformaient Rome en fief catalan, pouvait servir leur cause.

Le Normand était rouge de colère qu'un Borgia, le jeune Rodrigue, ait fait tourner le vote au conclave en faveur du rusé Piccolomini, cardinal de Sienne. Un Toscan, de surcroît, qui avait pris le nom de Pie II. Un homme inconstant, aussi amateur de galanterie que le défunt Calixte.

— Jamais, ragea-t-il, les mâchoires serrées, Pie II n'oubliera que c'est à une manigance du Borgia, certainement acquis par des coffres d'or, qu'il doit sa tiare. Tous à la table du conclave étaient pâles et silencieux, grogna-t-il. Absorbés par la présence du Saint-Esprit. À leur visage austère, on aurait pu le croire.

Vicente l'interrompit en souriant.

— Ignorez-vous que, pour ces gens faussement pieux, l'ambition, la vanité et la jalousie sont les attributs du Saint-Esprit ?

Estouteville, tout à sa rage, ne l'entendit pas ; il avait besoin d'exprimer sa fureur devant quelqu'un qu'il connaissait peu, en lequel il s'efforçait d'avoir confiance.

— Dans la grande chapelle toutes les bouches sont demeurées closes ; les yeux seuls trahissaient l'envie autant que la haine des uns contre les autres. Aucun n'osait avouer qu'il brûlait d'être désigné. Cela ne pouvait pas durer, je me suis proposé. Le cardinal Rodrigue s'est alors levé ; il s'est approché du Toscan et, avec solennité, comme s'il lui posait déjà la tiare sur la tête, il a lancé, semblant nous défier : « Je vote pour Piccolomini, le cardinal de Sienne »… Les autres ont suivi. Évidemment… La plupart cachaient leur déception.

— Peut-être, reprit Vicente, sans croire vraiment aux mots qu'il prononçait, n'ont-ils pas voulu d'un pape étranger… d'un Français… Vous avez plaidé contre les dominicains la révision du procès de la fille de Domrémy. Sixte, tout débauché qu'il ait été, a obtenu la réhabilitation de la Lorraine. Un acte courageux, si rare dans la litanie des intrigues ! Dans le cortège des sorcières, Jeanne n'a plus sa place. Rendons grâce au Catalan ; ce qui n'exclut pas la condamnation d'une vie entièrement consacrée aux plaisirs.

— Il ne s'agit pas de cela, tonna Estouteville.

Sa voix, vibrante, résonnait dans la galerie.

— Piccolomini a dû couvrir d'or Borgia et lui promettre la chancellerie… Oubliant volontairement qu'il l'avait aussi promise à Alain, le cardinal d'Avignon…

Il a réussi son coup ; nous savons désormais où est notre devoir. Dénonçons jour après jour le luxe et le vice de la Curie ! Aucune des qualités qui font la grandeur de l'Église. À l'exaltation du désir, répondons par la douceur de la prière !

Pas plus le cardinal de Rouen que Vicente ne voulaient l'avouer : ils savaient que si la famille Borgia avait le goût des richesses et des plus honteuses pratiques, le nouveau pape ne mènerait pas l'existence d'un saint. Peut-être aurait-il l'intelligence de renoncer à la fausseté et à l'orgueil… Rien de moins évident. Qui oserait se soulever contre le chef de l'Église ? Personne ! Pas même le roi de France. Peut-être les souverains anglais… Et encore. Rien n'était moins sûr.

Le Français et l'Espagnol se séparaient quand un vieux franciscain italien, Francesco Riario, dont personne ne contestait l'honnêteté, parut, essoufflé, sur le seuil de la galerie. Étonné de voir les deux hommes dans l'ombre, il ne put se retenir de leur lancer comme un cri de délivrance :

— Ah !… Messieurs… Quelle joie de vous rencontrer ici… Apprenez que le peuple en délire a pillé le palais du cardinal Rodrigue. Pedro Luis a pris la fuite pour je ne sais quelle destination… Nous allons enfin échapper aux Borgia. Toutes leurs possessions reviendront à l'Église. Une vie sans juste révolte est vite insupportable. Il n'est que temps de nous rebeller contre le Mal qui nous enserre ; ne renonçons pas, le Bien sortira des ténèbres !

Estouteville et Vicente se regardèrent en silence, stupéfaits.

Vicente n'en doutait pas : Ferrante avait participé aux pillages des biens de Rodrigue et de son frère. Peut-être même en avait-il été l'instigateur. Que les Romains, probablement avec l'appui des Orsini, se déchaînent contre les frères Borgia ne le surprenait pas. Vicente attendait des nouvelles de Ferrante ; aucun signe du bâtard d'Alphonse ne lui parvenant, ce qui était fâcheux, il s'impatientait. Il l'avait abreuvé de discours, le temps était venu d'agir.

L'émeute populaire n'étonnait pas Vicente. Rodrigue Borgia, plus que son frère Pedro Luis, suscitait la haine des adversaires de sa famille et des petites gens de Rome. Si les vices de Rodrigue étaient connus, il n'avait pas l'esprit sot et montrait une apparence élégante. On pouvait lui reprocher ses excès, sans toutefois nier sa beauté naturelle. Grand, brun, vif quand il le souhaitait, nonchalant quand cela le servait, souriant le matin, sombre le soir, austère à l'aube, joyeux au crépuscule, qu'on l'enviât, qu'on le jalousât, tel qu'il se voulait il aimait qu'on s'intéressât à lui. Indifférent aux jugements d'autrui, il espérait ainsi affirmer sa supériorité. Autant de traits de caractère qui lui donnaient un charme auquel les femmes ne résistaient pas. Lors d'une fête chez Alonso Borgia, Vicente avait entendu le poète Gaspar de Verona, bien en cour au Vatican, dire de Rodrigue :

— Méfiez-vous de sa voix insinuante ; il parle avec chaleur et noblesse à la fois. Sa conversation émeut d'une étrange façon les vierges comme les épouses ; ses yeux noirs parlent autant que sa bouche, et son attrait opère comme l'aimant sur le fer. Catins ou bien nées, aucune ne lui résiste. Il cache si habilement ses conquêtes que l'on ignore combien ont succombé.

Vicente entendait néanmoins assouvir son désir de vengeance. Qu'un cardinal, si proche du souverain pontife, exposât avec une telle désinvolture ses bonnes fortunes, il ne le supportait pas ; il comprenait que ceux qui s'en offusquaient fussent de plus en plus nombreux. Au Vatican, on foulait quotidiennement aux pieds les vœux de célibat ; cela nuisait à l'autorité de l'Église. Il en irait ainsi tant que des ecclésiastiques, voués au service de Dieu, auraient interdiction de prendre femme. Aux galanteries secrètes il préférerait la possibilité d'un mariage. Un bon époux pouvait sans honte se mettre au service de l'Église. Cela éviterait d'inutiles mensonges, d'odieuses intrigues. Jamais un pape n'y avait encore songé.

Vicente exerçait sa colère contre les Borgia, mais il ne l'ignorait pas : Piccolomini, engagé dans sa jeunesse dans l'ordre des Franciscains, avait deux enfants, dont une fille, Valeria, compagne de jeu, à Florence, au palais de la via Larga, du jeune Laurent de Médicis auquel les astrologues toscans prédisaient un avenir glorieux. Le nouveau pontife ne cachait pas qu'une union entre sa bâtarde et Laurent faciliterait une alliance entre Florence et Rome. Avant d'être publiquement désavoué, il souhaitait qu'on célébrât avec faste les noces des deux jeunes gens ; inutile d'attendre. Il avait tout prévu, même le cadeau : un bracelet orné de mille diamants, offert par le sultan à son prédécesseur Calixte.

Si rien n'empêchait les comportements indécents des Italiens, tolérés par Pie II, les vices des Borgia faisaient la honte des deux royaumes de Castille et d'Aragon, que la rumeur assurait bientôt unis sous une même Couronne. Isabelle de Portugal, mère d'Isabelle de Castille, souhaitait que sa fille régnât sur toute l'Espagne. Malgré les querelles entre Portugais et Aragonais pour le partage des nouvelles terres découvertes, elle n'était pas opposée à l'idée d'une Espagne unifiée.

Vicente, malgré son esprit tolérant et son respect d'autrui, parfois au prix d'une lutte intérieure épuisante, ne pouvait échapper au désir de tuer Rodrigue, le chancelier pontifical si charmeur, si redouté. Il ne respirerait à l'aise qu'après la mort de ce cardinal au comportement honteux. Pour y parvenir, il ne reculerait devant rien ; que Rodrigue fût encore jeune ne l'émouvait nullement. Il s'attacherait à sa perte avec d'autant plus de force qu'il avait appris par la rumeur de la ville la fin lugubre de Pedro Luis, frère de Rodrigue. Si la famille Borgia était poursuivie par une malédiction, elle le devait à son mépris de la morale. Vicente, dans sa révolte, se sentait aidé par son créateur ; jamais il ne le trahirait. S'il devait périr à la corde du gibet, sous la hache du bourreau, sans hésiter il se préparerait au sacrifice. Il y voyait une aubaine pour s'ouvrir les portes du paradis.

~

Après le pillage de son palais, Rodrigue n'avait pas quitté Rome, trouvant refuge chez un prélat italien de ses amis, l'archevêque de Bari, Piero Silvi. Pedro Luis, plus craintif, avait fui le château Sant'Angelo dont il avait la charge. Détesté par la famille Orsini, il n'avait qu'une possibilité : se mettre à l'abri loin de la ville. Rodrigue redoutait tant que les Orsini se dressent contre lui qu'il n'avait pas hésité : afin de s'assurer leur soutien, il avait, sans s'interroger, abandonné son frère à son sort.

À Rome, les nouvelles allaient bon train, mieux que les courriers les plus rapides. Rodrigue n'avait pas versé une larme, pas prononcé une parole de compassion quand, par la rumeur de la rue, il avait appris les conditions dans lesquelles le fringant Pedro Luis Borgia avait perdu la vie.

~

En compagnie du cardinal Barbo, sous un déguisement de berger du Latium, Pedro Luis avait franchi les murs par la porte Sant'Angelo. Après un détour, afin de tromper d'éventuels poursuivants, ils avaient passé le pont Molle, sur le Tibre, puis pénétré à nouveau dans Rome par la porte del Popolo. Traversant les quartiers populaires, parvenus à la porte San Paolo ouvrant sur le chemin d'Ostie, ils avaient réussi, sans qu'on les reconnût, à s'éloigner de la ville.

Avant de s'enfuir, Pedro Luis avait pris le temps de commander une nef génoise : du port d'Ostie, elle le mènerait en Espagne.

À Ostie, point de navire ! Le cardinal Barbo et les palefreniers chargés des montures, craignant d'être pris, l'avaient abandonné. Effrayé, Pedro Luis avait obtenu pour quelques écus qu'un pêcheur, dans sa petite embarcation, le menât jusqu'à Civita Vecchia, où relâchaient régulièrement des navires de négociants espagnols. La côte disparue, Pedro Luis avait jeté à l'eau le malheureux pêcheur, qui avait réussi à rejoindre la terre. Ayant eu la chance d'en sortir vivant, celui-ci avait aussitôt raconté la mésaventure à qui voulait l'entendre.

Le pape avait refusé de sauver Pedro Luis. Il avait dû périr de fièvre, de faim, de soif, ou noyé. On ne retrouva jamais son corps, englouti pour l'éternité dans les profondeurs de la mer, livré au jugement de Dieu, après avoir voulu éviter celui des hommes.

~

L'archevêque de Rouen apprit à Vicente que le cardinal Rodrigue se montrait à nouveau à la cour pontificale. Il exigeait – selon Estouteville, il avait obtenu satisfaction – que toutes les charges de Pedro Luis lui fussent attribuées ; frère du mort, il se proclamait hériter légitime de ses biens.

Cette succession d'événements affecta Vicente avec brutalité. Il résolut de s'écarter de Ferrante et, croyant en sa chance, s'organisa, seul, pour mettre un terme à l'indécence des Borgia. Il comprit vite qu'il ne réussirait jamais sans user, comme tant d'autres, de la ruse. Pieux catholique, il voyait dans la rouerie un péché ; cela ne l'arrêterait pas. Il n'avait qu'un but : abattre le vice, rétablir la vertu. Il ne se contenterait pas de dénoncer les scandales, il y mettrait un terme.

~

Un soir, rentrant chez lui d'humeur sombre, avec pour assurer sa subsistance le prix des leçons de langue catalane qu'il donnait à Mariella Orsini, la riche héritière de la famille, Vicente trouva sur la table une bourse de velours emplie d'écus d'or, accompagnée d'un billet : « Je vous attends demain dans mon nouveau palais. Rodrigue Borgia ».

Comment devait-il réagir ? N'importe qui pouvait pénétrer dans son logis du Trastevere, deux petites chambres dans la demeure d'un juif, négociant en soieries d'Orient ; il laissait toujours la porte ouverte. Cela lui rappelait le billet sur le sol de sa cellule, à l'université de Saragosse. S'agissait-il d'une convocation ou d'une plaisanterie de mauvais goût d'un des jeunes Catalans au babil incessant, heureux de moquer la sagesse de Vicente et son peu d'attrait pour les femmes ? Si, dans les conversations, il réclamait qu'on parlât avec respect de l'Église, lui-même se gaussait de ceux qui, au Vatican, trouvaient plus d'attrait aux gorges des filles qu'ils ne vouaient de respect au crucifix accroché au-dessus de leur lit.

Le feuillet augmenta la maussaderie de Vicente. Tout lui devint suspect. Il éprouva le sentiment étrange, alors qu'il n'occupait aucune charge importante et qu'il veillait à ce qu'on ignorât tout de ses desseins contre les Borgia, qu'il devenait une gêne, voire un danger. Oui, mais pour qui ?

Incapable de dormir, observant toute la nuit d'un regard pensif les livres de théologie entassés dans sa chambre, il décida de conserver sang-froid et détermination. Si se rendre chez Rodrigue présentait un risque, il l'acceptait. Si dans sa hargne Rodrigue cherchait à se débarrasser définitivement de lui, qu'il frappe ! D'autres, après lui, continueraient la lutte contre le déshonneur dans lequel vivaient les Borgia. Aucune menace ne l'effrayait.

~

Deux laquais, portant des pourpoints brodés de fils d'or, précédèrent Vicente dans une petite salle du palais, somptueusement meublée. À la délicatesse de l'accueil, il le comprit : le billet trouvé sur la table n'était pas un faux.

Le cardinal chancelier vint au-devant de lui, souriant, drapé dans une large cape carmin. Il l'invita à prendre place sur un banc de bois, incrusté de petites pièces de nacre.

— J'apprécie, déclara aimablement Rodrigue, qu'un érudit ayant eu le privilège d'être appelé à Rome par feu Alonso, mon cher parent, élevé pour ses qualités à la dignité pontificale, ait répondu à mon appel.

D'un léger mouvement de tête, Vicente, soucieux de ne pas se laisser troubler par cette excessive politesse, répondit qu'il n'y avait là rien que de très normal. Il balbutia quelques mots de remerciements.

Rodrigue Borgia reprit.

— Catalan, je suis respectueux, comme vous, de la discipline enseignée par nos maîtres espagnols… J'ai besoin de vous. Je vous l'ai fait discrètement savoir ; il me plaît que vous ayez consenti à venir jusqu'à moi.

Vicente fronça le sourcil. Comment répondre à ce qui ressemblait à un ordre, alors qu'il ignorait ce que Rodrigue attendait de lui ? Que venait faire la discipline espagnole dans le propos ? Si Rodrigue cherchait à le compromettre, Vicente se savait capable de parer le coup.

Le cardinal se mordit les lèvres, puis la moustache.

— Que vous ne vous soyez pas présenté, par effroi ou peut-être par bravade, je n'aurais pas insisté. Il y a des négociations qu'il faut savoir ne pas mener. Un abandon est toujours préférable à un mauvais soutien.

Vicente avait l'impression de tomber dans un piège. Il ne l'avait pas voulu, mais cela lui permettrait de se rapprocher du Borgia.

Pendant plus d'une heure, Rodrigue, désireux de s'attacher Vicente, lui expliqua ce qu'il attendait de lui.

— Pie II a décidé de faire ériger une statue de sa personne dans sa bourgade natale de Corsignano. Afin qu'on ne l'oublie pas. Elle portera le nom du Saint-Père : Pienza, et deviendra évêché.

Vicente écoutait avec attention, sans comprendre quel pouvait être son rôle dans une affaire qui ne l'intéressait guère. Décidé, si la cause était mauvaise, à ne pas aider ce cardinal pervers, dont il fallait chaque jour se méfier.

— Le pape m'a choisi pour maître d'œuvre, poursuivit Rodrigue. Il m'a également confié la tâche de veiller à la construction d'une cathédrale, de quelques riches demeures et d'un palais Piccolomini ; il les veut à l'égal des bâtiments romains, moins austères que les édifices florentins.

Vicente ne put s'empêcher de l'interrompre. Respectueusement.

— Je n'ai jamais pensé que vous aviez quelque compétence en matière de construction. Je vous en félicite. Le pape devrait faire appel à vous plus souvent.

— Je conçois votre étonnement. En prenant de l'âge les charges sont attribuées non pour vos compétences, mais pour vos liens avec le pouvoir en place. Il faut accepter ou renoncer... Moi, j'ai accepté. Par nature, plus que par reconnaissance pour Pie II. Convaincu que vous pourriez m'être utile. Je l'ai espéré, même si je sais vos sentiments pour moi guère fraternels.

Le dédain était visible sur le visage de Vicente.

— Je dois, continua Rodrigue, me rendre à Sienne, une cité proche de Corsignano. Conscient de votre sagesse et de votre discrétion, malgré ce que vous pensez de ma personne, je souhaite réunir dès mon arrivée, dans les jardins de la résidence de Giovanni Bicci, le seigneur toscan chez lequel je logerai, plusieurs dames avec lesquelles je pourrai, après danser, prendre des plaisirs qui vous sont étrangers... Ne vous agitez pas ! Pour attirer et accompagner ces dames vous recevrez trois bourses d'or identiques à celle que j'ai fait déposer, hier, chez vous. Je vous désigne rédacteur de ma correspondance, à la condition que vous répétiez en tous lieux être le maître de ces divertissements grivois. Ainsi, je n'offenserai personne, surtout pas le Saint-Père. Je ne souhaite lui déplaire en aucune façon. Il n'y a aucun mal à ce que vous agissiez ainsi. Si vous ne le faites pas pour moi, faites-le en souvenir d'Alonso… Vous lui devez beaucoup. Ne vous montrez pas ingrat !

Vicente avait le sentiment de sombrer dans le délire. Tant d'indécence et de mépris le bouleversaient. Malgré cela, et sans savoir pourquoi, il consentit à ce qui serait pour lui un supplice.

Il ne voyait dans ces réjouissances profanes qu'une passade qu'il se hâterait d'oublier. Il acceptait cette fois, mais ferait en sorte que lui soient désormais épargnées de telles indécentes propositions.

12

De Rome à Sienne, le voyage fut malaisé. Seul, sans escorte, Vicente, enfermé dans sa colère et sa honte, fit halte trois fois dans des auberges, épuisé par de longues heures de chevauchée. On n'y parlait que rixes et rançons. Les uns voulaient rejoindre Martin Luther et son austère doctrine ; d'autres envisageaient d'exterminer les Catalans qui, en Italie, faisaient tant de mal à la religion catholique ; certains s'entretenaient des récoltes de légumes et de fruits : les seigneurs leur en arrachaient la part la plus importante. De peur d'être pendu, aucun n'osait se rebeller.

Sur une monture fournie par Borgia, plus apte à tirer une charrue qu'à trotter, Vicente avançait dans la lumière du jour sans un regard pour le paysage dont les formes mouvantes avaient inspiré tant de poèmes à Ovide ; il les avait appris dans la librairie de Saragosse. En d'autres circonstances, il aurait aimé se rassasier de cette nature ; poussé par Rodrigue, il eut l'impression, jusqu'en Toscane, de traverser un jardin funéraire.

Lui qui rêvait d'être un bon père de famille, après d'aimables épousailles, pourquoi se lancer dans une aventure déshonorante, pour le compte d'un intrigant jouisseur qu'il souhaitait abattre ? Peut-être croyait-il sincèrement, en servant Rodrigue, se rapprocher de lui, et mieux le tenir par la ruse. Cela lui répugnait.

Rodrigue, lui, abrité sous un dais brodé d'or, traversa avec un imposant cortège cette généreuse nature, jadis habitée par les Étrusques. Dans les villages, les ruelles étaient jonchées de feuillages et décorées de guirlandes fleuries à seule fin de montrer au peuple que, s'il n'avait que le titre de cardinal, son autorité dans l'Église était plus reconnue que celle du pape Pie II. Avec une modestie feinte, il murmurait que peut-être viendrait son tour. Qu'il prît place sur le trône de saint Pierre, sa réputation galante ne lui nuirait en aucune manière.

Avant le départ, il l'avait signifié à Vicente : les jardins Bicci seraient interdits d'accès aux maris, pères, frères et autres galants des jeunes femmes avec lesquelles il avait l'intention de se divertir. Des aventures rapides et sans lendemain. Il ne s'en porterait que mieux.

~

Après avoir franchi les collines toscanes, Vicente entra dans Sienne par la porte Camollia, percée dans de très anciens remparts. Il s'avança par des ruelles sombres et étroites jusqu'au Campo, place toute de lumière, en forme de coquille ; le sol était couvert de briques roses alignées comme les arêtes d'un poisson géant. La ville lui parut paisible, il entrevit de nombreux jardins, des façades couvertes de fleurs si variées qu'il n'aurait pu donner le nom que de quelques-unes. Sienne lui parut plus enjouée que Florence, plus riche de statues et de fontaines, les demeures luxueuses lui semblaient plus rares.

Pourquoi, pensa Vicente, les humains étaient-ils assez cruels pour préférer la guerre à une vie emplie de douceur, dans une ville aussi plaisante que Sienne ? Très vite, il s'en aperçut : les Siennoises ajoutaient à l'élégance de leurs habits le maintien gracieux de leur personne. Rodrigue saurait sans difficulté les détourner de la vertu, mais lui, s'il obéissait à ses ordres, deviendrait la risée des habitants. Renier son engagement envers le cardinal, il s'y refusait. Quel que fût le prix à payer. Peut-être était-il trop orgueilleux... Indépendant par nature, il ne voulait rien devoir à quiconque. Surtout pas à ce Borgia licencieux, avec lequel tout arrangement était haïssable.

Il ne lui rendrait pas la bourse jointe au billet, et disposerait de l'or pour vivre quelque temps à Sienne avant de rentrer à Rome. Le pape ne manquerait pas de lui confier une charge s'il lui relatait les honteuses pratiques de son cardinal chancelier.

À Sienne, il demeurerait jusqu'au Palio longo, la course entre cavaliers des différents bourgs de la cité. Une joute célèbre dans toute l'Italie. Chaque année, elle attirait des milliers de visiteurs, accourus des États les plus éloignés. Trop nombreux pour des écuries trop exiguës, les chevaux étaient lâchés dans les champs et les vignes que, malheureusement, ils saccageaient. On y rencontrait autant de Français que d'Espagnols. Les Turcs, pourtant détestés depuis que Constantinople était tombée, osaient se montrer, sans que personne ne songeât à les chasser. Vicente l'apprit vite : le jour du Palio on autorisait les criminels à sortir de leur geôle pour y participer ; le matin de la course, les équipages pénétraient à l'intérieur du Duomo, afin d'y être bénis. Ce jour-là, tout était permis : le clergé fermait les yeux sur les plus licencieuses coquineries.

~

Vicente, dès son arrivée, loua sans difficulté une chambre à l'Albergo de Montepulciano, du nom d'une bourgade proche aux vins réputés ; ceux-ci jouissaient d'une telle faveur auprès des cours d'Occident que l'acquisition de terrains plantés de vignes avait été interdite à qui n'était pas Siennois.

Par le petit fenestron, étroit afin de protéger les hôtes de la chaleur d'été, Vicente ne se lassait pas d'admirer le Campo : jamais, ni en Espagne ni en Italie, il n'avait vu une place avec une forme aussi inhabituelle. Non seulement le sol était couvert de briques roses, mais celles-ci offraient neuf bandes de nuances légèrement différentes, représentant les neuf podestats élus par le peuple, gouverneurs de la ville et négociateurs d'accords avec des banques ou des États ; ce qui faisait enrager les Florentins, jaloux de la prospérité de Sienne qu'ils n'avaient jamais réussi à soumettre.

Vicente ne quittait pas du regard l'imposante Fonte Gaia, ornée des sculptures de Jacopo della Quercia. Une fontaine jamais tarie, tirant son eau claire de l'Arno, le fleuve dont les Médicis se prétendaient uniques propriétaires. Une cause permanente de conflits entre Florence, où on défendait les Guelfes, et Sienne, où les Gibelins en exil trouvaient aisément refuge.

Lorsqu'il descendit dans la salle pour souper, un tonnelier remit à Vicente une chandelle et un pichet de vin de Chianti, puis lui indiqua une place sur un banc, à côté d'un homme mal vêtu, le visage contrarié. Vicente, indifférent, avala une soupe et un mets grillé sur la braise de la cheminée, appelé *pasta dei ravioli* par le tavernier, servi en petites bouchées ayant la forme du Campo, emplies de viande de chevreau. Le repas achevé, le personnage, la quarantaine, le crâne dégarni, s'adressa à Vicente :

— Je crois, monsieur, que vous êtes étranger à Sienne… D'où venez-vous ?

— De Rome, répondit sans hésiter Vicente. Puis-je vous être utile ?

— Vous arrivez de Rome, alors êtes-vous assez au fait des événements pour me dire si le pape Pie II viendra bientôt dans notre ville, comme il l'a annoncé, afin d'y accueillir parmi les Bienheureux notre très chère et vénérée Catherine ?

Vicente s'interrogeait : Rodrigue Borgia savait-il que le pape devait venir à Sienne ? Lui l'ignorait. Si Rodrigue était informé, cela expliquait son désir de dissimuler ses vices, préférant lui en faire porter le poids.

— Je ne sais si le souverain pontife s'avancera jusqu'à Sienne, répondit Vicente, bien décidé à tout faire pour éviter d'être désigné comme le coupable, mais je puis vous dire que le cardinal Rodrigue Borgia, lui, a déjà annoncé qu'il visiterait la ville. Cela vous paraît-il étrange ?… Auriez-vous quelques raisons de vous en émouvoir ?… M'autorisez-vous à mon tour à vous demander avec qui j'ai le privilège de converser ?

— Mon nom est Giacomo di Giovanni…

Il n'eut pas la possibilité de poursuivre.

— Giacomo di Giovanni ! s'exclama Vicente. L'illustre sculpteur siennois que l'Italie entière envie à la Toscane !… Votre gloire ne semble guère avoir contribué à votre richesse. À moins que vous n'aimiez vivre dans la pauvreté… ou que les Siennois ne tirent pas bénéfice de la présence des banquiers, ainsi qu'il en va à Florence avec les Médicis ou les Pazzi.

— Monsieur, reprit le sculpteur, il est difficile de jouir des biens terrestres quand on a pour épouse une femme qui laisse voir à chaque pas beaucoup plus qu'il n'est convenable pour une pieuse chrétienne.

— Rien de très grave, répliqua Vicente.

— Pas très grave… si ce n'est que ce provocant comportement donne de la hardiesse à de nombreux galants. Avant de se déshabiller devant l'un d'eux, il lui arrive en une seule journée de changer cinq ou six fois de robe, pour toujours mieux montrer ses avantages. Elle aime autant les baisers prolongés que les étreintes rapides. Je n'ai plus la vigueur d'un adolescent, j'ai hâte d'en finir avec une vie misérable ; aussi vais-je de taverne en taverne. À m'enivrer, j'attends la mort avec moins d'effroi. Tout me devient suspect. Il y a longtemps que j'ai perdu le goût des amusements ; elle est loin ma jeunesse gaillarde !

Un long silence suivit. Vicente se sentait de plus en plus mal à l'aise. Entre ses hoquets, Giacomo parvint à bredouiller :

— Vous devez comprendre, monsieur, que la venue de Rodrigue Borgia, dont on connaît l'habituelle compagnie, ne me plaise guère. Ceux qui ne songent qu'au plaisir finissent toujours par voir la chance les abandonner. Je sais de quoi je parle. Croyez-moi, il n'y a là rien de très singulier.

Vicente, très ému, se leva, posa une main amicale sur l'épaule de l'artiste.

— Je ne peux, ce soir, vous en dire davantage. Je ferai tout pour éviter un nouveau scandale. L'indulgence de Pie II pour son chancelier est infinie : s'il tait les abus des hauts prélats de l'Église, il réussit toujours à apaiser les ardeurs de ceux qui profitent avec excès de sa bonté. Le cardinal Rodrigue Borgia ne l'ignore pas ; si, à Rome, il fait preuve de légèreté, il en ira différemment à Sienne. Il sait que trop user de son charme pourrait être cause de son infortune. Qui s'étourdit à Rome doit être sage à Sienne, cité de la noble et humble Catherine. Puissiez-vous ne pas regretter sa venue !

Vicente n'avait prononcé ces paroles qu'afin de rassurer Giacomo ; il savait, puisqu'il en avait la charge, qu'ici, comme en tout autre lieu, le cardinal ne se priverait pas de ses plaisirs habituels. La magnificence des Borgia s'arrêtait toujours sous les baldaquins des lits. Les femmes étaient devenues l'affaire la plus sérieuse dont il voulait s'occuper ; il en oubliait ses intrigues pour occuper un jour prochain le trône de saint Pierre.

~

Vicente marchait dans Sienne à grandes enjambées, indifférent au bruit des cavaliers et des charrois se heurtant dans les venelles ombreuses. Impossible de dominer l'appréhension qu'il sentait sourdre dans son âme à la pensée que le pape et le bouillant cardinal pénétreraient bientôt à l'intérieur des remparts, une enceinte d'énormes pierres roses. Si calme d'ordinaire, il ressentait, à chaque pas, un peu plus le désir de résister à Rodrigue. Que celui-ci le poignarde, l'empoisonne, le jette en prison, le fasse torturer ! Il ne s'abîmerait pas dans des turpitudes qu'il réprouvait et combattait. Ce que Borgia lui imposait, il en souffrait. Repoussées les amabilités, dédaignés les sourires, méprisées les marques d'intérêt d'un homme d'Église qui l'invitait à des débauches que lui, laïc, ne commettrait jamais ! Ces mœurs corrompues, il avait le devoir de s'en préserver. Qu'on l'excommunie ! Peu lui importait. Que Rodrigue le transperce de son épée !

Il périrait avec le sourire. Plutôt se sacrifier que se déshonorer et devenir, comme d'autres, un objet de scandale.

Pourquoi avoir accepté ce que Rodrigue avait exigé ? En échange de quoi ? Une charge importante à la Curie ? Un avenir brillant au Vatican ? Ceux qui approchaient Rodrigue Borgia savaient qu'il ne tenait jamais ses promesses. Des promesses que Vicente ne voulait pas entendre, elles ne l'intéressaient pas. La pratique insolente des protections et des distributions de terres et de charges lui répugnait. Rien ne saurait écarter Vicente de sa foi, rien ne l'empêcherait de lutter contre les faveurs que les ecclésiastiques romains s'accordaient. Mais lui, le sans famille éloigné de son Espagne natale, où trouverait-il un appui ? La crainte de la solitude ne devait pas influencer sa conduite. Aux cruautés du sort, il avait le devoir de faire face.

Approchant de son logis, alors qu'il aurait aimé franchir le seuil du couvent de Saragosse, il s'immobilisa.

Face à lui, une perfection féminine. Une fraîche demoiselle aux yeux sombres, à la chevelure épaisse et noire, semblant plongée dans une profonde réflexion, la tête inclinée vers les pavés… Pourquoi Vicente s'intéressa-t-il à elle ? Son allure fière de quelqu'un qui devait savoir imposer ses volontés ? Quelle force le poussait vers une inconnue ? Quel âge avait-elle ? Seize ans ? Peut-être dix-sept… Certainement pas davantage.

Vicente se sentit brusquement, et stupidement, prisonnier d'un charme qu'il n'avait jamais connu. Il voulut passer son chemin ; la donzelle l'interpella.

— Vous ne me connaissez pas, monsieur. Je me nomme Orovida. Comme vous je suis espagnole.

Nos chemins auraient pu ne jamais se croiser, mais j'avais hâte de vous voir, ne serait-ce qu'un instant… alors, ayant appris votre présence à Sienne, je n'ai pas résisté.

Elle hésita un instant avant de poursuivre un très étrange discours.

— Par des chemins de montagne, entre les vignes, là où les voleurs rouliers ne s'aventurent jamais, j'ai quitté Florence. Jamais, en marchant, je n'ai cessé de rêver de vous. Indifférente à qui serait tenté de me condamner.

Impossible pour Vicente de dissimuler son trouble devant cette jeune beauté, le nez court et fin, la peau plus claire que l'ivoire, les lèvres bien ourlées, assez généreuses pour attirer le baiser. Essayant néanmoins de se reprendre, il lui adressa timidement la parole.

— Vous me voyez, Orovida, très sensible à vos attentions, je vous en remercie. Êtes-vous certaine de ne point commettre d'erreur ? Nul à Florence ne me connaît. Qui vous a appris ma présence, ce soir, à Sienne ? Vos propos me rendent perplexe, j'en suis navré. J'imagine mal que vous puissiez me connaître et courir sur de mauvais chemins avec pour seul espoir de me rencontrer. Je ne suis qu'un théologien malheureux des douleurs imposées par l'Église. Mon chagrin m'appartient, je ne le partage pas.

Orovida l'interrompit avec un doux sourire.

— Personne ne sait où vous êtes ? Vraiment ? Croyez-vous que j'aurais quitté Florence si je n'avais eu la volonté de m'entretenir à Sienne avec Vicente Romero ? Confiante en ma chance autant qu'en la Providence, je ne doutais pas de ma réussite… J'attends de vous autre chose que de simples flatteries accompagnées de chansonnettes.

— Je suis heureux de vous avoir rencontrée…

Vous me voyez désolé de ne pas satisfaire votre curiosité, pour insolite qu'elle me paraisse... Pardonnez-moi, je dois prendre du repos ; demain, d'importantes affaires m'attendent. Je dois y consacrer tout mon temps.

— Vous me laissez déjà ? J'avais tant de choses à vous raconter... Vous ne m'avez même pas demandé pourquoi j'ai fui Florence... pourquoi je souhaite parler avec vous... Vous n'êtes vraiment pas curieux. De vous, j'attendais de bonnes grâces. Je ne vis pas pour la volupté, mais avec le désir de m'entretenir avec celui qu'on assure le plus érudit des théologiens de notre temps. J'ai besoin de vos conseils, et déjà vous m'abandonnez. Je ne vous reproche rien, je suis triste.

Orovida, souriante, familière dans son parler, ne chercha pas à dissimuler son dépit.

Il faisait nuit noire. Sans ajouter un mot, Vicente, l'œil plus brillant que d'habitude, en proie à un malaise affectant toute sa personne, poussa la lourde porte cloutée qui s'ouvrait sur une cour avec une fontaine ; l'été, on y échappait aux chaleurs de la ville ; l'hiver, on devait y être protégé des frimas.

~

Impuissant à dominer ses pensées, incapable de trouver le sommeil, Vicente pensa toute la nuit à Orovida. N'avait-il pas pris congé trop rapidement ? Non seulement elle connaissait son nom, mais, afin de le rencontrer, elle avait effectué à pied un voyage de plus de quinze lieues. L'inquiétude et la curiosité taraudaient son esprit. Comme le vieux sculpteur, sale et puant l'ail, il se sentait épuisé de vivre.

Comment cette jeune femme connaissait-elle tant

de choses sur lui ? Qui lui avait appris son nom ? Comment savait-elle qu'il était à Sienne ? À Sienne et dans ce logis ? À toutes ces questions, il devait trouver une réponse. Courait-il un danger ? Avec la volonté de percer le mystère, il s'efforça de dormir. Sans y parvenir. Plus que jamais il se sentait perdu.

13

Orovida, dès l'aube, erra dans Sienne. Heure après heure la ville s'animait. Dans chaque échoppe, chaque palais, négociants, notaires, porteurs d'eau, palefreniers s'affairaient dans l'attente de l'arrivée du cardinal, suivi du cortège du pape. Borgia et Pie II venaient non seulement pour honorer Catherine, mais, chacun en avait conscience, pour affirmer l'autorité romaine, afin que les Toscans s'éloignent des Médicis et se tournent vers le Vatican.

Le podestat Vitello avait avisé Siennois et étrangers : ni la cour pontificale ni celle du cardinal Borgia n'offriraient pendant leur séjour un modèle de vie simple et modeste. Si toute l'existence de Catherine avait été marquée par la pauvreté et la compassion envers les miséreux, il en allait différemment de ceux qui avaient la charge de l'accueillir pour l'éternité au royaume des saints. Pas un Siennois, clerc ou laïc, qui n'ait lu les *Dialogues* de Catherine Benincasa. Fille de teinturier, elle avait fait vœu de virginité, en 1352, à l'âge de cinq ans, à la suite d'une vision du Christ pontife. Revêtue de l'habit des Sœurs de la Providence, une communauté religieuse ayant pour mission de préserver la morale de l'Église, elle avait quitté Sienne pour Rome. Elle avait tenté, avec une volonté farouche, d'y convaincre les prélats, ceux qui défendaient le pape romain et ceux qui espéraient que l'Église demeurerait en Avignon, qu'ils devaient sans tarder obéir à la règle fixée par Pierre : pour assurer l'unité des chrétiens, la papauté ne pouvait siéger que dans les murs de Rome, là où les Césars avaient martyrisé les chrétiens. S'agitant beaucoup, mais se contraignant à vivre dans l'austérité, mangeant peu, se reposant moins encore, Catherine était morte à Rome, âgée de trente-trois ans. Ses restes ramenés à Sienne, il n'était que temps de faire d'elle une bienheureuse. Afin qu'elle protégeât la ville de la peste et lui permît de vaincre ses ennemis.

Sans oser le dire trop fort, de crainte d'être dénoncés par les espions de Pie II et de son féal, le cardinal Rodrigue Borgia, de nombreux Siennois condamnaient sévèrement qu'on procédât avec un luxe excessif à la béatification de celle qu'ils appelaient affectueusement « la petite fiancée du Christ ». Ils n'avaient rien pu changer : les cérémonies se dérouleraient avec plus de faste que celles du Palio. Chaque Siennois, quels que fussent son âge et sa condition, s'y était préparé, avec l'espoir d'apercevoir le pape dans sa litière ornée de feuilles d'or.

Dès son arrivée, le cardinal Rodrigue Borgia, logé dans le Palazzo Nuovo, récemment achevé, où se tenaient tous les mois les réunions du conseil de la ville, avait fixé, sans que quiconque eût osé s'y opposer, les règles du cortège pontifical lors de chacun des déplacements. Le cardinal avait exigé au moins un millier de participants, tous payés par le gouvernement siennois, décidant que toute tâche, fût-elle pour le service du pape, méritait quelques écus d'or. Écus qui lui seraient remis avant d'être distribués, et sur lesquels, personne n'en doutait, il prélèverait sa part.

En tête du cortège, un cheval blanc sans cavalier, sur lequel Pie II pourrait, s'il le souhaitait, chevaucher à son aise. Suivraient de lourdes bannières rouges, représentant la pourpre cardinalice, puis les dignitaires ecclésiastiques dans un ordre fixé avec rigueur par Borgia, ceux qui pourraient lui être utiles en première ligne. Le souverain pontife se déplacerait dans sa litière, entouré des princes laïcs venus de Germanie, de France, et en grand nombre d'Espagne afin de montrer la puissance des Catalans dans l'Église romaine. Marcheraient derrière les abbés de tous les États d'Italie, les Florentins précédant les autres ; dans le désordre, évêques, archevêques, ambassadeurs de la chrétienté, et des dizaines d'émissaires turcs. Pour finir, les collèges des métiers, les maîtres des universités, les hommes d'armes attachés à la défense de Sienne et les bourgeois portant leurs armoiries.

— Et le peuple ? avait demandé le podestat Vitello.

Irrité, Rodrigue avait répondu :

— Le peuple s'agenouillera au passage du cortège, dans lequel il n'a pas sa place. Après la messe, tous les ecclésiastiques se rassembleront dans les jardins du Palazzo Nuovo à l'invitation du pape. Que ce soit une belle fête ! avait-il précisé, mais nul n'entrera qui ne soit de cléricature. À la première sonnerie de trompette tous les hommes quitteront les lieux ; les femmes pourront rester.

D'humeur joyeuse malgré tout ce que Rodrigue lui imposait, Vitello avait murmuré :

— Pardieu ! Si ceux qui naîtront dans l'année viennent au monde vêtus comme leur père, ils porteront tous la mitre.

Fort heureusement, Rodrigue n'avait pas entendu la facétie, elle aurait pu, sans que le cardinal tînt compte de son titre, traîner le maître de Sienne dans les geôles de la ville. Borgia, incapable de compassion, avait pour habitude de faire emprisonner ses détracteurs. À ses oreilles, toute plaisanterie sur sa personne devenait agression ; il convenait de la punir par la force.

N'était-ce pas désordre que les excès commis par ses gardes, dans l'ardeur de le protéger, sur des femmes aux appas trop visibles ? Dans les rues, ils se jetaient sur elles au motif qu'elles découvraient leur gorge. Après les avoir violentées sur ordre de Rodrigue, ils imposaient à leurs victimes de chanter des cantiques.

~

Dans le petit castel, proche des remparts de Sienne, où il s'était rendu à la nuit tombée, le cardinal chancelier Borgia, le visage empourpré, ne décolérait pas. Il en avait oublié les promesses faites à Thomas, lors du souper, de rassembler une armée pour, dans une nouvelle et puissante croisade, chasser les Turcs de Constantinople.

~

Thomas, despote chrétien de Morée, petit-fils de Paléologue, dernier empereur d'Orient, l'avait pourtant impressionné. Dans tout Sienne ce n'était qu'agitation dans l'attente de l'arrivée du pape : il ne restait plus une botte de paille pour s'allonger et dormir. Thomas, lui, s'était présenté au Palazzo Nuovo, la tête rasée à la façon des moines, une simple couronne de cheveux gris autour du crâne, une touffe dressée sur le front. Vêtu d'une longue robe noire, coiffé d'un petit bonnet blanc de zibeline, escorté de soixante-dix chevaux, dont plus de soixante avaient été volés dans les fermes des villages voisins. Ce bel homme d'une cinquantaine d'années, vivant comme un miséreux, était venu à Sienne pour lancer un appel douloureux, afin que Pie II sauvât de la domination turque l'Église d'Orient. Thomas, esprit subtil, savait que le pape ne décidait rien sans l'avis du cardinal chancelier Rodrigue. Connaissant aussi les mœurs des Borgia, il avait consenti, malgré sa tristesse de père, à sacrifier sa fille Zoé, dont il avait pourtant négocié le mariage avec Ivan III, grand duc de Moscovie.

Zoé ne manquait pas d'attraits ; Rodrigue avait obtenu sans difficulté, contre six mille ducats remis dans l'instant à Thomas, que la jeune femme restât au Palazzo Nuovo après le départ de son père, qui logeait dans un petit palais gardé par des lansquenets espagnols.

Que Zoé demeurât près de Rodrigue semblait avoir été prévu par Thomas ; seule avec le cardinal, elle n'avait montré aucune frayeur et s'était amusée de ce que la chambre ne fût, selon elle, qu'un « merveilleux désordre » au centre duquel le lit, assez étroit, avait été préparé pour des échanges amoureux. Rodrigue avait précipité les événements, montré qu'il était aussi ardent au lit qu'à servir la messe, ce qui n'avait pas déplu à la belle.

Flattée par les caresses de l'illustre cardinal, conquise par son savoir-aimer, elle avait vite oublié que c'était pour aider son père à sauver l'Église d'Orient qu'elle se donnait sans amertume ni regret à cet amant. Elle avait su apprécier les délices des plaisirs charnels.

Épuisée, Zoé, enlacée à Rodrigue, était tombée dans un profond sommeil. Quelle douce volupté que de s'endormir entre les bras d'un puissant prélat de la Curie !

Quand, dans la nuit, elle s'était éveillée, le cardinal n'était plus à son côté. Un rapide regard sur la chambre vide, et elle avait pleuré. Après s'être levée, toilettée et habillée, elle était sortie du Palazzo Nuovo sans que personne ne s'intéressât à elle. En courant dans les ruelles obscures, elle avait rejoint son père, l'avait réveillé brusquement, certaine d'avoir accompli la mission qu'il lui avait confiée.

Thomas l'avait écoutée. Sans ajouter un mot, il lui avait conseillé d'aller dormir et de ne plus songer à l'ivresse de la soirée.

~

Négligeant Zoé, Rodrigue, une lanterne à la main, avait, sans réveiller les gardes, franchi les remparts. Il avait gagné à pied le vaste domaine des Pazzi, les banquiers florentins.

Orovida, la juive espagnole, mariée à un tanneur, qu'il avait séduite dans un tripot romain après un soir de fête, et dont il avait fait sa complice, l'y attendait.

Sous le charme des délices amoureuses de Rodrigue, ayant obtenu que sa famille fût protégée par le pape, Orovida avait accepté de servir le cardinal. Elle s'était, sur son ordre, rendue à Florence. Sa mission : être reçue sans défiance dans le palais des Médicis de la via Larga ; puis se rendre à Sienne, lors de la visite pontificale, afin de ramener à Rome le vertueux Vicente Romero. Un Aragonais – dont il redoutait les bavardages, avait précisé Rodrigue – ignorant des avantages de la débauche pour réussir sa vie. Cela avait semblé étrange à Orovida. Afin de conserver les faveurs de Borgia, renonçant à l'interroger, elle avait obéi, se satisfaisant de lui demander si, Vicente Romero revenu à Rome, il aurait pour elle d'autres projets.

— Oui, avait répondu Rodrigue, bougon. Je t'en entretiendrai plus tard.

Puis il lui avait précisé ce qu'il attendait d'elle. Qu'elle quitte secrètement Florence, et profite de la présence à Sienne de Vicente, chargé d'organiser les festivités, pour lui énerver les sens. Qu'elle se livre à lui, elle avait l'art de plaire. Sans chercher à dissimuler leur intimité. Qu'elle se glisse dans son lit, et qu'elle ferme les yeux s'il ne la contentait pas. Qu'elle ne faiblisse pas, il avait besoin de Vicente à Rome. Borgia avait souhaité qu'on propageât sur Romero les plus folles rumeurs, notamment son attrait pour les courtisanes ; les gens du peuple aimaient à se nourrir de ces turpitudes.

~

À présent, à quoi bon accabler Orovida ? Lui reprocher de n'avoir pas séduit Vicente ne servirait à rien. Il devait s'y habituer, le théologien demeurait étranger aux femmes. Parviendrait-on à changer son comportement ? Pouvait-on s'en offusquer ? Peut-être. L'en blâmer ? Certainement pas. Se montrer sévère avec lui, trouver une raison de l'emprisonner serait vain. Qui peut contraindre un homme à pénétrer contre sa volonté dans le temple de Vénus ? Nul n'a l'obligation de consacrer son temps aux plaisirs de la chair.

— Je voudrais, dit-il, apaisé, ne pas être désagréable. Tu n'as, j'en suis certain, rien négligé pour plaire à Vicente. Ne sois donc pas affligée. Avec certains hommes, inutile d'insister ; ils résistent à la tentation. Aux nuits chaudes, ils préfèrent les heures de prières, on ne les change pas. Peut-être auras-tu plus de chance demain… Ne nous résignons pas !

~

Tout se déroula comme Rodrigue l'avait souhaité. La béatification de Catherine se transforma en hommage au pape Pie II. Perclus de douleurs, celui-ci fit néanmoins bonne figure. Pendant une semaine, de jour comme de nuit, il assura cérémonies, réception des étrangers, audiences aux notables italiens… Pour la réputation de l'Église il se montra avec tous empressé.

Tout le long des rues parcourues par les processions, les façades étaient décorées de tapisseries. Des autels élevés ici et là s'échappaient des fumées d'encens. Aux fenêtres, les femmes se pressaient, parées de leurs plus beaux atours. Au cœur de la cité, le Palazzo Nuovo, propriété de la famille Bicci, était orné de riches tentures. La place, recouverte de tapis précieux, pris aux Turcs, ressemblait à un vaste théâtre où se succédaient bateleurs et dresseurs d'animaux sauvages : singes, ours, loups et lions.

Orovida se glissait de groupe en groupe, indifférente aux festivités. Elle avait jusqu'à ce jour, croyant peut-être gagner son amour, satisfait aux exigences de Rodrigue ; elle n'était pas son unique maîtresse et ne l'ignorait pas. Pourquoi, alors, lui demeurer soumise ? Cherchait-il à l'associer à un scandale dont elle ignorait tout ? Elle ne voulait pas le croire, elle en souffrait. Oui, mais à qui clamer qu'elle trouvait étrange le comportement de ce prélat, dont nul n'ignorait qu'il s'adonnait à la galanterie plus qu'à la pruderie ? Les Siennois semblaient le révérer plus qu'ils honoraient le pape. Pourquoi le servir plus longtemps ? Si l'Église tendait un piège aux juifs, la protection qu'il lui avait promise, ainsi qu'à sa famille, il l'oublierait vite. Se voulant forte, elle n'éprouvait que du désarroi. Jamais Rodrigue ne la tirerait de la pauvreté dans laquelle elle vivait. Il pouvait se montrer aussi cruel avec une maîtresse qu'il s'était empressé à l'attirer dans son lit.

Rentrer en Espagne ? Ferdinand, qui avait succédé à Alphonse en Aragon, ne cachait pas son intention, après son mariage avec Isabelle de Castille, de chasser définitivement les Maures d'Andalousie, et de condamner à l'exil tous les juifs d'un royaume d'Espagne unifié. Pouvait-elle mettre en danger sa famille, installée à Rome ? Avec les bénéfices du négoce des épices d'Orient, elle contribuait, comme d'autres juifs, à la magnificence de l'Église romaine.

Dans Sienne en fête, les cris de la foule, le sang des animaux abattus par jeu dans les rues et sur les places, le spectacle des hommes et de nombreuses femmes ivres titubant, tout lui devenait insupportable, si différent de ce que la chrétienté devait montrer. La religion était à ses yeux une suave perfidie, une succession de mensonges ignorés du peuple, sottement occupé à prier pour son salut.

Quand Rodrigue évoquait devant elle l'idée d'une nouvelle croisade, elle souriait. Mois après mois, année après année, le départ en avait été retardé. À entendre le cardinal, Français et Bourguignons ne montraient guère d'enthousiasme pour une nouvelle guerre. Les Vénitiens avaient promis des vaisseaux pour transporter cinq mille croisés, afin de reprendre Raguse tenue par la puissante armée turque. Les vaisseaux de la République se faisaient attendre, et les souverains chrétiens prenaient le temps de réfléchir. Cela durerait aussi longtemps qu'une entente ne serait pas scellée.

Pendant que le pape, oubliant ses douleurs, Rodrigue et quelques autres cardinaux festoyaient, s'enivraient, Orovida arriva pour la seconde fois devant la porte de Vicente. Sans en avoir eu consciemment l'intention. L'Espagnol était-il chez lui ? Elle rêvait d'un geste de tendresse. Un regard, une main cherchant la sienne… Elle aurait sans hésiter trahi Rodrigue, avouant à Vicente la mission perverse qu'il lui avait confiée. Si Vicente s'en attristait, elle saurait le consoler. Sans le connaître, il lui semblait impensable qu'on voulût agir contre un homme à l'allure si paisible. Elle l'avait dupé, incapable de désobéir à un amant aussi impétueux que Rodrigue ; elle le regrettait.

Elle s'apprêtait à frapper à l'huis quand elle entendit des cris. De protestation. La foule hurlait. Elle perçut vite ce qui excitait le peuple : le podestat annonçait que le souverain pontife et sa suite devaient quitter Sienne. Chacun avait beaucoup dépensé pour accueillir la cour pontificale ; le séjour annoncé pour un mois s'achevait brusquement ; la déception était grande.

À écouter le vacarme hostile, elle apprit que sur les quais d'Ancône plus de cinq mille hommes embarqués attendaient, selon la rumeur, que le pape donnât l'ordre de lever les ancres et de hisser les voiles. Il n'y avait pas une journée à perdre pour rejoindre le port. Sur ordre de Pie II et du cardinal Borgia, la mine lugubre, le cortège pontifical, tous chevaux sellés, aurait quitté Sienne avant la nuit. On chercherait au hasard des chemins des logis pour prendre quelque repos.

Pour Orovida, le moment était propice au changement. Que Pie II, Rodrigue et les autres abandonnent Sienne pour Ancône, elle demeurerait dans la ville, certaine de révéler à Vicente sa véritable nature. À la condition que lui aussi restât à Sienne et qu'il consentît à la recevoir. Elle n'avait qu'une hâte : se retrouver près de lui.

~

Hésitante, inquiète, elle frappa à la porte.

Vicente ouvrit ; le sang lui monta aussitôt à la tête. Le visage empourpré, il bredouilla :

— Que venez-vous faire ici ?… Si vous me connaissez, vous le savez : je ne peux rien pour vous… Nous n'avons aucune obligation l'un envers l'autre. Mon âme est à Dieu, toute intrigue m'effraie, et je n'ai pas l'intention de changer le cours de ma vie. N'espérez rien de moi. Disparaissez ! J'en serai grandement soulagé. Ne contribuez pas à mon infortune !

Orovida avait réussi à pénétrer dans l'unique pièce du logis, elle s'était assise sur le bord du lit. Au prix d'un douloureux contrôle sur lui-même, Vicente lui demanda, plus souriant :

— De quelle mascarade suis-je la victime ? Quelle histoire a-t-on inventée pour que vous me poursuiviez ainsi ? Vous semblez en savoir plus sur moi que moi sur vous… J'exige la vérité. Je n'ai pas la candeur de croire aux hasards dictés par les astres.

Debout, la mine sévère, il attendait une réponse.

Orovida soupira.

— Oh, une longue histoire !… Je suis juive, fière de l'être, mais aussi espagnole. Ma première aventure galante, je ne l'ai pas vécue avec n'importe qui. Avec le cardinal Borgia. Il a su se montrer assidu, me poursuivant comme le chasseur traque le cerf. J'aurais dû fuir, je n'ai pas su résister. Ce qui m'a attirée dans le lit de Rodrigue ? Je ne saurais le dire. Il commandait, je lui obéissais. Montrez-vous indulgent ! Aujourd'hui, je n'ai plus que des regrets… Et peut-être une idée…

— Quelle idée ? répliqua sèchement Vicente, fâché de retrouver une fois encore le bouillant cardinal sur son chemin.

Orovida tenta de s'expliquer. En pleurant.

— Pour une raison qui m'échappe, Rodrigue cherche à vous compromettre. Selon ses dires, ce ne serait pas lui, mais son oncle Alonso, devenu Calixte III, qui vous aurait appelé à Rome. Est-ce exact ?

Vicente, de plus en plus étonné, écoutait maintenant Orovida avec crainte et curiosité.

— Le cardinal, poursuivit-elle, m'a envoyée à Florence, afin que je m'intéresse avec discrétion aux négoces des Médicis avec les juifs. J'avais rencontré Rodrigue à Rome lors d'une procession commune aux juifs et aux chrétiens. J'ai cru en la profondeur de ses sentiments. L'idée de séjourner à Florence dans la pompe toscane ne me déplaisait pas. Il m'a donné une lettre pour que Cosme me prenne dans sa Maison. Comment me douter qu'il s'agissait d'une ruse ? Dans le palais de la via Larga, j'ai passé de bons moments ; j'ai réussi à amuser Laurent. Il a vite appris, malgré son jeune âge, à gouverner seul la République. Il se plaît autant dans les arts que dans la lecture du latin.

Un sentiment étrange agitait le cœur de Vicente. Cette affaire demeurait un mystère, il voulait comprendre. Orovida jouait-elle ou s'exprimait-elle sincèrement ?

— À Florence, poursuivit-elle, j'ai reçu une missive de Rodrigue. Tout ce qui vous concernait y était consigné. Vous me croirez avec peine, mais il m'ordonnait de quitter la Toscane sans délai, et d'obtenir, en me montrant à vos côtés, que vous soyez soupçonné de comploter avec les juifs d'Espagne et de favoriser leur négoce avec le Vatican. Accusé de détourner l'or de l'Église, vous auriez été jeté en prison.

Vicente ne put s'empêcher de sursauter.

— Ne soyez pas effrayé ! reprit-elle. J'ai beaucoup réfléchi : je vous aiderai, si cela s'avère nécessaire. Je ne comprends pas comment j'ai pu accepter une telle ignominie. Rien ne la justifiait. J'ai honte.

Vicente, dans un geste de résignation, leva les mains et les yeux vers le plafond de la chambre. Maintenant, il comprenait la raison pour laquelle Rodrigue lui avait demandé d'assumer à Sienne ses débauches de cardinal et celles de ses gens... Il comprenait aussi pourquoi, refusant de le prendre dans le cortège vers Ancône, il lui avait suggéré de rentrer directement à Rome... Ce qu'il ne comprenait pas : son désir de le compromettre en exigeant qu'il se montrât dans l'intimité d'une juive. Une juive espagnole, de surcroît. Il devait se rendre à l'évidence : Rodrigue Borgia, toujours plus porté sur le vice, la ruse et le meurtre, était vraiment capable de toutes les infamies. La méfiance s'imposait, car le cardinal était homme à commettre un crime quand il n'obtenait pas ce qu'il espérait. Ses agissements dépendaient aussi de ses maîtresses. Certaines ne manquaient pas d'influence.

Vicente ignorait comment il se vengerait, mais il était décidé à abattre Rodrigue. Pour cela, il aurait peut-être besoin d'Orovida.

Pour la première fois de sa vie, Vicente retint une femme chez lui jusqu'au souper, et ne refusa pas de passer la nuit en une occupation qui scellait leur amitié. Orovida, il le lui avoua, deviendrait la reine de ses jours. Tout ce que Rodrigue avait obtenu : la naissance d'un grand amour entre une femme et un homme dont les destins n'auraient jamais dû se croiser...

~

Dès le lendemain, Vicente et Orovida, sur de robustes mules, prirent le chemin de Rome, décidés à perdre Rodrigue. Espagnole fière et avisée, Orovida suggéra à son amant d'endormir la méfiance du cardinal en se réconciliant avec lui, en le remerciant de l'avoir jetée dans son lit, considérant qu'il lui importait peu qu'elle fût juive. Que Vicente lui avoue qu'il songeait à en faire son épouse ! Rodrigue en serait déconcerté.

Vicente ne quittait pas Orovida du regard, chevauchant paisiblement à son côté. Il ne cessait de s'interroger : certes, elle lui avait fait découvrir le plaisir, il n'aurait néanmoins pas juré qu'elle ne fût pas réellement au service de Rodrigue ; son ardeur à vouloir se défaire du cardinal l'inquiétait. Peut-être y avait-il danger… Tout cela ajoutait à la confusion de son esprit, le laissant indifférent aux campagnes traversées. Il n'aimerait pas être vilainement trompé et passer soudainement du ravissement à la désolation. Et si Orovida n'était qu'une dame de joie payée par Borgia ? Non, il chassa cette vilaine pensée.

Vicente et Orovida apprirent d'un arbalétrier, fermant et ouvrant la lourde porte des remparts d'Orvieto, que sur le chemin d'Ancône, après que le marquis Gonzague lui eut offert les clefs de la ville de Mantoue, le pape Pie II, qui venait de prendre les eaux à Petriolo, avait expiré dans d'effroyables souffrances. Terrassé par la peste, prétendait la rumeur des tavernes. Vicente, entre deux prières, et Orovida s'interrogèrent : qu'allait-il advenir de Rodrigue ? Et d'eux-mêmes ?

Dans Orvieto, érigée sur un plateau de terre volcanique, on ne pleura guère la triste fin de Pie II. Certains ecclésiastiques ne dissimulaient pas leur joie de le voir s'effacer, alors que la ville était propriété du pape. La Torre del Moro, carrée, jointe à la cathédrale, avait été construite sur ordre de Nicolas : ses cent vingt pieds dominaient l'Ombrie, afin de montrer à tous, seigneurs et gueux, la puissance de l'autorité pontificale.

Vicente raconta à Orovida, qui l'ignorait, que plus de cent cinquante sculpteurs, soixante-dix peintres, une centaine de mosaïstes avaient travaillé au Duomo, hommage des chrétiens au miracle de Bolsena, une cité voisine. Deux siècles plus tôt, un abbé doutant de la présence du Christ dans l'Eucharistie avait vu du sang couler d'une hostie au moment de l'Élévation. Depuis ce jour, chaque année, l'Église avait veillé à ce qu'on célébrât avec faste ce qu'on appelait la Fête-Dieu.

Dans l'Albergo dei Fiori, où ils avaient loué une chambre, Vicente et Orovida constatèrent avec étonnement que la fin du pape ne semblait pas peiner les buveurs, colporteurs et muletiers désœuvrés. Autour de la table à tréteaux, les pichets succédaient aux pichets. Ivres, certains gaillards tombaient de leur tabouret. Prudente, Orovida, la seule femme, remonta dormir malgré le vacarme. La disparition du pape, un mortel parmi d'autres, ne lui inspirait ni joie ni tristesse.

Vicente avait compris les braillards. Pour eux, en âge de se battre, la disparition de Pie II sonnait le glas de la guerre sainte : les troupes rassemblées à Ancône seraient dispersées, ils pourraient, sans payer le prix d'une armure, continuer à travailler leurs vignes et cultiver sur les terres sèches du Latium leurs champs d'épeautre ; moins coûteux, il remplaçait le froment dans les chaumières. Ils pleuraient un pape, ils se réjouissaient de tirer le soc de leur charrue.

Quand il rejoignit Orovida, nue sur la toile de lin étendue sur le bois du lit, Vicente ne put éviter de montrer un visage austère. Même si les Borgia ne manquaient pas d'adversaires, si peu nombreux que fussent les partisans du cardinal chancelier, Rodrigue disposait d'assez d'or, de meubles précieux, de bijoux, d'émeraudes et de diamants pour satisfaire aux besoins des électeurs réunis à Rome, où tous s'étaient hâtés de revenir. Vicente en était convaincu : Rodrigue Borgia coifferait la tiare. Acquise par la corruption. S'il remplissait leurs coffres, les cardinaux, avides de fortune, n'hésiteraient pas à désigner un gredin pour gouverner l'Église. Le cortège du couronnement du Borgia aurait tout d'une procession funèbre.

Inquiet sur son avenir, Vicente proposa à Orovida, qui l'accepta, de rester quelques jours de plus à Orvieto, afin de décider de leur comportement avec celui qui serait élu.

~

Pour une surprise, quelle surprise ! Rodrigue Borgia ne sortit pas vainqueur du conclave, mais un de ses fidèles amis, le cardinal vénitien Pietro Barbo, remporta l'élection. Les deux hommes avaient un point commun : le goût du luxe. Pour quelles raisons Barbo, qui avait choisi le nom de Paul II pour exercer son pontificat, avait-il été préféré à Borgia ? Vicente brûlait de l'apprendre.

Sans s'attarder, Orovida et Vicente quittèrent Orvieto pour Rome.

14

Au fil des mois, impossible de reconnaître Rome. Les désordres y étaient toujours aussi nombreux, mais, derrière la misère visible des petites gens, la magnificence de l'Église apparaissait plus que sous les précédents pontificats. De nouvelles constructions sortaient de terre. Pietro Barbo fit agrandir sa résidence cardinalice, aussitôt nommée palais de Venise afin de montrer qu'il portait dans son cœur sa ville natale. Rien d'une forteresse, mais la délicatesse et l'élégance des demeures patriciennes de la Sérénissime, et pour la première fois dans Rome de longues galeries à arcades, avec une façade en marbre de Carrare. Il voulut un porche majestueux, dans lequel seraient sculptés les lions de Venise, pour accueillir les invités présents à Rome, non par attrait de la religion, mais pour assister à une des *barbieri* – du nom du pape –, que Paul II organisait presque chaque semaine.

Rome se transformerait en une arène dans laquelle se multiplieraient cavalcades de chevaux, mais aussi d'ânes et parfois de buffles. Sur les animaux sans selle s'affronteraient non seulement de robustes jeunes gens, mais aussi, parce que cela plaisait au pape et qu'on veillerait à ne pas lui désobéir, des vieillards de plus de soixante ans et des juifs. Pour ceux-ci, Paul II ne manquait pas d'imagination : ils devraient courir avec des vêtements alourdis par des pâtisseries accrochées et enfouies ici et là ; les enfants, avides, se rueraient à leurs trousses pour les dépouiller.

Paul II, désireux que l'Église dévoilât ses richesses, ordonna, sitôt couronné, que les messes dominicales fussent suivies de festins sur la place San Marco – encore une allusion à Venise. Festins auxquels pouvaient prendre part deux mille habitants désignés au hasard par les gardes du Vatican. Le pape y assistait régulièrement et faisait jeter des pièces d'or aux convives. Des rixes éclataient pour se partager la manne, les cadavres demeurés sur le sol ne troublaient pas ceux qui, jusque tard dans la nuit, chantaient, dansaient et s'enivraient. Le principal attrait pour le peuple était que, sur ordre du pape, tous les mets étaient préparés, cuits et dégustés en plein air : têtes de mouton ou d'agneau, boulettes de poisson à l'huile d'olive, poulets plumés par les enfants. Aux prélats de haut rang, aux visiteurs, on réservait le gibier. Paul, lui, aimait à se délecter de cerf en saumure, couvert d'anchois crus offerts par les pêcheurs d'Ostie.

Quand il en avait envie, il paraissait coiffé d'une tiare étincelante de saphirs, qu'il avouait avoir payée plus de deux cent mille florins. Somme prélevée sur le produit des abbayes et couvents des États pontificaux, qui, selon une ancienne règle, aurait dû être distribué aux miséreux des paroisses.

Rien n'était trop beau pour le chef de l'Église, le luxe devenait sa quotidienneté. Personne ne le vit jamais rougir de honte. Pour les festins populaires, il se faisait entourer du collège des cardinaux, revêtus de la pourpre, coiffés d'une haute mitre de soie brodée de perles, habituellement réservée au pape. Paul II n'avait que faire des usages : chaque matin, il avalait de l'ail pressé dans de l'eau chaude, afin, disait-il, de mieux dégager ses intestins.

~

Installés dans un logis proche du Capitole, Orovida et Vicente se sentaient mal à l'aise dans Rome. Ils ne reconnaissaient plus la ville. Les complots, les intrigues, les meurtres demeuraient fréquents, mais jamais la cour pontificale n'avait vécu pareilles orgies ; les princes de l'Église vivaient entourés de courtisans et de maîtresses. Quelques bilieux s'en offensaient publiquement ; peu nombreux tant on préférait, jusque dans les églises, les récits gaillards aux textes des Évangiles.

Rodrigue Borgia appréciait ce mode de vie. Depuis son retour de Sienne et d'Ancône, le cardinal demeurait invisible. Orovida et Vicente apprirent qu'en sa qualité de doyen des cardinaux diacres – un doyen de trente-neuf ans ! – il aurait dû couronner le nouveau pontife. Non seulement il n'en avait rien fait, mais, malgré son goût pour les luxueuses cérémonies, personne ce jour-là ne l'avait aperçu. À quoi consacrait-il son temps ?

La rumeur le disait malade. Orovida et Vicente voulaient y croire : ils gagnaient de précieuses journées dans la préparation d'un complot visant à tuer et le souverain pontife, et le cardinal Borgia.

Les femmes sont souvent plus douées de raison que les hommes ; Orovida conseillait la prudence, Vicente refusait de l'entendre. Il rédigea en espagnol un texte d'une extrême violence, menaçant Paul II et les cardinaux corrompus d'être interpellés et jugés par le tribunal de l'Inquisition, le plus sévère de la chrétienté. Malheureusement pour lui, ce qui devait advenir advint.

Vicente avait confié le texte de son libelle aux copistes du Trastevere, afin de le distribuer dans les tavernes des rives du Tibre et les maisons de pêcheurs. Dénoncé – par qui ? il ne le sut jamais –, Vicente fut saisi à l'aube et emprisonné au château Sant'Angelo par les hommes de la garde pontificale. Les lamentations d'Orovida n'y changèrent rien. Celui qu'elle aimait sincèrement, on le torturerait avant de le pendre ou de lui trancher le col, pour enfin le jeter sur le bûcher de la cour de la prison. Sur ordre du pape ou du cardinal Borgia, Orovida n'en doutait pas. Vicente n'aurait pas la possibilité de s'échapper. S'il y parvenait, il continuerait la lutte, on ne l'ignorait pas au Vatican. Il serait donc soumis à une surveillance de chaque instant.

Pour sauver, ou tenter de sauver son amant, Orovida n'avait qu'un espoir, faible : obtenir la clémence de Rodrigue, en échange de la promesse de ne plus comploter contre l'Église, même si Vicente, pieux serviteur, en désapprouvait les mœurs. Qu'il le souhaitât, elle ne lui refuserait pas de nouveaux rapports charnels. Il n'était pas nécessaire d'aimer, pensait-elle, pour partager le lit d'un homme.

~

Elle hésita plus d'une semaine, puis se décida. Dans une courte missive, rappelant les doux moments passés ensemble, la bonne chère partagée, elle sollicita une audience chez le cardinal. Sans donner la raison d'une requête qu'il ne pouvait pas ignorer.

Rodrigue accepta l'entrevue : le mercredi à venir, avant le souper. Un souper auquel, elle le remarqua, il ne la conviait pas. Cela la rassura : invitée à partager un repas, elle aurait ensuite été entraînée jusqu'à la couche du cardinal et traitée – Rodrigue en avait l'habitude – comme toutes les catins et les femmes de bonne famille se hasardant dans ce palais où le mot vertu était ignoré. Pour ne pas perdre Vicente, elle y aurait consenti malgré sa rancœur.

À l'heure prévue, la nuit tombée, alors que les lanterniers effectuaient leur tâche, Orovida se présenta devant une demeure où elle avait vécu d'heureux moments ; elle en avait oublié la somptuosité. En y revenant, elle était de nouveau impressionnée par cette imposante bâtisse à mi-chemin entre le pont Sant'Angelo et le Campo dei Fiori.

Devant le château Sant'Angelo, elle n'avait pu retenir ses larmes : dans les geôles souterraines, quelles souffrances imposait-on à celui qu'elle aimait, auquel elle se sentait de plus en plus liée ?

Sur la façade du palais, l'écu du cardinal : les armes des Oms, ses ancêtres maternels aragonais, et le taureau des Borgia. À l'intérieur, Orovida découvrit un riche mobilier, récemment acquis ; elle n'avait pas le souvenir de l'avoir vu quand, insouciante, elle rejoignait Rodrigue pour des nuits agitées. Sur les murs, que de tapisseries à la gloire de la famille ! Tout semblait prétexte à flatter les Borgia.

Rodrigue l'attendait dans une vaste salle où étaient alignés des dressoirs couverts de pièces d'orfèvrerie. Sous un baldaquin de soie bleue, vêtu en chevalier teuton, il ne se leva pas d'un banc de velours pour accueillir son ancienne maîtresse.

Assise sur un tabouret recouvert de brocart, s'efforçant de ne rien laisser paraître de l'angoisse lui desséchant la gorge, Orovida, avant même de plaider pour

Vicente, fut saisie d'étonnement : Rodrigue l'interpella de façon inattendue.

— Alors, loyale amie, vais-je enfin apprendre ce que tu as découvert à Florence ? Les Médicis sont-ils fidèles à Rome ou songent-ils toujours à accroître leur fortune en négociant avec les juifs ? Je t'ai offert l'opportunité de m'ouvrir les yeux sur ce que souvent ici on ignore… Sois utile !… On raconte que les héritiers Médicis, Laurent et Julien, se préoccupent plus de distractions que des tâches imposées à qui se veut maître de Florence. As-tu, chez eux, réussi à t'imposer ?

Orovida n'avait pas imaginé que Rodrigue l'interrogerait sur un séjour qu'elle voulait oublier. Une idée lui vint, risquée mais susceptible de la servir : Rodrigue entendait paraître dans toute l'Italie comme l'homme le plus beau, le plus puissant ; lui parler de Laurent serait peut-être un moyen de l'humilier sans qu'il pût répliquer.

— Avec Laurent, reprit-elle, très calme, la famille Médicis a trouvé celui qui fera briller Florence d'un lumineux éclat dans toute l'Europe. Si le jeune homme est de taille modeste, son corps paraît robuste. Ayant eu le loisir d'observer son visage, je puis vous assurer qu'on néglige vite quelques traits irréguliers pour ne s'attacher qu'à ses yeux noirs : ils laissent deviner un tempérament volontaire et peut-être rusé. Laurent préfère les artistes aux négociants. Il rencontre régulièrement peintres et sculpteurs. Voilà pour les Toscans une chance inespérée ; Rome ne la connaîtra jamais…

Indifférent à la provocation, Rodrigue l'interrompit sur un ton qu'il voulait désinvolte :

— On assure qu'il a une voix criarde, une mauvaise vue et qu'il est insensible aux odeurs, délicates ou repoussantes.

Plus Rodrigue insistait sur les imperfections du Florentin, plus Orovida vantait ses vertus.

— Élégant, affable, toujours souriant et disponible, il apparaît comme l'héritier le plus prometteur de la lignée des Médicis. Vous avez exigé que je quitte Florence pour Sienne, afin d'y rencontrer Vicente Romero... Pour quelle obscure raison m'avez-vous poussée vers cet homme ? Je m'y suis résignée, je ne le regrette pas ; vous le savez mieux que quiconque... Je me trompe ?

Orovida, ne voulant plus que déplaire à Rodrigue, avait atteint son but : le cardinal, la mine austère, s'agitait.

— Ne me parle pas de ce félon ! Mais de ceux qui m'intéressent : les juifs ! Oui, les juifs ! Les Médicis traitent-ils encore avec eux ?... Cela me semble plus important que la longueur du nez de Laurent, lâcha Rodrigue. Les juifs ne songent qu'à élaborer des machinations contre l'Église. Ils travaillent dans l'ombre, obsédés par le désir d'accroître leur fortune. Ils s'en remettent aux sorciers. À se vouloir plus hardis, plus rusés que les autres, ils n'attirent sur eux que des sentiments de haine. En Espagne, où nous sommes nés l'un et l'autre, j'ai assez d'influence sur Isabelle et Ferdinand pour qu'ils les dépouillent de tout ce qu'ils possèdent. Peut-être même les chasseront-ils.

Rodrigue ne maîtrisait plus sa rage. La bave aux lèvres, il ajouta :

— Les juifs s'agenouilleront à Rome, comme en d'autres contrées, pour réclamer une tranche de pain... On la leur refusera.

Orovida préféra s'abstenir de répondre à de telles ignominies.

Aussi souriant qu'il venait de se montrer violent, le cardinal se leva d'un bond. Il se dirigea vers la porte. Orovida se retourna.

~

Une jeune femme pénétra dans la salle : belle, blonde, des yeux clairs – rares chez les Italiennes –, grande, svelte, environ dix ans de moins que Rodrigue. Celui-ci, ayant retrouvé son calme, se montra moins distant avec elle qu'avec la plupart des maîtresses, qu'il rejetait quand il ne prenait plus plaisir à leurs caresses.

Ignorant Orovida, elle s'approcha du chancelier, lui parla à l'oreille afin de ne pas être entendue de la visiteuse dont la présence l'avait surprise.

Orovida, immobile sur le tabouret, le remarqua : la dame, élégamment vêtue, portait plusieurs colliers de pierres précieuses descendant au creux de sa poitrine. Ses sourcils droits, le dessin volontaire de ses lèvres signifiaient à la fois détermination et énergie.

Rodrigue, la tenant par la main, s'adressa à Orovida ; il lui lança d'une voix assurée, comme un défi :

— Vanozza Cattanei… la plus aimée des femmes ayant eu accès à mon lit. Si aimée que je lui ai déjà fait deux enfants. Un troisième va naître… Sans compter les autres. Nul ne devrait l'ignorer. Dans la galanterie, j'ai toujours pris plaisir à me surpasser. J'aime beaucoup les enfants. Surtout les miens ; ils sont vifs et fiers. La paternité me convient. Une juive peut-elle comprendre cela ?

Orovida, blessée, répliqua vivement :

— En effet, madame, je suis juive et, comme le cardinal, espagnole ; je me nomme Orovida Ribeira. Je n'éprouve aucune faiblesse à l'avouer. Je ne vous connais pas, mais permettez-moi de vous le dire : mesurez votre chance d'avoir pour amant Rodrigue Borgia. Comme tous les Catalans, il ne manque pas d'expérience, il me l'a joliment prouvé. Veillez toutefois à ce qu'il ne devienne pas rapidement indifférent. D'autres que moi vous tiendraient un langage identique.

Les deux femmes se regardaient sans tendresse. Il n'y avait plus un instant à perdre si Orovida voulait entretenir Rodrigue du sort de Vicente, afin de le sauver. Si nécessaire, possédée par une étrange volonté d'obtenir ce qu'elle voulait, elle se traînerait aux pieds du cardinal, en présence de Vanozza.

— Madame, reprit-elle, je crois votre situation ici plus enviable que la mienne… Que le cardinal consente à m'écouter, je ne m'attarderai pas, j'en fais le serment. Je ne vous imposerai pas une présence pour vous désagréable. Il est toujours déplaisant de se trouver face à une ancienne maîtresse qui a partagé, avant vous, l'intimité d'un homme. Vous ne subirez pas cette épreuve. Je n'ai qu'une hâte : quitter une maison si accueillante aux vices, où les amours occupent tant les jours et les nuits du maître de la demeure. Toutefois, prenez garde ! Rodrigue connaît mieux que quiconque l'art de la séduction. Je ne crois pas qu'il puisse s'habituer à une vie régulière. Parce que son maintien est plaisant, il se croit tout permis. Il vous flatte aujourd'hui, vous blâme le lendemain. Ébloui un moment, il ne vous accorde bientôt plus un regard. C'est dans sa nature.

— Assez !… Assez ! hurla Rodrigue.

Traversant la chambre en trois enjambées, il saisit Orovida par le cou sans que Vanozza ne s'intéresse à l'affaire. Amoureuse, aucun geste du cardinal, fût-il violent, ne la troublait. Ses brutalités la faisaient même parfois rire aux éclats.

— Peu m'importe que tu me rapportes ce que tu sais des Médicis, hurla rageusement Rodrigue ; avant de te chasser de mon logis, j'ai une exigence. Obéis ! Fais preuve de sagesse… et de prudence !

Un sourire de mépris éclaira le visage en feu du cardinal courroucé. Il relâcha enfin une étreinte douloureuse qui aurait pu être mortelle. Il avait depuis longtemps renoncé à tenir les comptes des meurtres qu'il avait ordonnés ou lui-même accomplis. Il s'en désintéressait. Des hommes à lui jetaient les cadavres dans le Tibre, qui les entraînait vers la mer.

— J'ai longtemps pensé que je pouvais t'assurer de ma protection. Une faiblesse ! J'en suis aujourd'hui puni. Mais sache que tu ne seras jamais la cause des maux qui m'affecteront, car…

— Car ?… interrogea, narquoise, Orovida, que la brutalité du cardinal n'avait pas brisée.

La voix de Rodrigue se fit rauque. Il désigna Vanozza de sa main gantée.

— Avec elle, je m'abandonne à la joie d'être aimé ; pour la première fois, une femme fait honneur à ma maison. Avec elle, je rêve d'étreintes qui n'en finiraient pas ; chaque nuit, le souffle tiède de sa respiration m'enivre plus que n'importe quel vin. Avec elle, je peux parler d'un avenir empli de joies familiales. Je pourrais être jaloux, je m'efforce de ne pas l'être.

Orovida ajusta distraitement les plis de sa robe.

Vanozza, tournée vers une fontaine du jardin, demeura un moment étrangère aux propos de Rodrigue, comme s'ils ne la concernaient pas. Gênée et lasse d'entendre ces bavardages sur leur intimité amoureuse, elle s'adressa à lui non en épouse blessée, mais en femme raffinée. Digne, sereine, elle lâcha :

— Vous m'aviez parlé d'une juive et de la mission que vous lui aviez confiée à Florence… Soudain soupçonneux, vous l'avez regretté… Vous l'auriez jetée, à Sienne, dans les bras d'un nommé Romero, afin de faciliter sa juste condamnation. Il s'agit de madame, je suppose… Alors, tenez votre promesse ! Elle ne vous importunera plus.

Ne pouvant qu'acquiescer, Rodrigue inclina la tête.

— Orovida, dit-il fermement, Vanozza a raison. Cette conversation est déplaisante, je l'admets. Il m'est désormais difficile de te cacher plus longtemps ce que tu ignores encore : la menace qui pèse sur toi… En la découvrant, je doute que tu en sois réjouie. Ne rêve plus de palais somptueux, de nuits de plaisir. Tu aurais dû prendre garde, je n'agis jamais sans avoir sérieusement et longuement réfléchi.

Le cardinal parlait à mi-voix.

— Parce que je hais Vicente, qui ne cesse de condamner le Vatican, je voulais qu'on le vît dans Rome au bras d'une juive. Y aurait-il eu meilleure preuve de son hostilité envers l'Église ? Cela lui aurait coûté la vie. Juifs ou mécréants, le bourreau pontifical a l'art de leur imposer un silence éternel. Il ignore la compassion ; inutile de le supplier, il prend à chaque pendaison un très vif plaisir.

Orovida avait compris. Son visage trahit son accablement. Comment sauver Vicente ? Rodrigue ne songeait qu'à tourmenter les juifs et quelques honnêtes gens assez téméraires pour dénoncer les mœurs dissolues des prélats. Un comportement cruel qui le servirait pour assurer son autorité sur la Curie.

Ayant repris ses esprits, Orovida s'adressa, sans réfléchir, à Vanozza stupéfaite du ton fier d'une intruse qu'elle avait hâte de voir quitter le palais.

— Madame, je vous abandonne volontiers à l'amour de Rodrigue. Puissiez-vous ne pas vous en repentir ! À tout moment son affection peut varier au point qu'il ne sait plus quelle femme dort dans son lit.

Atterré, Rodrigue ne dominait plus sa colère.

— Tu en as trop dit !… Maintenant, tu cours à ta

perte !… J'hésitais… J'avais tort. Ta dernière heure, comme celle de Vicente, ne tardera pas. Il y a des circonstances où l'indulgence devient faiblesse. Je ne m'y résoudrai pas. Je te considérais comme une maladroite, je ne vois plus en toi qu'une sorcière criminelle.

Le cardinal fixa un regard mauvais sur Orovida, immobile sur son tabouret.

— J'exige que tu te convertisses sans tarder à la religion romaine et abandonnes l'hérésie judaïque ! Que cela te contrarie m'importe peu. Je te l'impose : remplace l'étoile de David par la croix ! Seule possibilité pour toi de vivre libre à Rome. Avec ou sans enthousiasme, c'est pour toi une nécessité.

D'une voix plus sourde, sans reprendre son souffle, il ajouta :

— Apprends aussi que je dois, afin de défendre les intérêts de l'Église, me rendre pour un temps assez long en Espagne. J'emporterai avec moi quelques déclarations de conversions, afin de les présenter à Isabelle et Ferdinand… La mort de Vicente dans une geôle sombre de Sant'Angelo, poursuivit-il, ne m'intéresse pas… Ce que je veux ? Montrer à la reine qu'en dehors de la Castille les juifs ont retenu les enseignements du Christ et qu'ils ont enfin pris le goût des prières chrétiennes.

Vanozza, elle, s'interrogeait : son enfant verrait-il le jour avant le départ de Rodrigue pour l'Espagne ? Elle aurait la délicatesse de patienter jusqu'à son retour pour parler mariage. Accepterait-il de revenir à la vie laïque ? Rodrigue n'avait pas une nature à abandonner ses privilèges au Vatican pour l'épouser ; la tâche s'annonçait difficile.

Livide, hautaine, sans la moindre marque d'humilité, Orovida sortit de la salle, traversa les galeries et quitta le palais.

Elle voulait sauver Vicente, mais refusait d'abandonner sa foi. Disposée à l'amour, elle voyait comme un désastre le reste de ses jours. Serait-elle plus fidèle à son judaïsme qu'à un homme ? Au plus profond de son âme, la question demeurait sans réponse. Dans la clarté du ciel romain, il lui sembla voir les lueurs brûlantes d'un bûcher.

15

Les moinillons, serviteurs de Rodrigue, achevaient de remplir les nombreuses malles du cardinal. Survint alors l'imprévisible : malgré sa robustesse, le pape Paul II succomba. À l'issue d'un abondant repas pris en compagnie d'Ouzoun Hassan. Le prince des Turcomans, en ambassade à Rome, avec pour escorte les plus jolies filles de son harem personnel, était venu préparer une guerre contre le sultan turc de Constantinople.

— Je le regretterai toute ma vie, dit simplement Borgia.

~

Le cardinal ne quitterait pas Rome avant l'élection du successeur de Paul II ; il retarderait son voyage en Espagne. Il devait rencontrer Isabelle de Castille et Ferdinand d'Aragon, afin de les inciter à réaliser l'unité définitive des royaumes ibériques. On en parlait depuis longtemps ; rien n'était définitivement acquis. Malgré son amitié pour les souverains, Rodrigue n'ignorait pas que ceux-ci pouvaient prendre enfin une sage résolution : achever la Reconquête, chasser les Maures d'Andalousie avec une armée unique.

Auparavant, Rodrigue devait une nouvelle fois entrer

en conclave. Il l'avait fait savoir : engagé dans les affaires d'Espagne et très occupé par l'éducation de ses enfants, il ne briguerait pas la tiare. Il préférait pratiquer la ruse, à l'écart du siège de Pierre. Personne n'en doutait : le cardinal Borgia se montrerait assez clairvoyant pour que le choix se portât sur un de ses amis.

Chaque jour, les intrigues se multipliaient. Sans tarder, le conclave devait se tenir dans la grande chapelle ; cela éviterait les douteuses négociations.

Avant même que le vote ne débutât, un nom courait parmi les conclavistes : celui du cardinal franciscain Francesco della Rovere. Il fut élu. Sous le nom de Sixte IV.

~

Sitôt désigné, le nouveau pontife accorda à Rodrigue le titre de cardinal évêque d'Albano. Quelle que fût sa reconnaissance envers Borgia, Sixte IV se voulut beaucoup plus rigoureux que son prédécesseur ; le temps était venu de mettre un terme aux reproches dont on accablait le gouvernement du Vatican. Sans attendre, il convoqua Rodrigue, afin de lui parler sans détour.

— Pour accéder à ta nouvelle dignité, tu dois être ordonné prêtre, ce que tu n'as jamais songé à faire. Les cardinaux ne sont pas nécessairement des ecclésiastiques, je le sais, mais si tu ne prononces pas tes vœux ta condition deviendra vite périlleuse. Tes ennemis ne seront jamais à court d'arguments. Ne vois pas en moi un adversaire, mais un amical conseiller ; résigne-toi au célibat et à la chasteté, remplace la lubricité par le goût de la messe. Ce sera difficile, tu y parviendras. Je te garde ma confiance.

Rodrigue ne répliqua pas ; il le savait, le pape lui demandait l'impossible.

Il obtint un délai : il prononcerait ses vœux à son retour d'Espagne.

~

Avant son départ, le souverain pontife le reçut pour un ultime entretien, dans une chambre de la nouvelle bâtisse du Vatican.

— Je crois, lui dit-il sur un ton paternel, qu'il est sage de quitter Rome pour quelques semaines… ou quelques mois. Comment supporter plus longtemps les rumeurs qui courent sur les Borgia ? Je sais tout ce que je te dois, mais j'entends rendre à notre Église le visage qu'elle a perdu durant un siècle. À Florence, on pratique le culte des Anciens, les Grecs et les Latins ; à Rome, on prononce de moins en moins souvent le nom du Christ Sauveur. Pour rétablir notre autorité, n'attendons rien des champs de bataille ! Attaquons-nous aux juifs ! Des gens sans importance. L'errance leur convient. Ils en ont depuis des siècles l'habitude. Tente de convaincre les souverains espagnols de les exiler, de confisquer leurs biens au bénéfice de nos abbayes ! Je saurai te récompenser. Punir l'hérésie juive ne doit pas empêcher l'Église de retrouver son éclat. Durablement.

Rodrigue écoutait Sixte IV avec attention ; le vieillard s'exprimait avec sagesse. S'éloigner de Vanozza le chagrinait, il n'osait pas l'avouer. Jamais il n'avait imaginé devenir prisonnier d'un amour qui lui tînt avec autant de vigueur l'âme et le corps. Près d'elle, il oubliait ses erreurs passées. Il ne renoncerait jamais à elle. Hélas, s'il prononçait ses vœux, la condition de religieux lui interdisait le mariage. Comment arranger ses affaires ? Pour la première fois, il redoutait de ne plus maîtriser la situation.

Afin de conserver son rang dans l'Église sans perdre Vanozza, dès son retour d'Espagne il installerait la mère de ses enfants dans une maison proche de son palais cardinalice ; elle appartenait à un juif. Il le ferait emprisonner, et occuperait la demeure sans puiser dans sa bourse.

Il se rassura définitivement en décidant que, faute d'épouser Vanozza, il lui trouverait un mari d'âge assez avancé, réjoui de lui donner son nom, qui supporterait sans barguigner leur liaison amoureuse. Rodrigue avait déjà son idée : Domenico d'Arignano, la soixantaine passée, atteint d'un mal le contraignant à trembler de jour comme de nuit ; aucune médecine ne pouvait améliorer son état. Il était chargé de surveiller les armes des lansquenets de la garde pontificale, cela faciliterait les rencontres avec Vanozza, sans que personne ne s'en émeuve. Veuf depuis plus de trente ans, quelques écus l'aideraient à consentir à de nouvelles épousailles. L'argent permet les arrangements les plus insolites.

Le cardinal se disposait à se retirer quand, d'une voix forte, Sixte le retint.

— Pardonne-moi, Rodrigue, mais tu as fait enfermer dans les geôles de Sant'Angelo un érudit talentueux. Aussi savant que le Florentin Pic de La Mirandole... De quel crime ce Vicente Romero est-il coupable ? Un Espagnol, comme toi, m'a-t-on rapporté... Si c'est un criminel, qu'on lui fasse un procès, qu'on le juge ! Sinon...

Le pape s'était exprimé calmement, il n'ajouta rien.

Rodrigue, s'efforçant de trouver une réponse convenable, saisit une cruche d'argent posée sur la table, se versa un gobelet d'eau, l'avala d'un trait.

— Je comprends... Je comprends... balbutia-t-il. Je

conçois que vous cherchiez à en savoir davantage sur ce prisonnier. Il ne mérite pas que vous vous intéressiez à son sort.

Il hésita avant d'ajouter :

— Vicente Romero ? Un infâme personnage !… Comploteur furieux et indigne ! Selon ce que j'ai appris, il préparait avec d'autres conjurés, dont j'ignore encore les noms, un meurtre contre votre personne. Je me dois d'assurer votre sécurité. Quoi de plus naturel !

Sixte ne put s'empêcher de sourire.

— Quelle ardeur à me protéger ! Pourquoi, chaque fois que cela t'est possible, te révoltes-tu contre la réalité ? La vérité, tu la connais : Vicente Romero aime Orovida, une juive. Tu l'as rejetée après l'avoir prise pour amante. Tu l'as envoyée à Florence, afin d'espionner. Une folie que d'utiliser une juive pour s'informer de la vie des Médicis !… Quant à l'idée d'un possible meurtre sur ma personne, elle ne me tracasse guère.

Rodrigue, incapable de prononcer une parole, prit, sans avoir conscience de son geste, le billet que Sixte lui tendait. Malgré son désarroi, le cardinal reconnut au bas de la missive le sceau aux sept boules de la famille Médicis.

— Ne sois pas affligé, Rodrigue ! Sans ton soutien, je n'aurais peut-être pas coiffé la tiare. Ce que tu oublies : les Médicis ont toujours puisé dans leur fortune pour nous aider. Nous manquons d'or, ils nous en prêtent ; négligeant souvent de le réclamer. Les espionner ne peut que nuire à nos liens. Lis cette missive ! Ils se plaignent de tes excès. Sois sans crainte ! Je te pardonne tes erreurs et tes mensonges. Évite désormais des manœuvres pouvant nous nuire. Avant ce soir, parce que je l'ai décidé, Vicente Romero sera libre… Je le recevrai. Il s'agit d'un théologien érudit dont nous avons, crois-moi, grand besoin… Quant à toi, je t'accorde le titre d'abbé de Subiaco, à vingt-cinq lieues de Rome. À ton retour d'Espagne, j'aurai fait aménager cette résidence. Hors de Rome, tu pourras t'y livrer, loin du peuple, à des divertissements sur lesquels je fermerai les yeux. Cela te convient-il ? Je l'espère… Si tu prends des maîtresses, choisis-les de bonne famille plutôt que catins des tavernes du Tibre. Tu m'as compris ? Il y va non seulement de ton autorité, mais de la réputation de toute la famille Borgia. Les souverains d'Espagne t'en sauront gré.

Avant de quitter Rome, Rodrigue obtint la reconnaissance par l'Église du mariage des deux cousins espagnols Isabelle et Ferdinand.

~

Entre Ostie et Barcelone, port aragonais, il navigua avec la certitude d'être accueilli comme un héros à la cour de Valladolid. Maîtres à Rome, les Borgia voulaient être honorés sur leur terre natale.

À Valladolid, avec sa suite de clercs franciscains, Rodrigue logea dans de vastes appartements du palais royal ; en revanche, les portes de la salle du trône demeuraient closes. Ferdinand ne se pressait pas pour le recevoir : il avait peu apprécié qu'on ne l'eût pas avisé que Rodrigue, avant son départ, avait été fait évêque de Carthagène, accroissant ainsi une fortune déjà importante.

Ferdinand se montra humiliant : si Rodrigue voulait le rencontrer, qu'il se rende à Valence ! Une province chère aux Borgia, fit-il préciser par son émissaire. Le roi devait y convaincre définitivement ses sujets des avantages de l'union de l'Aragonais avec la Castille sous une Couronne unique.

Malgré son dépit, Rodrigue ne pouvait refuser. Se conformant aux exigences du souverain, sans tarder, il chevaucherait avec sa petite escorte jusqu'à Valence.

L'Aragonais Jean II, frère du défunt Alonso qui avait œuvré pour que les Catalans fussent maîtres à Rome, imposa qu'on réservât à Rodrigue, sur les terres de ses aïeux, un accueil digne d'un monarque.

Au soir de son arrivée, le cardinal n'assista que deux heures au festin donné en son honneur, affligé à la pensée qu'à Valence Vanozza ne partagerait pas son lit. Elle lui manquait. Cela lui paraissait extravagant, c'était pourtant vrai.

La plupart des convives avaient, selon les usages de la Cour, couvert leurs habits de poudres aromatiques. Les femmes avaient pris soin, afin de plaire au cardinal, de colorer leurs lèvres avec des racines de noyer, de souligner leurs yeux de khôl, d'enduire leurs ongles des pieds et des mains de henné, selon la pratique des anciens seigneurs maures. Les plus jeunes, malgré l'interdiction royale, n'avaient pas hésité à louer des joyaux à des négociants juifs : elles voulaient attirer l'attention de Rodrigue. Il ne prononça pas une parole aimable et demeura silencieux. Déçues de ne pas entendre ce qu'elles avaient espéré, elles ne se privèrent pas de méchants propos.

À Xàtiva, où on respectait encore les Borgia, le cardinal aurait aussi aimé que Vanozza se trouvât à ses côtés. Il se contenta de lui écrire une tendre missive, qu'il enverrait à Rome par une nef spécialement réservée. Il ne regrettait pas son tempérament ardent, certain qu'avec Vanozza il se montrerait d'une fidélité inhabituelle chez lui.

Sous sa plume, les mots couraient comme une interminable déclaration d'amour. Il écrivait librement à une femme qu'il voulait s'attacher jusqu'au terme de sa vie.

« La fête de nuit a été extraordinaire. À dix heures du soir, sous les arbres du palais épiscopal, paré de milliers de chandelles, le festin a rassemblé plus de deux cents personnes. Des mets rares, couverts d'épices inconnues en Italie, ont été servis dans de la vaisselle d'or par des Valentinoises d'une beauté exceptionnelle, quoique fort au-dessous de la vôtre. Lorsque commencèrent les danses, j'ai quitté les jardins, à la surprise des convives, tant je voulais occuper le reste de la nuit à soupirer pour vous. Je ne vous vanterai pas la somptuosité d'une fête donnée en ma faveur : je n'ai pensé qu'à vous… »

Rodrigue se disposait à sceller le parchemin, il se retint. Il ne faudrait pas que Vanozza vît en lui un homme éperdument amoureux, elle l'imaginerait définitivement soumis… Il craignit que sa passion fît oublier à Vanozza qu'il était, après le pape, le personnage le plus important de l'Église. Aussi s'empressa-t-il de tremper sa plume dans l'encrier et d'ajouter qu'à Valence on lui avait offert une réception somptueuse, et qu'il avait su y tenir son rang.

« À la porte de Serranos, écrivit-il comme s'il s'agissait d'un accueil qui lui était dû, j'ai échangé mon cheval contre une magnifique monture blanche, tenue par dix notables fortunés. Ensuite, sous des tentures de satin, j'ai cheminé dans les rues jusqu'au palais. Plus de cent serviteurs s'y pressaient afin de satisfaire chacun de mes désirs. Pendant toute la procession, tambours, trompettes, cris de joie m'ont accompagné avec enthousiasme. Ne suis-je pas un enfant du pays… ? »

Avant de clore la missive, qu'il confierait le lendemain au capitaine navigateur chargé de transporter le précieux message jusqu'à Rome, de ses lèvres humides il baisa longuement les feuillets, avec l'illusion de respirer l'un des parfums dont sa maîtresse aimait à se couvrir le corps. L'image de Vanozza l'obsédait, il commençait à s'en inquiéter.

La lettre signée, ses habits de nuit revêtus, Rodrigue s'efforça de trouver le sommeil. En vain. Il découvrait le bonheur, cela ne devait pas nuire à sa condition. L'amour, pensait-il, n'oblige pas à sacrifier le destin qu'on s'est fixé. Il ferait l'effort de ne plus montrer ses sentiments. En était-il capable ? Être ainsi épris l'épouvantait.

~

Rodrigue avait longtemps attendu de revoir Valence ; s'y sentant étranger, il s'en effrayait soudain. Son esprit était entièrement occupé par la promesse de vivre à Subiaco. Quand il rentrerait de sa légation, qu'il voulait réussie, il ne demeurerait pas à Rome. Avec Vanozza, il s'installerait dans ce monastère entouré de solides murailles, pour respirer l'air pur des Apennins.

Le changement, il l'acceptait. À l'écart du Vatican, il ne négligerait pas pour autant les affaires de l'Église, sa dignité de cardinal l'exigeait ; mais, en chevauchant avec Vanozza et leurs enfants, il apprendrait à vivre dans la nature. L'eau serait l'objet de ses soins attentifs, il voulait qu'arbres, fruits, légumes et fleurs, rares dans cette contrée aride, fissent de Subiaco un petit paradis terrestre.

Pour l'intérieur de la demeure, Rodrigue accordait sa confiance au pontife. Il n'ignorait pas que, soucieux d'éloigner un turbulent cardinal de Rome, Sixte IV aurait veillé à ce que le couvent fût digne d'une résidence cardinalice. Le pape lui avait promis que le cloître serait décoré de sarcophages retirés de la villa de Néron ; la chambre de Rodrigue aurait des murs couverts de voiles de Gênes et de damas blanc. Dans la librairie, il avait souhaité qu'on plaçât de précieux manuscrits enluminés, sortis des galeries du Vatican. Rodrigue vivrait, certes, hors de Rome, mais son nouvel attrait pour la vie rurale, son éloignement des intrigues romaines conforteraient chez certains religieux l'image des Borgia. On voulait le tenir à l'écart ? On augmenterait sa renommée. Dans le palais de Valence, Rodrigue rêvait à tout cela.

~

Le soleil parut. On frappa à la porte. Quel intrus pouvait, à l'aube, oser perturber le repos du cardinal ? Rodrigue ne répondit pas, mais aperçut un billet glissé sous sa porte. Un billet scellé par Ferdinand.

Le roi, embarrassé, regrettait de ne pouvoir le rencontrer à Valence : il devait calmer les Aragonais de Barcelone, qu'une alliance avec les Castillans ne satisfaisait pas. Une colère compréhensible, certes, mais inutile, le contrat d'union entre l'Aragon et la Castille était déjà scellé. Que Borgia l'aide à apaiser la rébellion – n'était-il pas lui-même catalan ? –, il ne manquerait pas de le récompenser. À mi-mots, Ferdinand signifiait au cardinal que s'il réussissait il lui ouvrirait ses coffres, augmenterait sa fortune.

Parce que l'aventure s'annonçait difficile et risquée, Rodrigue, par tempérament, s'y engagerait. Avant la fin du jour, il quitterait Valence pour le royaume de Castille. Il mènerait avec ténacité la négociation. Il devrait demeurer plus longtemps que prévu en Espagne, et le regrettait. Vanozza lui manquait, mais, toujours avide de gloire, il ne refuserait pas à Ferdinand une si délicate mission.

L'union des royaumes d'Aragon et de Castille était indispensable, l'Espagne se montrait plus que la France attachée à l'Église. Henri IV de Castille, monarque très agité qui résidait à Séville, devrait comprendre que le trône revenait de droit à Isabelle, sa demi-sœur. Que Ferdinand et Isabelle règnent ensemble sur l'Espagne réjouirait le peuple. Bien que vivant hors d'Espagne, Rodrigue aurait ainsi contribué à son unité.

La tâche était rude, personne n'ignorait que le roi Henri IV de Castille, surnommé « l'Impuissant » par ses sujets, avait une fille, Jeanne, née de son union avec Jeanne du Portugal. Dans de nombreuses contrées, et jusqu'à Rome, on se gaussait du malheureux souverain : dans les galeries du Vatican, où un jour sans intrigue était plus insupportable qu'un jour sans froment, on attribuait la paternité de Jeanne au favori de la reine, Beltrán de La Cueva, qu'on prétendait né, lui, d'une liaison entre Alonso Borgia, devenu Calixte III, et sa cousine Catalina.

Rodrigue avait tout appris de cette affaire ; il avait déjà obtenu de Rome la reconnaissance du mariage d'Isabelle de Castille avec son cousin Ferdinand, mariage célébré discrètement à Valladolid ; l'un et l'autre étaient mineurs. Le pape avait eu la faiblesse d'accepter. Rodrigue réclamait l'honneur d'avoir été suffisamment persuasif pour obtenir l'assentiment du souverain pontife.

Henri IV, malgré sa faiblesse d'esprit, n'avait pas donné son approbation aux épousailles. Il répétait à qui voulait l'entendre qu'il ne supportait pas ce mariage incestueux, contraire à toute pudeur chrétienne, unissant des personnes parentes par cousinage direct.

~

Rodrigue, escorté de huit écuyers, atteignit Séville après une chevauchée de quatre jours. La situation devenait dangereuse. Les seigneurs, qui avaient naguère armé des Maures, avaient pris l'habitude de régner en maîtres, sans se soucier du roi Henri, trop lointain, trop faible. Les Guzmán, juifs convertis, promus par Henri ducs de Mesidonia en échange de trente livres d'or, attaquaient sans cesse les convois de marchandises que les négociants portaient à Ponce de León. Le marquis de Cadix, fidèle à Isabelle, souhaitait lui offrir la ville, libérée des Sarrasins. Le feu couvait, Rodrigue devait l'éteindre. Ferdinand et Isabelle le rejoindraient en Andalousie, ils le lui avaient promis.

~

Rodrigue logeait dans le palais épiscopal. Il ne connaissait l'archevêque Alonso Carillo que de réputation : à Rome, par haine ou par jalousie, on l'accusait parfois d'hérésie, parce qu'il s'adonnait à la magie. Il affirmait aussi soigner les maux des fidèles avec les herbes de la sierra andalouse. L'homme, grassouillet, ne parlait que de vins et de gibiers ; il plut à Rodrigue pour ses penchants à la bonne chère et à la galanterie. Les Sévillans lui portaient grande affection, ils l'appelaient sans méchanceté « l'archevêque amoureux ». Rodrigue se hâta de vérifier si la réputation de Carillo était réelle ou relevait de méchantes rumeurs.

Dès le premier souper, Alonso Carillo suggéra à son hôte de remettre à plus tard toute tractation concernant Isabelle et Ferdinand. Alonso Carillo, qui appréciait le tempérament du cardinal, lui suggéra de remplacer les discours inutiles par quelques jours de divertissement sur les rives du Guadalquivir, le fleuve auquel les Castillans avaient conservé le nom mauresque.

Rodrigue, impatient de découvrir de nouveaux plaisirs, s'en réjouit et, sans plus de cérémonie, accepta la proposition du prélat.

Dans les rues, ils marchaient difficilement. La brume montait derrière le soleil d'un bout de l'an à l'autre. Rodrigue, accompagné du religieux réjoui, s'efforçait d'apercevoir les filles de la cité par les interstices des « jalousies », des grillages permettant de voir sans être vu. La plupart de celles qu'il entrevoyait portaient des robes aussi noires que leur chevelure, dans laquelle elles avaient piqué une fleur rouge. La couleur de la passion, expliqua Alonso. Maison après maison, elles formaient une guirlande de beautés, ce qui plut fort au cardinal. Il ne cachait pas son éblouissement. Oubliant qu'il devait mener à Séville de délicates négociations, il admirait non seulement l'éclat, mais aussi le regard fier, la silhouette altière de ces femmes l'observant, en s'efforçant de se dissimuler, avec des yeux emplis de désir. Tout dans la ville semblait voué à l'amour. Si chez Rodrigue la gaillardise avait toujours joué le premier rôle, en aucun autre lieu il n'avait vu autant de créatures désirables. Celles qui faisaient fi de leur vertu ne devaient pas manquer de talents. Rodrigue ne cachait pas son impatience à vérifier. Oubliant son ambassade, il ne pensait qu'à savourer les jours à venir : il se montrerait avec les Sévillanes le plus galant des serviteurs.

Le chaleureux Alonso n'avait, semble-t-il, pas prévu de cheminement précis. Escortés de quelques enfants, ils avançaient au hasard. Quand une tenture de fenêtre se soulevait, paraissait une beauté. Pour Rodrigue, un plaisir de chaque instant. Dans l'espoir de nouvelles amours, il chasserait Vanozza de son esprit.

Sur une placette ombrée par une vingtaine d'orangers, Alonso proposa de s'arrêter et de s'asseoir sur un banc, afin que le cardinal profitât mieux des secrets de la ville. Il ne doutait pas qu'il en serait un spectateur satisfait.

Soudain, une douleur déchira Rodrigue. Un nuage passa devant ses yeux. Il dut se retenir des deux mains à la pierre sur laquelle il se reposait pour ne pas tomber. Non, c'était impossible ; à la cinquantaine, il ne souffrait d'aucun mal. La confusion de son esprit devenait si douloureuse qu'il crut être victime d'un acte de magie de l'archevêque.

Rapidement, tout s'apaisa. Comme au sortir d'un rêve, Rodrigue sentit que dans Séville il pourrait demeurer indéfiniment. Heureux. Sans se soucier de son rang, il imaginait déjà se rendre chaque soir chez une nouvelle amante ; aucune n'hésiterait à lui accorder quelques agréables avantages. Sans crainte, en raison de sa position, d'être brocardé. Ceux qui se moqueraient ou s'indigneraient, il les ignorerait, il les mépriserait.

L'archevêque Alonso s'amusait de l'enthousiasme de Rodrigue. En souriant, il lui assura retrouver en lui l'ardent tempérament d'un seigneur sévillan qui passait chaque soir d'une dame à l'autre. Les maris le redoutaient, le menaçaient de mort. Alonso hésita à donner son nom et son titre.

— Dans Séville, on l'appelle Don Giovanni, soufflat-il à l'oreille du cardinal, tout échauffé à l'idée de prochaines parties de mains chaudes.

16

Vicente Romero lisait et relisait le feuillet écrit d'une main ferme. Un inconnu l'avait glissé, dans la journée, sous la porte de son logis.

« En présence de mon notaire officiel, moi, Révérendissime dans le Christ, don Alonso Borgia de la Sainte Église romaine, évêque de Valence, conduit et mû par l'amour et l'affection paternelle pour la très noble et honnête demoiselle Girolama, native de Xàtiva, voulons reconnaître comme fils de ladite et de nous-même le garçon né de notre amour, un enfant de sexe mâle prénommé Vicente. Pour l'honneur de notre Maison nous assurerons son éducation au couvent de La Bellina, à Saragosse, et nous prenons l'engagement de payer pour ce faire quatre mille ducats… »

La déclaration, signée Alonso Borgia, ne donnait aucune précision sur le lieu et la date de sa rédaction.

Il resta un long moment songeur avant d'admettre l'évidence : après avoir, pendant tant d'années, rêvé de découvrir le nom de sa mère, il ne s'en préoccupait plus, et voilà que, soudainement, il se découvrait un père. Blême, raide, craignant de vaciller, il s'assit devant la fenêtre, indifférent aux bruits de la rue, le regard vide et fixe. Le destin ne l'épargnait pas. Et s'il s'agissait d'une imposture ? Après avoir réfléchi, il n'eut pas la candeur de croire qu'on se moquait de lui. Le texte, en catalan, était précis. Il ne pouvait s'agir d'un faux, Vicente s'en persuada. De son esprit, il écarta tout soupçon.

Avec lenteur et hésitation, il s'efforça de prendre conscience de ce qui pouvait devenir une nouvelle position. Qu'il admette être le fils d'Alonso, devenu Calixte III, il aurait pour frère Ferrante, bâtard du pape ; tout Rome le raillerait, se gausserait de lui : il ne s'en relèverait jamais, il deviendrait un personnage peu recommandable, voire dangereux. Ses pensées se bousculaient dans sa tête, comme des abeilles dans une ruche. Il était bouleversé. Quoi de plus compréhensible ?

Que le document dît vrai, Vicente se découvrait non seulement fils d'un pape aujourd'hui décédé, mais, par cousinage, parent de Rodrigue Borgia, le cardinal de feu ne pensant qu'aux vices et aux intrigues, qui l'avait fait jeter – le pape Paul II le lui avait rapporté – dans les geôles du château Sant'Angelo avec pour seul but de lui imposer définitivement silence. Une incitation à se montrer arrogant avec le cardinal, peut-être à commettre un meurtre, en ayant recours aux sortilèges d'une empoisonneuse, il n'en manquait pas à Rome. Il se retrouvait aussi lié à Catalina, amante incestueuse d'Alonso. Devait-il s'en réjouir ou se désespérer ? Il hésitait. S'en ouvrir à Orovida ? Était-il possible qu'une juive, si aimante fût-elle, consentît encore à partager le lit du fils d'un pape ? Et sa mère ? Dans son aveu de paternité, Calixte, qui n'était encore qu'Alonso Borgia, évêque de Valence, la nommait Girolama. En Espagne, il ne manquait pas de Girolama chez les servantes comme dans les bonnes familles. Laquelle d'entre elles lui avait donné le jour ? L'ignorer l'affligeait moins que d'avoir appris qu'il avait du sang des

Borgia dans les veines. Une certitude : rien, surtout pas un lien avec cette famille, ne l'empêcherait de lutter contre les perversités d'une Église qu'il condamnait, à laquelle il pourrait être lié.

La situation à Rome le tourmentait : l'Église devenait une nouvelle fois la cause de tous les malheurs de l'Italie… Au Vatican, pendant le Carême, on organisait des carnavals… Des moines se déguisaient en évêques pour se rendre aux messes ; ils chantaient des couplets gaillards… À la vue de ces faux habits sacerdotaux, le pape se divertissait… Personne n'osait interpeller les filles publiques accompagnant les prélats de haut rang dans les églises et les tavernes… Sans se soucier de ce que pensait le peuple, les bâtards du souverain pontife et des cardinaux se promenaient dans Rome en grand cortège, précédés et suivis de musiciens et de danseurs. Peu nombreux étaient ceux qui, tel Vicente, souffraient du déclin de la ville : les habitants y vivaient dans de misérables demeures, alors qu'au Vatican on érigeait de somptueux palais, transformés, en cas d'assaut, en puissantes forteresses.

Vicente en oublia d'allumer une chandelle. Malgré l'heure tardive et l'obscurité, il entendait dans la rue les cris de marchands ambulants désireux de vendre, avant qu'ils ne deviennent pourriture, œufs, poissons du Tibre, fruits et légumes de la campagne romaine, qu'ils portaient dans de lourds paniers retenus à leur épaules par des liens de toutes couleurs.

Vicente n'avait pas faim, ne songeait pas à dormir, la tête envahie par une multitude d'interrogations : quel langage tiendrait-il à Rodrigue au retour d'Espagne de celui-ci ? Aurait-il le courage d'affronter le puissant chancelier, capable de le jeter une nouvelle fois en prison, voire de le tuer par peur que, tel Savonarole à Florence, il ne s'enflammât contre les turpitudes perverses des prélats romains ? Pouvait-il l'interroger sur le billet glissé sous sa porte ? Le geste n'était pas innocent. Quel était le dessein de celui qui avait agi ainsi ? Quel rôle entendait-on lui faire jouer ?

Si le texte ne le trompait pas, Vicente devait apprendre à vivre dans un univers nouveau ; les visages des gens d'Église qu'il avait l'habitude de croiser ne ressembleraient plus jamais à ceux qu'il avait connus jusqu'à ce jour. Malgré lui, il deviendrait l'un des leurs. Échappant à la main de Dieu, il n'avait plus pour protection que celle des hommes. De la douleur qui le tenait, qui le délivrerait ? La lecture d'un feuillet transformait sa vie. Définitivement.

Quelle image avait-il de son père ? Celle d'un pape défunt. Qui lui avait délivré cet aveu de paternité ? Dans quel but ? Pourquoi celui, celle ou ceux qui connaissaient la vérité ne lui en avaient-ils jamais soufflé mot ? Qui pourrait l'aider ? En qui avoir confiance ? Rien ne calmait son angoisse. Devait-il s'enorgueillir d'une position dont il n'avait, au fond de lui-même, aucune certitude qu'elle fût vérité ? Devait-il la cacher ?

Vicente perdait-il son innocence ? Si le regard tendre et rassurant d'un père lui avait souvent manqué, jamais il n'avait imaginé que ce pût être celui d'un pape. Aurait-il encore la possibilité de vivre heureux avec Orovida, consacrant son temps à la théologie et à la poésie, tâches payées par l'université vaticane ?

Avec un tissu fin il se passa un peu d'eau fraîche sur le visage, il avait besoin de se ranimer.

Tel un fétu de paille emporté dans un tourbillon que rien ne pouvait apaiser, Vicente demeura jusqu'au lever du soleil assailli par les pensées les plus diverses, les plus délirantes.

~

Un voisin et ami frappa à sa porte : Antonio Vivaldi. Vénitien attaché aux écuries pontificales, il ne dissimulait pas son manque d'affection pour les Catalans, surtout les Borgia. Une aversion exprimée en termes rudes, mais sincères. Lassé des extravagants désordres du Vatican, il aimait partager des soirées avec ceux qui, tel Vicente, souhaitaient une Église plus digne de louanges.

Vicente n'eut pas le loisir de prononcer une parole, de s'interroger sur cette visite très matinale. Comme les Vénitiens quand ils veulent montrer qu'ils ont appris avant d'autres un événement d'importance, Antonio hurlait plus qu'il ne parlait.

— Vicente ! Vicente !... Rodrigue est mort !... C'est la fin de la domination des Borgia sur l'Église ! La fin des saccages de Rome !

Vicente s'efforça de demeurer indifférent. Le trouble de la disparition subite du cardinal ne pouvait qu'ajouter à la confusion de son esprit. N'appartenait-il pas désormais à la famille Borgia ? Pendant combien de temps devrait-il garder ce lourd secret ? Assuré qu'il ne s'agissait pas d'un mensonge, il choisirait le jour où il en ferait l'annonce publique.

Rien n'aurait pu arrêter Antonio dans son excitation à se réjouir de la mort du puissant chancelier.

— Sitôt établis les droits d'Isabelle sur la couronne de Castille, et obtenue la reconnaissance définitive de l'union entre Isabelle et Ferdinand, Borgia et sa suite ont repris la mer sur deux solides galères vénitiennes.

— S'il s'agissait de vaisseaux vénitiens, ils ne pouvaient être que robustes... parvint à glisser Vincent, narquois.

Flatté dans sa vanité d'enfant de la Sérénissime, Antonio releva le trait.

— Hélas ! Hélas ! Quand une affreuse tempête s'abat sur des nefs, fussent-elles aussi puissantes que les galères de Venise, le naufrage devient inévitable. Au large de Savone, l'une des deux a sombré, près de deux cents navigateurs ont péri : des évêques, des chevaliers, des négociants désireux de faire fortune en Italie…

Inutile d'ajouter quoi que ce fût. Vicente avait compris : le cardinal Borgia avait fini dans les fonds marins. « Mon cousin Rodrigue, mon plus farouche ennemi », songea-t-il sans ouvrir la bouche. Il ne partageait pas la joie de son ami ; ce qu'il venait de lui annoncer n'était plus ce qu'il désirait entendre.

Des larmes dans les yeux, Antonio crut nécessaire d'ajouter :

— Le Borgia a disparu et avec lui les coffres… Cinquante mille ducats d'or qu'il voulait distribuer à ceux qui le servaient. Je le détestais, mais…

— Mais ?… interrogea Vicente, le visage fermé.

— Mais tu le sais… Est-il nécessaire d'aimer autrui pour accroître son bien en le servant ?

Indifférent à ce que pouvait ressentir Vicente, Vivaldi descendit rapidement jusqu'à la rue, impatient d'annoncer la nouvelle à tout le voisinage. Sans indiquer de qui il la tenait. Peu importait la provenance, Vivaldi voulait qu'on sût jusque dans Rome que les Vénitiens avaient le privilège d'être informés avant les autres. Originaire de la Sérénissime, il se croyait supérieur aux Romains et s'abandonnait rarement à une sage humilité.

~

La mort de Rodrigue Borgia, si elle se confirmait, n'arrangerait pas les affaires de Vicente. Une seule personne, qu'il ne voyait pourtant que rarement, pouvait éclaircir le mystère, et lui apprendre si oui ou non il avait été dupé : Vanozza Cattanei, l'épouse inavouée de Rodrigue. Elle devait être en pleurs. Et peut-être déjà impatiente de savoir si le cardinal avait rédigé un testament en sa faveur.

Vicente tenait difficilement sur ses jambes, incapable de demeurer plus longtemps dans l'incertitude. Quelques minutes plus tard, il frappait à la porte de l'élégante demeure de Vanozza au prétexte de l'assurer qu'il la visitait afin de prier pour le repos de l'âme du cardinal.

~

Avec Vanozza Vicente n'avait échangé que quelques paroles de banale courtoisie en de rares occasions, sur les berges du Tibre, dans les échoppes de soieries et de pierres précieuses tenues par des Turcs chrétiens ou quelques juifs. Elle y dépensait l'or que Rodrigue lui offrait généreusement, en puisant dans les coffres de l'Église.

Vicente ne le niait pas, Vanozza était belle entre les belles. Il fallait qu'elle le fût pour que Rodrigue, malgré d'autres maîtresses, la traitât comme une véritable épouse et reconnût volontiers la paternité de leurs enfants.

Selon la rumeur, Vanozza serait née à Mantoue ; elle y aurait connu le cardinal lors d'une visite de celuici. Rodrigue devait être âgé d'une trentaine d'années, Vanozza de dix-huit ou vingt. Elle avait été charmée sans réfléchir au rang dans l'Église de celui qui la séduisait. Que des noces fussent impossibles ne l'avait pas effrayée.

Ils s'étaient élancés l'un vers l'autre avec une grande fougue, sans prendre garde à la détestation du clergé. Avec Vanozza, Rodrigue ne songeait qu'à un bonheur simple ; il en oubliait ses soucis, ses ambitions. Tombé dans le piège de l'amour, il ne le regrettait pas. Il se moquait des religieux traitant son amante de femme maudite, vouée à l'enfer pour l'éternité.

Pour Vanozza, Rodrigue avait osé : faisant fi de sa position de cardinal, il avait installé la jeune femme dans un palais proche du sien, sur la place Pizzo di Merlo. Domenico d'Arignano, l'époux légitime de Vanozza, avait su garder le silence en échange d'une poignée d'écus. À la naissance de César, il avait néanmoins clamé sa paternité. Rodrigue, qui ne se souciait jamais de ce qu'on pensait de ses caprices, s'était empressé de démentir : le petit César était son fils, il entendait que nul ne l'ignorât. Puisqu'il l'affirmait, on devait le croire. À ceux qui s'avouaient contrariés, il répondait qu'un homme pouvait être un puissant prélat et se montrer excellent père de famille.

~

Quand Vicente pénétra dans la chambre de Vanozza, il admira en quelle somptuosité Rodrigue tenait la mère de ses enfants. Les couleurs des tapisseries qui ornaient les murs étaient assorties à celles des tapis qui couvraient le sol. Assise dans un lit à baldaquin de satin cramoisi, Vanozza, sa chevelure blonde descendant jusqu'à la taille, tenait dans ses bras un nourrisson dont la robe de soierie légère lui couvrait tout le corps. Elle contemplait avec ravissement le nouveau-né qui ne cessait de babiller. Rien dans son comportement ne laissait paraître le chagrin d'avoir perdu un amant aussi riche et puissant que le cardinal Rodrigue.

Vicente, surpris par tant de dignité dans le malheur, s'inclina respectueusement devant Vanozza, lui déclarant avec une élégante douceur :

— Je viens, madame vous assurer de ma compassion dans les moments douloureux que vous traversez. Avec courage, me semble-t-il…

Avec la vivacité d'esprit que tout Rome lui connaissait, Vanozza ne put retenir un rire spontané qui lui agita la poitrine et secoua l'enfant serré contre elle.

— De quoi, monsieur, voulez-vous parler ? De quelle douleur ? Mon attente n'a pas été vaine. Devrais-je m'attrister du retour du cardinal Rodrigue après son voyage en Espagne ? J'ai souffert, c'est vrai, de ce qui m'a paru une éternelle absence.

Elle ajouta avec un sourire éclatant :

— Qui pourrait plaindre un homme retrouvant à la fois la femme qu'il aime et l'enfant qu'elle lui a donné ? Il a montré sa joie d'avoir une fille. Il s'est félicité qu'à sa naissance elle portât déjà les traits de son père.

Vicente balbutia, sans trop savoir ce qu'il disait, qu'une rumeur – il n'osa pas citer le nom d'Antonio – courait dans Rome : avec plus de deux cents compagnons le cardinal chancelier aurait péri dans un naufrage, alors qu'il s'approchait des côtes italiennes. Vicente n'avait pas achevé sa phrase qu'il devina une lueur de colère dans le regard de Vanozza.

Elle lui lança, cruelle :

— Sortez ! Sortez avant que je ne vous fasse embrocher par un de mes serviteurs ! Si j'ai la faiblesse des femmes en relevailles, j'ai assez de force pour ne pas ménager ceux à qui viendrait l'insolente idée de se moquer de moi. Si vous êtes un de ces comploteurs qui ne me pardonnent pas d'être aimée d'un cardinal, vous avez été téméraire. Sortez, vous dis-je ! Avant qu'il ne soit trop tard. Je n'aspire qu'à me reposer. Je ne goûte guère ce genre de plaisanterie ; elle pourrait, si le cardinal s'en agace, tourner rapidement à votre désavantage…

Vanozza s'exprimait avec une haine féroce, la rage d'une vierge offensée. Vicente pâlit. Par orgueil, par désir de comprendre, non seulement il ne se retira pas, mais il demeura décidé à démêler ce qui depuis la veille au soir n'était qu'embrouilles et bizarreries. Le billet… l'annonce par le Vénitien de la fin de Rodrigue… il y avait dans tout cela une suite d'infamies dont il était la victime. Malgré l'excès de colère de Vanozza, il lui rapporta qu'il avait appris par la rumeur le naufrage de la galère de Rodrigue. Il ignorait l'origine de cette fable, et regrettait d'avoir été si ignominieusement dupé.

Apaisée, Vanozza comprit que Vicente avait cédé malgré lui à une odieuse calomnie. N'était-ce pas pour la détruire qu'on faisait courir le bruit de la mort de son amant ? Prise de remords de l'avoir bousculé, elle plaça le nourrisson sur un oreiller, et tenta d'éclairer son visiteur.

— Soyez rassuré ! Le naufrage a épargné le cardinal. Il est aussi vivant que vous et moi… De retour depuis deux semaines, il a aussitôt été reçu par le pape qui l'a félicité pour son courage dans la tempête et pour le succès de sa mission en Espagne. Vous nous voyez l'un et l'autre pressés de nous unir pour la durée de notre vie terrestre. Pour l'heure, il a besoin de silence… Avant de faire enfin connaissance avec sa fille.

D'un geste de la main, qu'elle avait fine et baguée d'émeraudes, Vanozza désigna le nourrisson endormi.

Courtoisement, Vicente, décidé à éclaircir ce qui le troublait, l'interrogea.

— Comment se nomme cette enfant ? Née ici, dans cette demeure, je suppose ?

Vanozza eut le sentiment que si elle racontait à Vicente ce qu'elle venait de vivre, il ne la trahirait pas. L'ayant d'abord pris pour un adversaire, elle voulut s'en faire un allié.

— Je vous l'ai dit, monsieur : après une délicate et épuisante mission en Espagne, le cardinal a besoin de calme. Il voulait revoir son fils César et assister à la naissance de Lucrèce.

— Lucrèce ? Aimable prénom ! Je le retiendrai… Je lui souhaite une longue et heureuse vie. Elle sera certainement choyée par son père, ajouta Vicente, lui qui avait dû attendre tant d'années pour découvrir sa filiation pontificale, encore qu'il n'en tînt pour l'heure aucune preuve.

Flattée de ce que son visiteur l'écoutât avec attention, Vanozza poursuivit, souriante :

— Lucrèce n'a pas vu le jour à Rome, mais dans notre demeure de Subiaco. Les paysannes savent épargner aux mères de terribles douleurs ; elles ont tant d'habileté que les enfants sont beaux et bien faits.

Vanozza se pencha sur sa fille, lui découvrit le visage. Vicente aperçut une mèche blonde. Comment lui vint l'envie subite de lui poser un baiser sur le front ? Il n'aurait su l'expliquer. Il se retint. Peut-être, pensa-t-il, parce qu'il n'avait jamais connu la joie d'un tendre et rassurant regard paternel. S'il était vraiment le fils d'Alonso Borgia, pourquoi celui-ci ne lui avait-il jamais montré la moindre tendresse ? Se sentait-il coupable ? Voulait-il l'avoir près de lui lorsqu'il l'avait invité à quitter Valence pour Rome ? Vicente hésitait à poser la question qui le taraudait, elle demeura sur ses lèvres. Puis, pressé par la curiosité, il se résolut.

— Le cardinal Rodrigue est un homme de goût, même si on peut blâmer ses excès ; il doit se féliciter de vous avoir pour compagne. Sa discrétion l'honore, mais suscite, vous ne l'ignorez pas, de méchants bavardages. Il y a autant de jaloux que de rats à Rome ; ceci explique cela. La rumeur de sa fin tragique vient peut-être de ce que, depuis son retour, il demeure invisible. Est-il auprès de vous à l'intérieur de ce palais ?

Soudain, le visage de Vanozza s'assombrit.

— Rodrigue est le seul homme que j'aurais épousé avec plaisir. Hélas, ceux qui l'approchent régulièrement ne l'ignorent pas : nul mieux que lui ne sait mener à la fois les affaires de l'Église et les délices de l'amour. Il est cardinal et jamais il ne l'oublie. Qui suggérera au pape qu'un religieux peut être en quête d'une bonne épouse ?

Vanozza ne put retenir un soupir.

— Rodrigue veille sur ses enfants… comme sur moi. Il m'a imposé pour préserver mon honneur, et le sien, d'épouser un vieillard. Un homme que je n'admire guère, auquel je sais montrer ma froideur. Fort heureusement, il se fait discret.

Elle ajouta dans un murmure :

— Domenico n'est plus guère en santé. Peut-être me trouvez-vous sévère et injuste, mais j'attends sa mort avec…

Vanozza hésita avant de poursuivre :

— Avec, disons… une certaine impatience. Je vous en ai sans doute trop dit, pardonnez-moi ! Je suis triste parce que de trois jours je n'ai pas vu Rodrigue… Vous êtes venu à point ; au Vatican, votre érudition est aussi appréciée que celle de Pétrarque. J'avais besoin de me confier. Votre présence, ce matin, me paraît naturelle. Vous vous en apercevez, j'espère ?

— Je comprends… Je comprends… dit doucement Vicente, convaincu que la maîtresse du cardinal chancelier ignorait le contenu du billet faisant de lui un fruit de l'arbre Borgia.

Vicente ne pouvait s'empêcher d'associer ce billet à celui qu'il avait reçu naguère, tout aussi discrètement, au couvent de Saragosse, lui conseillant de se rendre à Xàtiva, terre des Borgia. Était-ce la même personne qui les avait déposés ? Si oui, elle devait avoir atteint l'âge où on abandonne son corps à la bonté paternelle de Dieu : la vie humaine est si courte, tant d'années s'étaient écoulés entre les deux événements. À ses interrogations, qui pouvait répondre ? Aucun nom ne lui venait à l'esprit.

De Vanozza Vicente n'obtiendrait rien. Exprimant une nouvelle fois ses regrets d'avoir commis une fâcheuse erreur, il songeait à se retirer. La maîtresse de Rodrigue, le regardant fixement de ses yeux noirs, se dressa sur son lit et lui lança :

— Je vous pardonne de m'avoir, dans ma chambre, importunée. À Rome, pas un jour ne se passe sans calomnies ni intrigues. Fausses pour la plupart… Je suis sensible au regard des hommes, le vôtre me semble honnête. J'en ai l'intuition. Accepteriez-vous de m'aider ?

— Si vous le souhaitez, j'en serais fier et honoré. Je ne peux que vous remercier de m'accorder votre confiance, répliqua Vicente.

— Les amours innocentes de Rodrigue m'indiffèrent, reprit Vanozza. D'autres m'inquiètent… Toutes ces femmes qu'il ne peut s'empêcher de séduire l'écartent de ses devoirs. À son âge, il peut s'éprendre de n'importe quelle donzelle. Il prodigue de grands serments d'amour ; à peine les a-t-il prononcés, il tourne ailleurs ses regards. On dit qu'il rêve maintenant d'une jeune Florentine de la famille des Médicis. J'ignore son nom. Et vous ?

Suivit un long silence, Vanozza le rompit.

— Si vous êtes attaché à moi, venez quand vous le souhaiterez me dire quelle femme a été vue dans Rome avec Rodrigue. Je maudis toutes celles qui l'approchent. Informez-moi, je vous accorderai tout ce que vous souhaitez.

— Je n'y manquerai pas, répondit Vicente, satisfait de s'avancer dans l'intimité de la compagne de Rodrigue.

Il s'inclina, se releva, baisa la main de Vanozza et se retira. Il quitta le palais avec l'impression que son destin ne tarderait pas à être grandement bouleversé.

Vicente imaginait mal qu'un cardinal âgé de soixante ans, semblant si proche de Vanozza, père des enfants qu'elle lui avait donnés, à l'éducation desquels il veillait avec tendresse, pût s'éprendre de « n'importe quelle donzelle ». Rodrigue ne manquait pas une occasion de surprendre, mais, s'il surprenait, il n'indignait pas. Avec lui, rien n'était jamais impossible.

17

Rodrigue avait atteint la soixantaine. Sa prospérité ne faisait que croître, ses revenus annuels dépassaient quatre-vingt mille ducats. Heureux dans ses attributions de prince de l'Église, il aimait tendrement ses enfants, ceux qu'il avait reconnus ; les autres, il les ignorait.

Il devenait néanmoins chaque jour plus maussade : les jambes allongées sur un épais tapis turc, il demeurait des heures assis à une longue table de chêne, couverte de feuillets épars, rapports secrets mêlés à des missives sans importance. Il fixait du regard le mur où il avait fait placer une tenture de soie brodée d'or, représentant Xàtiva entourée des vignobles valentinois ; cette terre familiale, malgré l'opulence dans laquelle il vivait à Rome, il y demeurait très attaché. La voyait-il réellement ? Certainement pas tant son cœur était déchiré.

Ce n'était pas la fin prochaine du pape Sixte IV, ne quittant plus guère ses appartements, qui le tourmentait ; son esprit se troublait, la peur le prenait quand il songeait à Vicente. Sa libération du cachot dans lequel il avait espéré le tenir jusqu'à sa mort le torturait. Rodrigue craignait que Vicente ne complotât contre lui. Nul n'ignorait, au Vatican, que le théologien s'élevait aussi bruyamment que Savonarole contre les turpitudes romaines. Pourquoi dans un mouvement de colère, dès son retour d'Espagne, le souverain pontife, après l'avoir loué du succès de sa mission, s'était-il empressé de lui faire une confidence ? S'il avait ordonné qu'on libérât Vicente, c'était parce qu'il avait appris par Giacomo de Volterra, chargé de protéger les documents concernant l'histoire de la papauté, l'existence d'un feuillet signé d'Alonso Borgia, précisant que Vicente, brillant érudit parmi les plus brillants, avait pour père celui qui était devenu Calixte III. À la naissance de Vicente, celui-ci n'était encore que le cardinal évêque de Valence. Le document, découvert dans une somme de missives, libelles, bulles et décrets ayant appartenu à Calixte III, n'indiquait pas, en revanche, le nom de la mère ; seulement un prénom : Girolama.

À entendre l'aveu du pape, Rodrigue s'était raidi, son visage avait pris la blancheur d'un linceul. Que Sixte lui eût conseillé de veiller à ce que Vicente fût traité avec les honneurs et les bénéfices accordés à qui portait le glorieux nom des Borgia, Rodrigue n'avait pu que l'accepter. Il avait simplement répondu :

— Qu'il vienne me voir ! Je l'engagerai dans mon palais.

Le pape s'était diverti de la rage que le cardinal s'était vainement efforcé de dissimuler. Était-ce pour l'humilier plus encore que, sans s'attarder sur cette affaire familiale, il lui avait offert le titre de doyen du Sacré Collège ? S'il avait espéré un refus du chancelier cardinal, le vieux Sixte IV était dans l'erreur ; Rodrigue avait accepté, pressé de préparer une vengeance dont, cette fois, Vicente ne se remettrait pas. Qu'il fût ou non son cousin. Pas question d'introduire dans la famille un homme qui passait son temps à clamer le mal qu'il pensait des Borgia. Ce bâtard de son oncle Alonso, admirateur du dominicain Jérôme Savonarole, qui prêchait à Florence contre l'Église romaine, n'avait pas sa place chez les Borgia. Il l'éloignerait.

Rodrigue hésitait : enlèvement… empoisonnement… coups de poignard… ? Il fallait, pour commencer, que, sans tarder, Vicente fût éliminé, son cadavre jeté, comme tant d'autres, dans les eaux du Tibre.

Sixte IV, fier d'avoir excommunié Savonarole, le moine fou, pour ses délirantes incantations, ne cessait de clamer sa détestation de Florence. Ne serait-il pas avisé, imagina Rodrigue, de faire courir le bruit que le savant Vicente Romero avait été victime d'un exalté hostile à Savonarole ? Peut-être serait-il aussi possible d'accuser de ce crime un religieux haïssant les juifs ; il n'en manquait pas.

Une certitude : Vicente devait périr. Rodrigue donnerait l'ordre qu'on le surveillât étroitement et, renseigné sur ses occupations, il choisirait le moment de le faire poignarder. Il y avait parmi ses serviteurs assez d'exécuteurs pour se charger de la besogne. Quelques écus achèteraient leur silence ; il confierait au pape qu'il était consterné par la terrible fin du brillant théologien : victime d'un notable à la porte duquel il écoutait trop souvent.

~

Par crainte d'un guet-apens, Rodrigue ne sortait plus de chez lui. Il recevait plusieurs fois par semaine la jeune Giulia, répétant à ses rares visiteurs qu'il la considérait comme sa fille. Qu'on découvrît qu'elle était sa maîtresse, la vengeance serait prompte. De

Vanozza ? De Vicente ? D'Orsini ? Il n'aurait su le dire, il s'en souciait fort.

De trois semaines, il ne s'était pas rendu chez Vanozza. Se sentait-il moins épris depuis sa rencontre avec Giulia ? Malgré la très vive affection qu'il portait à ses enfants César et Lucrèce, les plus doués de ceux dont il ne reniait pas la paternité, peut-être renverrait-il Vanozza à Mantoue, accompagnée de son époux Domenico, vieux et presque mourant. Personne à Rome ne s'en étonnerait. Mais il devait d'abord se débarrasser de Vicente…

Qu'il y eût des intrigues et des scandales à la Curie ne devait pas empêcher dans les paroisses les prêtres de dire la messe.

~

En une seule occasion Rodrigue avait été mêlé à une mauvaise affaire. Pour quelques milliers de ducats, il avait, en imitant le sceau de Sixte IV, signé de fausses bulles destinées à de petits seigneurs des États pontificaux. Par chance, Sixte, qui avait confiance en son chancelier, l'avait chargé de mettre la main sur les coupables.

Sans s'interroger, puisque tous étaient à son service, il avait fait emprisonner à Sant'Angelo le vendeur Francesco Maldente, chanoine de Forli, et Domenico Gentile, écrivain apostolique, fils d'un médecin du pape, qui fondait les sceaux de cire… sur les indications de Rodrigue lui-même. Le cardinal subtilisait de vraies bulles, lavait le nom de ceux auxquelles elles étaient adressées, brisait le sceau du pontife, et remplaçait l'un et l'autre par des faux négociés fort cher. La fortune de Rodrigue s'était accrue de plus de cent mille ducats. On condamnait le cardinal pour sa vie galante, personne n'aurait songé à l'accuser de trahir l'Église. Ses comportements avec les femmes étaient peu honorables, on ne discutait pas ses sentiments religieux ; il savait en tirer profit.

Sans la moindre émotion, sur ordre du pape, Rodrigue avait assisté à la pendaison, sur le Campo dei Fiori, des condamnés à mort. Il avait ensuite enflammé le bûcher sur lequel avaient brûlé les cadavres. Rodrigue n'était pas homme à connaître le remords. Il frappait et se hâtait d'oublier. Poison, poignard… tout était bon, pourvu qu'on en usât dans la discrétion. Jamais sur ses victimes il ne versait une larme.

À présent, il était accablé. Ayant beaucoup couru, avec fougue, d'un lit à l'autre, il ne quittait plus son palais, surpris de devenir prisonnier de ses propres peurs.

~

Il se disposait enfin à sortir pour rejoindre Vanozza quand un visiteur, qu'il n'attendait pas, frappa à sa porte.

Un moine franciscain entra pour lui apprendre, sans émotion particulière, la mort de Domenico, l'époux de la mère de ses enfants. Afin de montrer sa désapprobation sur la conduite de Rodrigue, le religieux lui tourna le dos et sortit. Sans un mot de plus. Le cardinal en fut à peine surpris.

Pas un instant il ne pensa que Vanozza pût éprouver de la tristesse d'avoir perdu son légitime époux. Sa peine serait sans doute de brève durée, il n'avait pas envie de la partager. Il devait, afin de préserver ses enfants, songer à donner à leur mère un nouveau mari.

Sans tarder. Une idée lui vint à l'esprit dans l'instant : pourquoi pas Giorgio de Croce ? L'homme, un Milanais, était riche ; sans doute espionnait-il pour les Sforza, mais il avait puisé dans ses coffres assez d'or afin que Rodrigue obtînt pour lui le titre de rédacteur pontifical. Il possédait sur l'Esquilin un domaine où les festivités, toujours allègres, se succédaient semaine après semaine ; il se montrait peu exigeant sur la vertu des femmes qu'il recevait. Le cardinal, un habitué de ces bals, le savait : il revenait toujours en son palais accompagné de jolies filles auxquelles il promettait d'obtenir sans difficulté le pardon de leur confesseur, si elles se donnaient à lui.

Le domaine de Giorgio de Croce, au milieu des vignobles et des vergers entourant Saint-Pierre-aux-Liens, ne pouvait que plaire à ses enfants ; ils feraient des jardins un agréable terrain de jeux.

Avant ce mariage, qu'il avait la volonté de sceller, Rodrigue assisterait à la messe des morts célébrée en hommage au défunt Domenico. Il s'y était résigné.

On frappa de nouveau à sa porte.

Un émissaire lui apportait un décret du pape ; celui-ci lui ordonnait de partir sans tarder pour Naples, afin d'y couronner Jeanne d'Aragon, fille du roi Jean II et sœur de Ferdinand, lequel s'était réjoui des efforts du cardinal dans l'union de l'Aragon et de la Castille. Rodrigue n'avait plus d'inquiétude : le destin le protégeait encore. Il en oublia sa haine contre Vicente, sa chute attendrait.

En quittant Rome, il pensait à Giulia Farnèse. Il ne mourrait pas de chagrin, il la reverrait vite. Il montrait pourtant un visage soucieux. Il s'interrogeait : pouvait-il, à soixante ans, aimer une femme de moins de vingt ans, mariée de surcroît ? Jamais il ne s'était posé la question, il avait soudain le cœur triste. Elle devrait choisir entre son lit et la cellule d'un couvent. Si elle acceptait de demeurer près de lui, ses désirs seraient tous exaucés ; si elle refusait, il la ferait enfermer dans une abbaye. Déçu, il affirmerait ainsi qu'on ne plaisante pas avec son autorité.

DEUXIÈME PARTIE

18

L'an 1491 s'achevait. Dans Rome, tous les trafics prospéraient. Sans risque.

De retour dans son palais, Rodrigue aperçut dans le couloir un petit homme en haillons, aux cheveux gris, qu'il ne reconnut pas tout de suite. Il semblait attendre le cardinal.

— Vous avez souhaité me rencontrer ? demanda-t-il, inquiet.

Le visiteur acquiesça.

— J'ai reçu votre missive, reprit Rodrigue, sur un ton arrogant. Je n'ai pas l'intention de céder à vos menaces. D'ailleurs, si je décide de vous enfermer dans une forteresse hors Rome, qui s'intéressera à vous ? Peut-être l'ignorez-vous, mais à cinquante-neuf ans je me prépare à devenir pape. La mort subite de Sixte IV n'a fait qu'accroître mon autorité… Les Orsini et les Colonna s'entre-déchirent, cela ne pourra que faciliter mon élection… Giulia Farnèse Orsini m'est acquise. N'a-t-elle pas ma fille Lucrèce pour meilleure amie ? Je m'efforçais de vous oublier. Une mort m'aurait réjoui : la vôtre. Faites votre devoir, je fais le mien… Montrez-vous digne de la famille illustre à laquelle vous prétendez appartenir. Toute réconciliation entre nous est impossible. Vous demeurez le seul Borgia que nous voulons ignorer.

Depuis qu'il avait quitté Rome, Vicente menait une vie misérable. Orovida avait refusé de le suivre à Florence ; malgré sa tristesse, il n'avait pas poussé un cri, aucun regret n'était sorti de sa bouche. Lui, le théologien, avait accepté l'évidence : il ne méritait plus l'affection de celle qu'il aimait encore. Il regrettait de lui avoir avoué qu'il avait du sang des Borgia ; cela avait effrayé la juive. Avait-il eu tort de lui confier le secret de la paternité d'Alonso ?... Oui, il était né dans la lointaine Espagne ; oui, il était le fils naturel de l'évêque de Valence devenu Calixte III. Devait-il en payer le tribut ?

Pour la première fois, il parlait au cardinal sans rancœur.

— Depuis que les souverains espagnols Isabelle et Ferdinand ont interdit dans leur royaume toute relation entre chrétiens et juifs, vous êtes à Rome, comme en Toscane, de ceux qui veulent appliquer une règle ne concernant que l'Espagne. Orovida m'a abandonné... Ayant pris conscience de la cruauté des gens d'Église, j'ai quitté Rome pour Florence. J'y ai, sans tenir compte de ses écarts de langage, partagé l'ardeur de Savonarole, illustre et courageux prédicateur, de voir l'Église retrouver le chemin tracé par les Évangiles. Dès lors, je représentais un danger pour Laurent. Le Médicis m'a fait arrêter, m'a soumis à la torture, puis, parce que le pape Innocent VIII, successeur de Sixte IV, voulait la paix avec Florence, il m'a rendu la liberté, me contraignant toutefois à demeurer en Toscane. Je me suis retrouvé réduit à la misère dans laquelle vous me voyez. J'ai fui, ne songeant qu'à éteindre le feu qui brûlait entre nous.

Rodrigue avait sans difficulté retrouvé Vicente dans cette silhouette marquée par la faiblesse, dont le regard avait gardé la fierté qu'il lui avait connue. Il ne put retenir un sourire de compassion.

— Dans mon désespoir, j'aurais pu, dit Vicente d'une voix faible, me donner la mort. Un chrétien soucieux de ne pas trahir sa foi ne se jette pas à l'eau pour éviter la pluie, il ne meurt pas à force de vouloir survivre. Mon ennemi Laurent – je ne comprendrai jamais pourquoi les Florentins l'ont surnommé « le Magnifique » – est presque mourant. Je viens vers vous… vous, mon cousin…

Rodrigue, entendant le mot « cousin », sentit une sueur froide monter à son front brûlant.

Dans la pièce du palais où il recevait Vicente, plus mal vêtu qu'un gueux, Rodrigue réfléchissait. Ayant depuis longtemps oublié son désir de vengeance, il ne gardait que le souvenir des révoltes de Vicente. Le passé, il ne voulait plus y penser, pour ne se préoccuper que de l'avenir.

Leur dernière rencontre avait eu lieu peu après la naissance de Lucrèce. Porté par sa haine du pape, excédé par ses agissements, Ferrante, roi de Naples, avait envoyé son armée combattre dans les États pontificaux. Borgia avait délaissé sa famille, il ne s'intéressait qu'aux affaires de la papauté. Ayant pris conscience du drame pouvant s'abattre sur Rome, il avait proposé au souverain pontife d'utiliser le vieux condottiere, peu exigeant en or, Roberto San Severino, prince de Salerne, pour chasser les Napolitains, pourtant soutenus par la famille Orsini. Celle de Giulia Farnèse pour qui il éprouvait une passion brûlante. Le jeune et ardent Virgilio Orsini n'avait-il pas proclamé qu'il ferait décapiter Innocent et que, devant le peuple romain rassemblé, on jetterait son cadavre dans le Tibre ? Le pape, affaibli par la maladie, avait été rassuré quand Borgia avait suggéré de négocier avec le cardinal Jean d'Aragon, fils de Ferrante. Innocent avait accepté, soucieux de protéger le trône pontifical.

Jean d'Aragon n'était pas sorti vivant du Vatican. Rodrigue, dont on disait qu'il était plus pape que le pape, avait fourni à San Severino un poison, que celui-ci avait versé dans une décoction servie au visiteur. Jean d'Aragon avait succombé immédiatement. Personne ne s'en était ému. Pas plus chez les Napolitains que chez les Romains. Pourquoi la mort aurait-elle épargné ceux qui portaient la pourpre ?

Il restait de la poudre mortelle dans le sachet... Pour Borgia, le moment était-il venu de l'utiliser ?

Face à Rodrigue, assis, Vicente attendait, debout, le visage fermé. Aucun trouble ne l'agitait. Il n'avait ressenti aucune angoisse : ou Borgia ouvrait ses coffres, ou Lucrèce serait la victime désignée des menaces inscrites dans la missive envoyée au cardinal.

Malgré sa volonté de rendre à l'Église sa dignité, Vicente n'hésiterait pas : parce que la famille Borgia ne ressemblait à aucune autre, il enlèverait Lucrèce, obtiendrait son enfermement dans un couvent proche d'Arezzo, où il faisait régulièrement retraite.

Borgia se décida enfin à parler.

— Vicente, tu ne m'effraies pas... Ose toucher à ma fille, la plus douce des adolescentes... je ne donnerai pas cher de ta vie. Tu ne pourras pas m'accuser ; un des hommes au service du mari que j'ai choisi pour elle ne tardera pas à te retirer le goût des plaisirs terrestres.

Avec un rire mauvais, Rodrigue ajouta :

— Je déplorerai ta mort, mais ne ferai rien pour l'empêcher. L'époux de Lucrèce est espagnol. Il a le sang chaud, le tempérament rageur.

Vicente sursauta.

— Lucrèce n'a que dix ans, murmura-t-il, stupéfait.

L'âge où on passe des heures à sa toilette. Et vous songez à la marier ! Vous délirez !

— L'avenir de Lucrèce m'importe plus que tout au monde. Cela peut te surprendre, mais c'est ainsi. Oui, Lucrèce est promise. À un seigneur de Valence.

Visiblement Rodrigue avait réussi à inquiéter Vicente. L'observant d'un regard narquois, il s'en réjouissait.

— Il n'y a pas d'âge pour conclure un bon mariage. L'époux de Lucrèce est beau, riche et délicat. Je lui apprendrai, si cela s'avère nécessaire, à se montrer amant habile, encore qu'il ne doive pas manquer de dons en la matière. Si cela t'intéresse je peux te confier son nom : don Cherubino de Centelles. Âgé de quinze ans, il possède le Val d'Aroya, à quelques lieues de Xàtiva. Au milieu des paysages qui habitent nos rêves, parce que nous vivons la tête emplie de notre lointain passé. Toi, moi, tous ceux qu'en Italie on nomme les Catalans, nous aimons l'Espagne ; nous imaginons déjà le retour de nos vaillants conquérants, avec des galions chargés d'or. C'est pourquoi je veux marier Lucrèce à un Espagnol. Peu importe qu'elle soit ou non savante ; une femme qui a trop de connaissances effraie souvent les hommes. Quoi qu'il advienne, elle se pliera à ma volonté, ajouta-t-il avec autorité. Je tirerai certainement grande satisfaction de ces épousailles ; je les trouve à mon goût.

— Impossible ! Impossible ! Je ne peux pas croire à une telle fable, hurla Vicente.

— Ta menace d'enlever Lucrèce, est-ce aussi une fable ? Pour la libérer, tu exiges des milliers de ducats… C'est cela, n'est-ce pas ? Je t'ai connu plus sage. À moins que tu ne songes à te venger sur une innocente… Mais te venger de quoi ? De ta naissance ? Tu devrais en éprouver de la fierté.

Vicente répondit faiblement :

— C'est cela... Et ce n'est pas cela... Je souhaite seulement que les Borgia soient l'honneur et non la honte de notre Sainte Église. Qu'ils se soumettent à la volonté de Dieu ! Qu'ils cessent de la braver ! Ne l'oubliez pas, une prière sincère procure aussi de la volupté. Un homme qui ne vit que dans les songes ou la lecture des astres, en négligeant sa foi, est, croyez-moi, très malheureux et promis à achever sa vie dans le désespoir et la solitude.

— Je vais te surprendre, reprit Rodrigue ; tes propos m'intéressent. Sans que cela te gonfle d'orgueil, j'éprouve toujours, tu le sais, du plaisir à t'écouter. Il me vient une idée... Elle ne devrait pas te déplaire... Pour l'avenir de Lucrèce, je crains moins tes stupides menaces que les Colonna ; ils ne peuvent retenir leur haine contre nous. Aussi ai-je décidé, par prudence, que Lucrèce, jusqu'à son mariage, demeurerait au couvent de San Sisto. Avant de découvrir le son des guitares espagnoles, qu'elle apprenne à chanter la messe ! Pour mille ducats par mois, je te la confie ; enseigne-lui le latin et le grec, et un peu de théologie ; pas trop, afin que la lecture des textes religieux ne lui donne pas la fièvre. Cela lui sera utile, mais n'étale pas abusivement ton savoir. Une heure chaque jour... Pas une minute de plus... Tu as compris ? Elle viendra travailler au palais de sa protectrice Adriana Orsini.

Vicente se sentit vaincu par le cardinal. Celui-ci, du feu dans le regard, se leva, ouvrit une petite armoire, en retira un sachet de soie qu'il passa sous le nez de Vicente.

— Tu vois ceci ?... Un mot sur ce que tu as appris de ta naissance à Lucrèce ou à quiconque... le lendemain, tu es mort. J'en prends l'engagement, et je n'y reviendrai pas. C'est du poison : exquis au goût, mais redoutable. Ne l'oublie pas ! Il suffit d'un peu de cette poudre dans un verre d'eau : tu tombes sur le sol pour ne plus jamais te relever.

~

Vicente, étonné, avait accepté. Il ne voyait plus les Borgia d'un regard indifférent et voulait encore espérer que, lassés de vivre dans le vice et le crime, ils rendraient à l'Église sa dignité perdue.

Depuis qu'il avait appris, une décennie plus tôt, qu'il avait du sang des Borgia, Vicente se refusait à désespérer. Tôt ou tard, cette famille deviendrait fière du nom qu'elle portait. Un nom glorieux que ses aïeux Llançal y Borja avaient honoré pendant des siècles sur les terres d'Espagne. Gens de guerre ou de cour, en Castille, en Aragon, on les avait toujours respectés. Les hommes d'Église, vertueux ou libertins, on ne les comptait plus. Des abbés, des évêques, des cardinaux, et même un pape, son probable père Alonso, devenu Calixte III ; celui qui avait su attirer à Rome des érudits et une foule de Catalans convaincus que l'Italie ferait leur fortune. Il n'y avait pas que des hommes et des femmes méprisables dans une lignée devant contribuer à la gloire de l'Espagne.

Vicente espérait profiter de sa naissance. Quand les Borgia cesseraient d'opprimer les pauvres hères tentés par la révolte simplement parce qu'ils avaient faim, quand ils penseraient à autre chose qu'au sexe et au sang, quand ils ne seraient plus accusés de bâtir leur réussite sur le profit et le crime, Vicente reconnaîtrait être des leurs. Il ne séparerait jamais la foi et l'honneur. L'Église ne retrouverait sa force qu'en avouant ses fautes, en œuvrant afin de n'en plus commettre. L'intelligence aurait dû imposer la vertu ; à Rome, il n'en était rien. Vicente était de ceux qui avaient la volonté de retrouver les attraits d'une foi sincère, d'une dignité que l'Église, pas seulement à Rome, semblait avoir oublié.

Pour prétentieux que cela pût paraître, Vicente voulait sauver la chrétienté avec l'ardeur des anciens Croisés plus qu'avec l'inutile et désespérante fureur d'un Savonarole. Aux fauves assoiffés d'ivresses en tous genres, il voulait imposer avec calme et détermination une pensée véritablement chrétienne. Il ne l'ignorait pas, cela ne s'accomplirait pas en un jour, mais enseigner aux jeunes un peu du savoir des anciens pouvait modifier le cours de l'Histoire. Il ne pensait pas réussir rapidement tant la jouissance occupait les Romains ; quand elles ne songeaient pas aux fêtes, les plus riches familles s'opposaient dans de violentes et souvent mortelles disputes. Avec la tâche que lui avait confiée Rodrigue Borgia de façon aussi imprévisible, il inviterait Lucrèce à pratiquer la vertu plus que la licence. Il se le promit.

Il voulait le croire. Ses attentes ne seraient pas déçues. Obscur érudit, il ne vivrait heureux qu'une fois réalisée l'harmonie entre tous les chrétiens. Comment y parvenir ? Il l'ignorait, mais la puissance des Borgia ne l'effrayait plus. Un jour viendrait où ces maîtres du vice seraient oubliés de tous. La honte ne traverse pas les siècles.

19

Dès le lendemain de son entretien avec Rodrigue, Vicente, selon le souhait du cardinal, rencontra Adriana Orsini, la cousine de Rodrigue ayant en charge l'éducation de Lucrèce.

Qu'était-il advenu de Vanozza, cette mère qui la tenait avec tendresse entre ses bras quand, maladroitement, parce qu'il avait cru Rodrigue mort, il l'avait visitée ? Prudent, Vicente s'était abstenu d'interroger le cardinal. Passant devant la demeure de Vanozza Cattanei, il avait eu l'impression qu'elle était inoccupée. Vanozza avait-elle quitté Rome ? Peut-être était-elle morte pendant qu'il séjournait à Florence… Cette femme, qui vivait presque toujours chez elle, semblait absente. Étrange ! Quelques années plus tôt, ce silence bizarre n'aurait pas retenu son attention ; aujourd'hui, il se sentait concerné par ces Borgia pourtant si longtemps détestés. Avec sa jeune élève, peut-être en apprendrait-il davantage…

Vanozza et Rodrigue s'aimaient-ils encore ? Vicente en doutait : si le cardinal s'était pris d'une passion aussi vive que soudaine pour la belle Giulia Farnèse, il avait dû éloigner Vanozza. Cela expliquait-il le palais vide ? Pourquoi Vicente en éprouvait-il de la mélancolie ? Il ne prêtait guère attention aux bavardages tant les intrigues dans Rome succédaient aux intrigues ; il devenait chaque jour plus difficile d'y vivre sans céder à la rancœur. Les privilégiés disposant de quelque autorité et d'un peu de fortune s'empressaient d'agresser ceux qu'ils jalousaient. Aux discussions, on préférait l'épée ou le poison. Les lois de la cité, on les ignorait. Les petites gens, auxquels toute impertinence était interdite par crainte de la prison, souffraient en silence, se satisfaisant de trouver un ouvrage, si modeste fût-il, afin de remplir leur marmite.

~

Ainsi, plus que les Borgia, les Cibo avaient obtenu la tiare par la corruption et quelques rixes contre les Orsini. Personne ne les considérait comme vertueux. Ne racontait-on pas – était-ce vrai ? – que le fils du pape Innocent VIII, Francesco Cibo, dont Rodrigue Borgia avait baptisé la fille, trompait son épouse Madalena de Médicis avec les plus jeunes et effrontées catins du Trastevere, alors que son mariage devait sceller la réconciliation entre Rome et Florence ? La nuit, on le voyait s'enivrer de taverne en taverne, en compagnie de Girolamo Tuttavilla, fils du cardinal français d'Estouteville. Au dire du peuple, les deux garçons violaient les femmes, pénétraient dans les maisons, afin de voler tout ce qui pouvait être revendu ; nul n'ignorait qu'ils se ruinaient au jeu. Pour payer les dettes les plus pressantes, le pape, par faiblesse, puisait dans les coffres du Vatican. Avec mauvaise humeur, mais il ne refusait jamais.

Possédé par sa dévotion, ne voulant voir que les vices de l'Église, Vicente prenait peu à peu conscience que les Borgia n'étaient pas plus pervers que d'autres. Plus rien ne pouvait étonner ou fâcher les Romains.

Parce qu'il était homme d'esprit et ne manquait pas d'allure, on pardonnait aisément ses fautes à Rodrigue Borgia. C'était désolant, mais Vicente le savait : quand le peuple a une idée en tête, difficile de l'en défaire !

Si les mœurs de Rodrigue ne différaient pas de celles de la plupart des dignitaires du Sacré Collège, elles heurtaient Vicente, parce que, comme le cardinal, il était espagnol. Quelle qu'ait été sa surprise d'apprendre qu'il avait, à en croire le billet, pour père le pape Calixte III, il n'oubliait pas que, cardinal de Valence, Alonso l'avait appelé en Italie, afin qu'il poursuivît ses études de poésie et de théologie. Cela n'excusait rien.

Qui avait voulu lui révéler sa filiation ? Pour lui nuire ou pour l'aider ? Que les Borgia souffrent à Rome d'une mauvaise réputation ne lui importait plus. Ils employaient leur temps entre intrigues et plaisirs de chambres et de salons ; cela ne tourmentait personne chez les notables. Quand le peuple grondait, cela ne servait à rien. On surveillait la rue plus qu'on ne l'écoutait. Vicente montrerait que, si certains défaillaient, ceux qu'on appelait « les fauves de Saint-Pierre » n'étaient pas tous d'abominables gredins ; il s'emploierait, si nécessaire, à défendre leur cause.

~

En se présentant au palais Orsini, sur le Monte Giordano, Vicente ne fut pas surpris. Malgré la mort récente de Ludovico Orsini, seigneur de Bassanello, maître des lieux, le mobilier, l'argenterie, les tapisseries montraient que le goût du faste prêté à la famille ne relevait pas de ragots. Plutôt de la jalousie des

Colonna, leurs adversaires tenaces depuis deux siècles. Sans juste raison.

Dans le jardin, Vicente aperçut un adolescent défavorisé par la nature, assis sur la margelle d'un puits ; un de ses yeux ne tenait pas ouvert. Il ne pouvait s'agir de César, l'aîné de deux ans de Lucrèce.

Le jeune homme était quasi aveugle. Vicente, toujours prompt à la réflexion, s'interrogea sur la volonté de Dieu de marquer certains êtres dès leur naissance. Pour quelle mystérieuse raison les prières n'y changeaient-elles rien ? Pourquoi Dieu avait-il choisi d'éprouver ce garçon certainement né dans la légitimité, alors que lui, le bâtard, ne souffrait d'aucune disgrâce ? Vicente aurait aimé percer certaines volontés divines, il n'y parvenait pas. Quelles que fussent les infirmités des corps ou des esprits, il n'y avait qu'une possibilité : accepter la tyrannie de la nature, imposée par Dieu. Contre elle, l'homme demeurait démuni.

Dans la galerie, Adriana Orsini, le regard fier, s'avança à la rencontre de Vicente. À son attitude altière, il comprit : la tante de Lucrèce était une femme de tête. Il devrait compter avec elle. Il ne tarda pas à le vérifier.

~

L'ayant observé de la tête aux pieds, sans un mot courtois pour l'accueillir, Adriana Orsini, sur un ton sec, déclara à Vicente :

— Sachez-le, monsieur, mon cousin le cardinal Borgia me confie toutes ses pensées ; il a pour habitude d'écouter mes conseils. Je m'en félicite. Quant à moi, je l'informe de tout ce que je peux apprendre d'agréable ou de désobligeant sur les

Borgia. Naguère, il ne le souhaitait pas ; aujourd'hui, il me l'ordonne.

— J'espère ne pas vous décevoir, reprit timidement Vicente. Le cardinal m'a prié de transmettre quelques-unes de mes connaissances à sa fille Lucrèce. J'en éprouve un profond sentiment de gratitude. Je m'efforcerai, sans encombrer son jeune esprit de sciences inutiles, de lui apprendre la littérature et les bonnes manières. Je réveillerai son attrait pour le savoir.

Adriana Orsini saisit les mains de Vicente avec une force qui le surprit.

— J'ai un conseil à vous donner : ici la malice n'a pas sa place, ne profitez donc pas de votre présence pour manquer de discrétion sur la vie dans cette demeure ! Vous viendrez quand Lucrèce ne sera pas à San Sisto ; je vous ferai prévenir par un serviteur. Jamais un autre jour ! Nul à Rome ne l'ignore : vous n'aimez guère les Borgia. Par une générosité que je comprends mal, le cardinal vous a confié l'éducation de sa fille ; il vous prétend érudit, cela ne me suffit pas. Il doit y avoir autre chose ; je finirai pas l'apprendre. Aucun de vos agissements ne m'échappera. J'aurai l'œil à tous vos gestes, à tous vos propos. J'ajoute enfin que vous n'aurez jamais une place à ma table. Vous devrez après chaque leçon retourner dans votre logis. Sans vous attarder dans ce palais. Je ne cherche pas à vous humilier, je suis seulement méfiante et n'ai pas envie de changer de comportement parce que vous êtes sous la protection du cardinal Rodrigue.

Vicente se mordit la langue pour éviter de montrer sa colère. D'une voix qu'il voulut respectueuse, ce qui n'était pas aisé, il répondit :

— J'aurai à cœur de ne rien négliger pour mériter vos compliments. Aujourd'hui désobligeante, demain vous me remercierez… Je le souhaite.

~

Une arrivée imprévue, celle de Rodrigue, interrompit un entretien embarrassant. Essoufflé, une épée à poignée d'or au côté, il regarda Vicente d'un œil peu amène.

— Éloignez-vous, monsieur ! N'y voyez pas un affront ; en vous confiant la tâche d'ouvrir l'esprit de ma fille, j'ai voulu flatter votre savoir. Ne rougissez pas !... Je dois annoncer ici, sans plus tarder, ce que le peuple apprendra bientôt. Votre silence m'importe... Les événements à venir devraient vous surprendre. Soyez quelques heures encore patient. Et discret.

~

Vicente n'insista pas, sortit du palais ; le lourd portail avait été ouvert par un serviteur maure, venu dans la suite du prince Djem, frère et rival du sultan de Constantinople Bajazet II. Innocent VIII se félicitait de la présence à Rome d'un hôte aussi insolite tant il éprouvait de joie à déplaire à Bajazet, dont les vaisseaux attaquaient régulièrement les galères pontificales chargées d'épices et de soieries d'Orient. Il n'avait pu s'empêcher d'offrir quelques-uns des esclaves que Djem traînait avec lui à ses plus dévoués cardinaux. Rodrigue en avait reçu un, il en avait fait don à Adriana Orsini.

Rodrigue n'était pas homme à accorder son estime à quiconque ne le servait pas. Comme d'autres prélats, il avait été impressionné par ce prince venu d'un autre monde, la stature haute, le visage énigmatique. Djem racontait volontiers son errance, ajoutant chaque fois une aventure nouvelle. Inventée, mais dont il ne pouvait se priver, avide d'émerveiller celles et ceux qui l'écoutaient. Hypocritement, ce qui plaisait à Innocent VIII devait nécessairement plaire à Rodrigue. Cela ne pouvait pas durer longtemps.

Djem en parlait peu ; il avait la volonté, en agissant par la ruse plutôt qu'avec une armée, de remplacer à Rome Jésus par Mahomet, et de mettre ainsi un terme à la chrétienté. Cela passait par quelques meurtres auxquels il réfléchissait.

Logé au Vatican, Djem ne refusait jamais une invitation à souper et se plaisait à raconter qu'après s'être rendu aux chevaliers de Saint-Jean-de-Chypre, pour échapper à son frère, le cruel Bajazet, il avait été placé sous la garde du roi de France Charles VIII dans un château poitevin, propriété de ces chevaliers. Désireux de ne pas affecter le pape dont l'alliance lui était indispensable pour mettre enfin, après des années de guerres sanglantes, la main sur Naples, propriété espagnole, le souverain français avait libéré son illustre prisonnier. Il avait proposé au pape de l'accueillir. Djem l'amusait tant qu'il ne pouvait plus s'en séparer.

Sans s'abandonner à la moindre confidence, le cardinal suivait jour après jour l'évolution de la maladie du souverain pontife. Il l'avait vite compris : trop familier avec le pontife, Djem, qui partageait son temps entre la musique et la chasse, pouvait devenir dangereux, obtenir des avantages trop importants. Du lit qu'il ne quittait plus, Innocent n'avait-il pas confié qu'il songeait à Djem pour mener la prochaine croisade contre les Turcs ? Alors que les princes chrétiens hésitaient à s'engager…

Jamais Rodrigue Borgia n'aurait quitté Rome et ses plaisirs pour chevaucher vers l'Orient. Une poudre mortelle, acquise sans difficulté chez son empoisonneuse habituelle du Trastevere, déposée sur le parchemin d'une missive amicale du cardinal à Djem, avait mis un terme définitif à la gênante présence du prince. Le pape Innocent ne dissimula pas sa peine, le chancelier Rodrigue sa satisfaction.

~

Rodrigue, seul avec Adriana Orsini, ne put retenir sa joie.

— Mort ! Enfin mort ! J'étais présent lorsqu'il a rendu l'âme. Sur mon conseil, mais je n'avais aucune illusion, ses médecins ont tenté d'utiliser le sang de trois jeunes bergers. Les garçons n'ont pas survécu à l'expérience ; les parents ont reçu chacun un ducat… J'en suis certain : sa dernière pensée a été pour moi. Avant d'expirer, il m'a souri. J'y vois un heureux présage.

Rodrigue ne put se retenir, il fredonna une comptine espagnole. Son visage exprimait un plaisir qu'on aurait difficilement soupçonné chez un cardinal de la Curie venant d'assister à la fin d'un pontife.

— Cela va servir tes intérêts, répliqua avec froideur Adriana Orsini. Tu n'as pas ménagé tes efforts pour qu'il en aille ainsi. Tu vas poursuivre…

Adriana avait compris ; il n'était pas nécessaire que Rodrigue s'exprimât plus clairement. Si, après une longue agonie, le pape Innocent VIII n'était plus, l'ambition de Rodrigue pouvait-elle enfin être satisfaite ? Adriana avait la certitude que le cardinal, à soixante ans, mettrait tout en œuvre pour achever sa carrière avec la plus haute dignité existant sur la terre, celle de vicaire du Christ. Les prélats électeurs qui le méprisaient, Rodrigue Borgia saurait les convaincre. Presque tous avaient besoin de remplir leurs coffres. Corrompus par l'or, ils oublieraient les affronts que leur avait fait subir le chancelier cardinal. Pour désigner un pape il n'était pas nécessaire de l'aimer.

Adriana, assez proche de Rodrigue, ne s'étonna pas de le voir, en cet instant, se réjouir de la mort d'un homme. Il ne lui avait jamais caché son dessein. Silencieuse, elle écoutait Rodrigue, mais déjà elle mûrissait un projet. Que le cardinal reçoive la tiare, elle perdrait de son influence sur lui au profit de celle que tout Rome appelait « la Bella » : Giulia Farnèse. Avec la nouvelle maîtresse de Rodrigue, elle se montrerait intransigeante. Elle saurait d'habile façon tendre un piège au nouveau maître de l'Église. Encore fallait-il qu'il fût élu.

~

Belle, Giulia Farnèse l'était assurément. Dans leur enfance, les trois héritiers du seigneur Pier Luigi Farnèse, d'une ancienne noblesse de Capodimonte, de la province de Viterbe, vivaient dans l'harmonieuse monotonie de leur demeure. Douze paysans assuraient la subsistance familiale par la culture et le négoce de l'épeautre et des olives. L'aîné Alessandro, était, ainsi l'exigeait la tradition, destiné à la carrière des armes ; le cadet Angelo avait obtenu, en échange de dix mille ducats pour la cassette personnelle du pape Innocent, le titre de protonotaire pontifical ; sa sœur Giulia l'avait suivi à Rome. Adolescente, elle était si belle et si souriante qu'à dix ans elle recevait chaque jour plusieurs demandes en mariage. Elle les refusait. Quoiqu'elle ne fût pas encore pubère, un homme avait su la conquérir quand elle avait fêté son douzième anniversaire au palais Borgia : Rodrigue. De Giulia, il était éperdument épris ; il n'avait d'yeux que pour elle. Il n'avait pas hésité à exiler à Mantoue Vanozza, la mère de ses enfants préférés.

Adriana n'en doutait pas, et d'avance le refusait : Rodrigue pape, Giulia Farnèse s'installerait au Vatican. Sans bruit, elle devait contraindre Borgia à se détourner de Giulia.

~

L'enthousiasme de Rodrigue enfin calmé, Adriana l'entraîna dans sa chambre d'apparat. Dans des draps brodés de fleurs, elle lui montra qu'elle était encore capable de l'aimer comme au temps jadis, avant qu'il ne se pâmât devant Vanozza. Elle ne l'aurait pas juré tant elle avait eu d'amants, mais Orsino, le jeune borgne, était né alors qu'elle était liée à Rodrigue. Avec lui, elle tenait le début de sa vengeance.

— Assisteras-tu au mariage ? demanda-t-elle naïvement à Rodrigue, nu dans le lit.

Le cardinal se redressa vivement.

— Quel mariage ? De qui parles-tu ?

Adriana feignit l'étonnement.

— Est-il possible que tu l'ignores ? Il faut être aveugle pour ne pas remarquer à quel point Orsino, malgré une silhouette quasiment difforme, montre son plaisir auprès de Giulia. Orsino n'est pas exubérant, il a un tempérament inquiet ; Giulia, bien que jeune, saura l'aider en toutes circonstances ; elle passe sans difficulté de sa toilette à une réception d'ambassadeur. Après des hésitations, j'ai décidé de les marier. Malgré leur âge, je n'attendrai pas.

Rodrigue n'aimait pas qu'on le défiât dans ses aventures galantes. Cette affaire ne lui plaisait guère.

Jamais Giulia n'épouserait le disgracieux Orsino. Pour l'heure, il devait conserver son calme, afin de consacrer son temps à la préparation du conclave. Son issue était incertaine. Rodrigue avait sa chance, mais plus d'ennemis que d'amis parmi les électeurs.

20

Avant même que ne fussent célébrées, sans pompe imposante, les funérailles d'Innocent VIII, Rodrigue avait déjà obtenu de nombreux cardinaux que le conclave se tînt, comme à l'accoutumée, dans la grande chapelle, appelée chapelle Sixtine depuis qu'elle avait été dédiée à Sixte IV, le pape ayant engagé sa construction.

Pour réussir, Rodrigue ne négligerait rien. Avant de fixer la date de la réunion, il convoquerait dans son palais le cardinal Raffaele Riario, le camerlingue chargé d'organiser l'assemblée. Rodrigue aurait aimé l'évincer, Riario n'avait jamais caché son amitié pour les Colonna. Il s'était abstenu de s'en faire un ennemi au Vatican : surtout ne pas commettre une faute pouvant inciter certains électeurs à ne pas voter pour lui.

Devant ses visiteurs, clercs ou laïcs, le cardinal, quasiment en pleurs, regrettait les fautes commises et affirmait ne plus avoir qu'un désir : se repentir et, durant chaque Carême, ne pas oublier de faire pénitence, de jeûner.

Malheureusement pour Rodrigue, personne ne croyait à sa sincérité. On l'écoutait comme on écoute, sur le théâtre, un acteur connaissant bien son rôle. Il ne s'en rendait pas compte, son langage faisait sourire ;

qui pouvait se fier à ce qu'il disait ? Nul ne se serait néanmoins hasardé à le contredire. Seul le cardinal Raffaele Riario, neveu du défunt Sixte IV, parce qu'il avait longuement étudié l'histoire de la famille Borgia, depuis ses origines jusqu'à son installation à Valence, puis à Rome, lui parlait avec franchise.

~

Peu avant que les électeurs ne se réunissent pour une désignation dont chacun redoutait le résultat, Riario rendit une dernière visite à Rodrigue. Dans le cabinet où il aimait se retirer dans ses rares moments de solitude.

— Je le sais, tu souhaites succéder à Innocent VIII.

Rodrigue fit un geste de dénégation qui irrita Riario.

— Trompe qui tu veux, pas moi ! Avant la mort du pape, tu préparais déjà ton élection. Abandonne ! Tu n'as aucune chance.

Rodrigue sursauta.

— Aucune chance ? Je dispose de tous les moyens pour obtenir la majorité.

Riario, le visage aussi empourpré que son habit de cardinal, semblait désolé de la détermination de Borgia. Il aurait préféré ne pas dévoiler un secret dont il avait eu connaissance, il dut se résoudre à l'évoquer.

— Tu feins de l'oublier, mais pour la tiare Giuliano della Rovere et Ascanio Sforza s'affrontent.

Rodrigue l'interrompit brutalement.

— Je te croyais intelligent, je découvre avec peine que tu as l'esprit médiocre. Crois-tu que j'ignore que Rovere a le soutien des Orsini et qu'Ascanio, candidat du Milanais, est reconnu par les Colonna ? Que ces deux-là se déchirent pour la tiare ne peut que m'être utile.

Après un long soupir, Riario se décida à lâcher ce qu'il avait appris de la bouche de Virgilio Orsini, un condottiere napolitain fréquentant régulièrement les galeries du Vatican.

— Charles VIII, le roi de France, n'est certainement pas un saint, mais il va se soumettre à Rome, de peur que les protestants ne se réveillent et déclenchent une nouvelle guerre religieuse. Très écouté par de nombreux prélats, il n'est guère favorable aux Borgia.

Rodrigue leva les bras au ciel, les propos de Riario l'effrayaient.

— Ce monarque qui s'entoure d'éphèbes poudrés et jacassants n'apprécierait pas notre attrait pour les dames… Il devra s'y habituer.

— Je crains que non, reprit Riario. Ce n'est pas parce que Charles VIII déteste la galanterie, encore qu'il ait pour favorite Anne de Magnolais, mais plutôt parce que tu es espagnol qu'il ne souhaite pas un Borgia sur le trône de saint Pierre.

Riario hésita avant de poursuivre.

— Entre l'Espagne et la France, je crois le conflit inévitable. Charles rêve de conquêtes lointaines. Les caravelles chargées d'or et d'esclaves indiens lui manquent. Ce fut une erreur, il la regrette, d'avoir refusé d'aider Christóbal Colón qui le sollicitait pour une importante navigation. Isabelle n'a pas tardé à offrir au juif tout ce qu'il souhaitait. Et pourtant la reine n'aime guère les juifs… Comme tout monarque, elle ferme les yeux sur les égarements de ceux qui la servent. Tu en sais quelque chose, jamais elle n'a osé te condamner. Pour elle, un crucifix est sacré ; il n'est pour toi trop souvent qu'un objet de décoration dans ce palais.

Rodrigue commençait à montrer des signes d'impatience.

— Il ne s'agit pas de cela ! Dis-moi plutôt quelle place tient le roi de France dans l'élection à venir.

Riario aurait préféré ne rien dire ; Borgia paraissait si résolu à coiffer la tiare qu'il rapporta ce qu'il avait promis à Virgilio Orsini de taire.

— Le roi de France est favorable à Giuliano della Rovere ; il a mis à sa disposition deux cent mille ducats et obtenu de la république de Gênes qu'elle en ajoute cent mille. Ainsi pourvu, Giuliano della Rovere, soutenu par les Napolitains, qui en oublient leur rivalité avec les Génois, sera en mesure d'acheter les suffrages qui lui manquent encore.

— Combien ? hurla Rodrigue qui voyait la tiare lui échapper.

Le cardinal Riario, habitué des colères du Borgia, conservait son calme.

— Six !… Six voix ! Ajoutées aux neuf dont il dispose avec certitude, cela fera quinze… la majorité des deux tiers ! Cela suffit pour être élu. Le prochain pape devrait avoir pour nom Giuliano della Rovere. Il faudra t'y résoudre.

Après avoir écouté Riario avec attention, Rodrigue, stupéfait, était incapable de dire un mot. Tous ses rêves s'effondraient. Il ne voulait pas être pape par vocation religieuse, mais pour satisfaire son orgueil et montrer aux princes chrétiens que l'Espagne deviendrait pour des siècles le plus puissant des royaumes. L'Espagne, avec ses châteaux, ses monastères, ses abbayes, dominerait le monde. Les terres nouvellement découvertes, sur lesquelles jamais le soleil ne se couchait, vivraient sous la bannière de l'Espagne. Mourir ou tuer ! Qu'ils règnent sur leurs fiefs ou sur les esprits des hommes, jamais les Espagnols n'auraient d'autre devise. S'il ne servait pas l'Église, Rodrigue Borgia souhaitait sincèrement la grandeur de sa terre d'origine. Le taureau, emblème de sa famille, deviendrait celui de tout le royaume d'Espagne.

Si Rodrigue contribuait à la domination des souverains sur l'Ancien et le Nouveau Monde, il ne laisserait pas échapper sa récompense. Sans lui, jamais Ferdinand et Isabelle n'auraient réalisé l'unité des deux royaumes sous une même Couronne. Une unité visible sur le blason des souverains : les armes de Castille et d'Aragon étaient mêlées. On y ajouterait celles des Borgia. Le cardinal pouvait-il, pour obtenir la tiare, réclamer à son tour l'aide d'Isabelle et de Ferdinand ? Il n'en était pas certain, mais cela méritait réflexion.

Rodrigue, tout à ses pensées, ne s'en était pas aperçu : sur la pointe de ses mules, le cardinal Riario avait quitté la salle. Satisfait. En tempérant les élans de Rodrigue, il aidait le Milanais Ascanio Sforza, pour lequel il voterait tant les Napolitains clamaient qu'un pape de leurs amis mettrait un terme aux troubles agitant Rome. Virgilio Orsini ne lui avait pas caché que des hommes à lui, agissant sur ordre de Ferrante, le rugueux roi de Naples, étaient les auteurs des centaines de meurtres commis sans raison chaque nuit dans les rues de Rome : les petites gens demeuraient chez eux. Il n'y avait pas, selon Ferrante, meilleur moyen pour éviter que le peuple ne crie dans la rue le nom du cardinal ayant sa préférence pour coiffer la tiare.

Riario soutenait Sforza, parce qu'il avait obtenu du duc de Milan qu'après Ascanio la tiare lui revînt. Le duc Ludovic voyait surtout l'élection de Riario comme une nouvelle victoire sur Naples. Ascanio puis Riario successeurs de saint Pierre, cela assurerait définitivement en Europe chrétienne la puissance milanaise.

Rodrigue était tendu, anxieux. Depuis des années, il s'employait à déjouer les intrigues montées dans l'ombre du Vatican. Pour la première fois il se sentait faible, incapable d'imaginer une ruse lui permettant d'évincer ses adversaires pour occuper le trône pontifical. La soixantaine venue, manquait-il d'imagination ?

Rodrigue rêvait de traverser Rome sur une litière ornée de guirlandes de feuilles d'or. À son passage, le peuple admiratif s'agenouillerait. On donnerait une parade comme jamais on n'en avait vu. Sur des chars fleuris, le profane se mêlerait au sacré. Jusqu'au creux de la nuit, cavalcades et processions animeraient la ville.

Le cardinal se refusait à un échec. Soudain, il eut une idée : si Vicente, désormais libre, y consentait, il pourrait l'aider. Le précepteur de Lucrèce lui avait dit entretenir des liens d'amitié avec le cardinal espagnol Bernardino Lopez y Carvajal qui s'employait à combattre les vices de l'Église et, plus que la galanterie, le commerce des biens sacrés. Une chance qu'il devait saisir. Sans tarder.

21

Dès qu'elle parut dans la petite salle du palais d'Adriana Orsini, Vicente n'eut aucun doute : plus qu'à sa mère Vanozza, Lucrèce ressemblait à Rodrigue ; yeux clairs, menton fuyant, visage volontaire sous une chevelure habilement tressée, mais – Vicente le remarqua en raison de son âge – aucune sensualité dans la silhouette.

Adriana, après l'avoir présentée à Romero, debout derrière une table où il avait placé les œuvres de saint Augustin et de Pétrarque par lesquelles il voulait commencer son enseignement, reprit avec une identique autorité le discours tenu lors de leur première rencontre. En y ajoutant quelques précisions. Elle les jugeait utiles, afin que Vicente sût définitivement qu'il se trouvait face à une importante personne.

— N'oubliez jamais, monsieur, que votre élève est la fille d'un cardinal et que vous devez lui témoigner une grande considération. N'oubliez pas, reprit-elle, la singularité de sa situation. Elle a pour amies Battistina et Peretta, filles du défunt pape Innocent VIII Cibo. J'entends que vous la respectiez et l'honoriez comme une princesse légitime. Lucrèce se sent fière d'appartenir à une famille étroitement liée aux plus hauts dignitaires de l'Église.

Lucrèce s'inclina devant sa tante qui se retira. Sans attendre que Vicente l'y eût invitée, elle s'assit à la table et ouvrit les *Sonnets* de Pétrarque. Elle referma aussitôt le livre et s'adressa à son nouveau précepteur.

— Sachez-le, monsieur, je vous écouterai avec attention, mais je n'ai nullement l'intention de retenir quoi que ce soit de ce que vous m'enseignerez. Je n'ai aucun goût pour les études. Elles me rebutent, je n'ai d'attirance que pour les plaisirs de la vie.

Vicente ne put s'empêcher de le noter : par ses propos, Lucrèce montrait la fierté du tempérament espagnol.

— Je ne vous apprendrai que ce qui vous sera agréable ; certaines lectures pourraient vous faire sombrer dans la mélancolie. L'important n'est-il pas de plaire au cardinal Rodrigue ?

Lucrèce répondit par une moue dédaigneuse.

— Mon père ne s'occupera bientôt plus de moi. Il va devenir pape et accordera à ses fils des charges qu'aucune femme dans l'Église n'obtiendra jamais. À Rome, les hommes courent les tripots ; les filles, on les enferme au couvent. J'en sais quelque chose. Afin de m'éloigner, il va me jeter dans les bras d'un homme que je n'aime pas. Comment me soumettre à un mari jamais rencontré ? Je serai, hélas, contrainte d'obéir. Cela me torture.

Parce que Lucrèce, nièce d'Alonso, était peut-être sa cousine, Vicente se prit dès cet instant d'une vive affection pour l'adolescente qui se confiait à lui ; enfermée de l'aube au crépuscule dans une tristesse dont rien ne parvenait à la sortir, elle n'avait probablement personne à qui parler sans retenue.

Oubliant la présence de Vicente, Lucrèce vida son cœur. Des larmes dans les yeux, elle raconta qu'elle n'avait jamais voulu croire aux projets de mariage avec le noble espagnol Cherubino de Centelles, dont son père l'avait menacée. Sans se soucier des rêves de bonheur qui pouvaient, comme chez toute jeune fille, habiter ses pensées.

Lucrèce avait dû l'admettre, Rodrigue ne s'était pas contenté de paroles. Il avait, sans qu'elle n'en sût rien, tout préparé. Elle en avait pris conscience trois mois plus tôt – elle se souvenait exactement du jour, le 21 février 1491, les eaux du Tibre étaient gelées, les gens du peuple mouraient de froid dans les rues de Rome –, quand Camille Bencinbene, chargé de rédiger les actes privés de la famille Borgia, s'était présenté au palais.

— On m'a fait appeler dans la grande salle d'apparat, murmura Lucrèce. Bencinbene a lu un contrat rédigé en catalan.

— Vous connaissez la langue catalane ? osa Vicente, interrompant la marche des souvenirs que Lucrèce semblait vouloir chasser de son esprit.

Étonnée par la question, elle regarda fixement Vicente.

— Oui, monsieur. Je n'ai peut-être pas reçu jusqu'à ce jour une grande instruction – je ne souhaite d'ailleurs pas connaître la pensée d'Aristote, pas plus que celle de Platon qui ne m'intéresse guère –, mais si je peux m'exprimer en latin, comme la plupart des prélats qui entourent mon père, lorsque je suis seule avec lui ou avec mon frère César, c'est en catalan que nous nous entretenons.

Lucrèce prit un temps avant de répliquer :

— Si vous savez gagner mon âme, si souvent solitaire, je vous livrerai quelques-uns des poèmes que j'écris le soir, au couvent. Tous en catalan.

Craignant d'en avoir trop dit à ce précepteur qu'elle

rencontrait pour la première fois, ne voulant pas paraître sotte, elle ajouta sur un ton enjoué :

— J'ignore les discours d'Aristote, fort à la mode à Rome ces temps-ci, mais pour la danse je peux rivaliser avec les plus habiles.

Vicente ne fut pas surpris. Tout Rome reconnaissait à Rodrigue d'excellents talents de danseur ; il les utilisait pour séduire les femmes qu'il voulait garder dans ses appartements, afin de prendre son plaisir.

Lucrèce avait commencé à vanter ses mérites, elle entendait poursuivre.

— Je n'aime guère la broderie, mais j'ai appris à chanter en m'accompagnant du luth, comme la plupart des filles de bonnes familles romaines.

Il y avait tant de candeur sincère dans le récit de son élève que Vicente ne put s'empêcher de répliquer, en souriant :

— La danse et la musique, voilà qui devrait plaire à votre futur époux.

Le visage de Lucrèce s'assombrit de nouveau.

— Ne vous y trompez pas, monsieur. Je ne connais pas mon prétendant, mais je le sais proche des souverains espagnols. Je sers de butin pour Isabelle et Ferdinand : ils verront en moi un cadeau de l'Église romaine au royaume d'Espagne. Rien d'autre. Mon père, en me donnant à un seigneur de Valence, a promis pour ma dot d'offrir, pour moitié à la couronne d'Espagne, pour moitié à l'époux qu'on me promet, non seulement cent mille écus, mais plusieurs coffres de parures et de bijoux, dans lesquels la reine fera son choix. J'aurai le reste… S'il reste un collier ou une bague. Mais rien de ma mélancolie ne paraîtra jamais : même désemparée, une Borgia fait toujours bonne figure.

Vicente ne le montrait pas, il était ému par les propos de cette jeune fille, sa probable cousine, dont l'avenir paraissait définitivement fixé. D'une voix sourde, il osa l'interroger.

— Quand cet insolite mariage sera-t-il célébré ?

Lucrèce, ne semblant rien ignorer de la vie qui serait sienne, répondit sans hésiter :

— Je dois prendre sans tarder le chemin de l'Espagne. Sans revoir ma mère. Avant six mois, je serai mariée. Qui sait, alors, ce qu'il adviendra de moi !

Lucrèce sortit de sa robe bleue un petit carré de soie et, sans réfléchir un instant, se jeta en larmes dans les bras de Vicente. Troublé, il s'efforça de la consoler.

— Je vous comprends… À votre âge, les espoirs sont confus. On aspire à une vie née de l'imagination. Que la réalité ne réponde pas aux désirs, les déceptions sont douloureuses.

Lucrèce reprit un visage sombre.

— Peu m'importe votre jugement. Mon père va toujours vite en besogne. Il est inquiet parce qu'il craint, au prochain conclave, de ne pas être élu. Il y a longtemps que j'ai compris : entre sa famille et la tiare, il a fait le choix de la tiare. Cela n'échappe à personne…

Vicente eut l'impression qu'en disant « personne » Lucrèce songeait à quelqu'un en particulier. Il voulut la rassurer.

— Soyez sans crainte, les Borgia ne connaîtront jamais la ruine. De votre parenté avec le cardinal Rodrigue, peut-être pape demain, vous ne pouvez tirer que des avantages. Votre père est avide de pouvoir, mais il croit en Dieu, cela le sauvera. Et ses proches en même temps. Si, toutefois, une femme n'a pas trop d'influence sur lui…

Vicente n'avait pas prononcé de nom. Depuis qu'il se sentait lié aux Borgia, il souhaitait, sans partager leurs ambitions, les amener à reconnaître leurs devoirs envers Dieu. Sur ce chemin, il n'y avait pas de place pour les femmes.

Lucrèce s'écria, dans un élan de rage qu'elle ne put contenir.

— Si mon père a pris la décision de me marier en Espagne, il ne fait qu'obéir à Giulia Farnèse. À peine plus âgée que moi, elle a su conquérir son cœur. Elle voudrait qu'il rompe avec sa famille. Pour Giulia, il a exilé ma mère… Maintenant, c'est moi qu'il contraint à retourner dans le royaume de Valence. Demain, n'en doutez pas, viendra le tour de mon frère César… Cela ne tardera pas. Pour Giulia, notre père répudiera toute sa famille.

Vicente ressentait un malaise, plus pesant à chaque minute. Il ne comprenait pas pourquoi Rodrigue lui avait demandé de partager un peu de son savoir avec Lucrèce si celle-ci devait, parce qu'il en avait décidé ainsi, rejoindre l'Espagne et Cherubino de Centelles. À quel jeu jouait le cardinal ? Vicente le savait entreprenant, parfois brutal et cruel, mais il n'était pas homme à agir sans avoir longuement réfléchi.

La conversation fut interrompue par l'apparition brusque d'une très jeune femme : Giulia Farnèse.

~

Sa présence ne l'étonna pas. Dans l'entourage du cardinal, nul n'ignorait que le mariage du presque aveugle Orsino avec Giulia pouvait arranger les affaires de Rodrigue. Après avoir réfléchi quelques jours, celui-ci avait annoncé se réjouir de cette union. Pour montrer aux babillards qu'il n'y avait entre lui et Giulia qu'une relation affectueuse, comme il peut y en avoir entre un père et une fille, les noces avaient été célébrées dans son palais. Dans le salon des Étoiles, dont il avait demandé au Florentin Michelangelo Buonarroti de peindre un nouveau plafond, afin d'ajouter au faste de son habituelle ornementation.

On avait ainsi appris dans Rome qu'Adriana, cousine du cardinal, n'avait pas dissimulé sa fâcherie devant l'initiative de Rodrigue. Elle avait voulu éviter les rapports amoureux entre Rodrigue et Giulia en mariant celle-ci à Orsino. Rodrigue, intelligemment, avait su mettre un terme aux ragots qu'Adriana se plaisait à raconter dans la ville, en organisant chez lui les festivités des épousailles. En favorisant ce mariage, Rodrigue avait imaginé une feinte destinée à rendre Giulia libre de répondre à son ardeur amoureuse. Adriana avait compris trop tard la ruse de son cousin : Orsino ne serait qu'un mari cocu parmi d'autres et Rodrigue un amant discret.

Après réflexion, Adriana s'était résignée à sacrifier Orsino, mais, lors d'une des visites que Rodrigue effectuait régulièrement dans son palais, elle ne lui avait pas caché, en femme décidée qu'elle était, ce qu'elle attendait de lui.

— Peu m'importe que tout Rome jase, que le peuple fasse des chansons sur la triste condition d'époux bafoué, si jusqu'à la fin de sa vie mon fils Orsino a la charge d'accueillir les ambassadeurs étrangers en visite au Vatican.

Adriana n'en doutait plus : Rodrigue serait bientôt pape. Si elle connaissait son cousin, elle n'imaginait pas qu'il avait une pratique de la rouerie dont nul n'aurait pu fixer les limites. Elle pensait que la passion de Rodrigue pour Giulia aurait inévitablement une fin, et que les déboires conjugaux d'Orsino justifiaient une discrète complaisance. Elle avait vite pris conscience qu'en matière d'intrigue Rodrigue montrait plus d'habileté qu'elle. Animé par de bons sentiments, il ne commettait pourtant que de mauvaises actions.

À cette requête, le cardinal avait répondu, sûr de son effet, avec un sourire que peu de gens lui connaissaient :

— Si Dieu veut que le conclave me désigne, j'accorderai à ton fils tout ce à quoi il aspire. Et plus. À son intention, je viens d'acquérir au cardinal Zeno, de la paroisse de Santa Maria in Portico, la demeure qu'il s'est fait construire il y a quelques années, face au palais pontifical, contre les murs de la nouvelle basilique Saint-Pierre.

Pour Adriana, le coup avait été rude ; impossible de l'éviter. Elle avait suffisamment fréquenté le somptueux logis du cardinal Zeno pour comprendre ce qui avait poussé Rodrigue à l'acheter. Tous les prélats, tous les visiteurs en admiraient l'architecture, dessinée par le Toscan Brunelleschi. Une robuste construction, à la façade en marbre de Carrare, ornée au premier étage d'une loggia d'honneur, avec de larges fenêtres à meneaux, semblables à celles que les princes français faisaient édifier sur les rives de Loire. Dans une succession, sans portes, de salles somptueusement meublées, le cardinal pouvait accueillir près d'un millier d'invités. Ce dont Zeno était le plus fier, ce qu'il montrait volontiers à ses invités : l'étroit passage, à l'arrière de la chapelle Sixtine, permettant de pénétrer, sans être vu, à l'intérieur du palais pontifical.

Rodrigue avait observé Adriana. Devant l'affront, elle n'avait pas montré le moindre ressentiment. Peut-être ses traits étaient-ils plus tirés qu'à l'accoutumée. Elle ne pouvait nier l'évidence : Rodrigue aimait Giulia plus que d'autres maîtresses. Adriana n'avait pour le mettre mal à l'aise qu'une solution. Quelle que fût son ardeur amoureuse, Rodrigue avait toujours privilégié ses liens avec ses enfants, dont il voulait assurer le bonheur et la prospérité. Pour Adriana, peut-être une arme décisive !

— Tu sais, avait-elle dit d'une voix suave, qu'unis grâce à l'aide que tu leur as apportée Isabelle et Ferdinand ont repris Grenade aux Maures. Certains pensent que la Reconquête est achevée. Je n'en ai pas la certitude : il y a encore des Maures en Espagne ; avec l'aide des nombreux juifs andalous, ceux qu'on appelle les marranes, le peuple peut se soulever demain contre les monarques et les puissants seigneurs de province.

Adriana avait pris un temps avant d'achever.

— Marier Lucrèce en Espagne, c'est peut-être la vouer à un destin tragique. Ne le crains-tu pas ? Que pourras-tu pour elle quand elle vivra loin de toi ?

Rodrigue n'avait fait qu'un bond. Adriana, habile, l'avait convaincu. Elle semblait ne pas lui tenir rigueur de ses projets avec sa bru. Il devait continuer à lui accorder sa confiance, il suivrait ses conseils.

— Tu as raison, avait-il murmuré, je dois garder Lucrèce près de moi. Elle n'épousera pas cet Espagnol. Je lui choisirai ici un prétendant sérieux, peu enclin à l'infidélité.

Lugubre, il avait ajouté :

— Je n'ose pas lui annoncer la rupture. Peut-être Giulia pourrait-elle le faire… À Rome, elles étaient amies.

Adriana, les yeux mi-clos, avait goûté sa victoire. Elle savait Giulia capable de parler à Lucrèce.

~

Quand l'épouse d'Orsino se trouva face à Lucrèce, elle lui annonça sans hésiter l'annulation de son mariage. Elle obéissait à Rodrigue, il lui avait demandé de faire part de sa décision. Cela ne lui avait pas paru insurmontable, elle avait accepté sans chercher à connaître les raisons du cardinal. Les deux adolescentes se connaissaient bien, elles avaient joué ensemble dans les jardins du Vatican. Giulia Farnèse, soucieuse de plaire à son amant, ne songeait qu'à le satisfaire.

Avant même d'écouter la réaction de Lucrèce, Giulia devina, en observant Vicente immobile et muet, qu'il ne l'aimait guère : s'il en avait la possibilité, il serait capable d'agir pour l'éloigner de Rodrigue. Il avait la tête d'un homme supportant mal qu'un prélat de soixante ans songeât à s'attacher une jeunesse. Qu'il ne s'avise pas de commenter son amour, elle n'hésiterait pas à se venger de lui qui devait préférer la lecture d'Aristote aux délices amoureuses.

Giulia ne se trompait pas. Elle était pour Vicente une de ces femmes frivoles nuisant à l'honneur de l'Église. Il ne contiendrait pas longtemps sa colère. Même s'il se savait capable d'accorder son pardon à ceux qu'il détestait.

22

L'astrologue Silvanius, le Milanais que le cardinal Giuliano della Rovere ne manquait jamais de consulter avant de prendre une décision importante, avait assuré le prélat qu'à suivre son conseil son élection serait assurée. Les astres, selon Silvanius, influaient plus sur la destinée que les prières, messes et litanies diverses. Si personne n'avait jamais croisé Dieu sur son chemin, chacun pouvait observer par temps clair la lune et les étoiles pour faire le choix, selon leur position, du comportement le plus sage.

Après avoir longtemps hésité, Giuliano avait accepté la proposition de Silvanius. N'avait-il pas déjà changé sa robe cardinalice pour une cuirasse de lansquenet, quand il avait participé au siège de Todé, fief pontifical dont les habitants s'étaient rebellés contre le Saint-Siège après le meurtre de leur seigneur Gabriello Catalini, rallié à Savonarole ?

~

Dans la nuit précédant l'ouverture du conclave, les Romains avaient vu paraître dans le ciel, du côté de l'Orient, trois soleils de feu. Tous semblables. Hors Rome, personne en Italie ni ailleurs n'avait rien vu.

Quelques minutes plus tard, des taverniers des rives du Tibre, habitués à satisfaire, la nuit, les pêcheurs rentrant de la mer, avaient observé, effrayés, sur une des tours du palais du cardinal Giuliano seize torches s'allumer, s'éteindre, avant de briller à nouveau dans la nuit. Une seule était demeurée vive. Dieu signifiait-il aux Romains que leur châtiment ne tarderait plus ?

Pour le peuple, impatient de connaître le nom du nouveau pape, il n'y avait aucun doute : les princes de l'Église, obéissant à la volonté divine, avaient envoyé ces troublants signaux ; ils ne pouvaient porter leur vote que sur Giuliano della Rovere. Prélat ambitieux, rusé, mais respecté.

~

À l'intérieur de la chapelle, le chancelier cardinal Rodrigue Borgia s'était assuré que toutes les portes étaient closes. Les électeurs supportaient mal la chaleur, étouffante ; ils avaient hâte d'en finir avec leur emprisonnement.

Rodrigue avait obtenu, en échange de nombreuses bourses d'or, que ce fût un Espagnol, l'évêque Bernardino Lopez y Carvajal, qui prononçât le sermon d'ouverture. Il y eut de discrets murmures entre électeurs des différents partis, puis il prit la parole.

Après une bénédiction de l'assemblée, il déclara, malgré une fatigue due autant à la chaleur qu'à l'âge – près de soixante-dix ans :

— Je vous invite à faire choix du candidat le plus apte à remédier aux vices de l'Église, ainsi qu'au négoce des biens sacrés.

D'un clin d'œil, Borgia lui exprima sa satisfaction : Carvajal avait lu le texte qu'il lui avait préparé. Ce qui ne trompa aucun des cardinaux présents.

Sans attendre le vote, Giuliano della Rovere, opposé à ce que Borgia l'emportât, se leva. Après avoir réussi à grand-peine à imposer le silence tant la confusion excitait les électeurs, il lança d'une voix forte, ne quittant pas Rodrigue du regard :

— Évitons que le prochain pontificat ne soit acquis par mille roueries et malhonnêtetés ! N'acceptons aucune ignominie ! J'ajouterai, lâcha-t-il, emporté par la fougue, que si nous élisons un fourbe l'Espagne et la France, quand elles l'apprendront, lui refuseront obéissance. J'en suis persuadé. Par ma position de légat à Avignon, dans notre Comtat Venaissin, j'ai percé les intentions secrètes du roi de France : que le pape ne lui convienne pas, il n'épargnera pas les États pontificaux. Son armée est plus vaillante que la nôtre.

Puis, se tournant vers le plus jeune des cardinaux, Giovanni de Médicis, il reprit d'un ton paternel :

— Lorsque commença l'année, votre grand-père Laurent, appelé par tous les Florentins « le Magnifique », a rejoint le royaume de Dieu. Pour que son successeur Pietro de Médicis entretienne la paix avec Rome, le défunt Innocent VIII vous a accordé la pourpre cardinalice. À dix-neuf ans. Si vous visez haut, ne donnez pas la tiare à qui ne la mérite pas !

Ascanio Sforza, le Milanais, ne laissa pas poursuivre Rovere. Celui-ci, en défendant la morale de l'Église, espérait sans doute que les conclavistes voteraient pour lui et oublieraient les mauvaises actions dont il s'était parfois rendu coupable.

— Affirmer que l'Église est corrompue, livrée à la simonie, au népotisme, c'est tout ce que vous trouvez à dire ?

Sforza, frère de Ludovic le More, excédé, s'efforça de dominer des murmures de plus en plus bruyants.

— Vous êtes dépité, Giuliano, avant même qu'on

vote. Nous ne vous l'offrirons pas, cette tiare à laquelle vous semblez tant tenir ! Peu nous importe ce qu'en pensera votre maître Ferrante, le roi de Naples !

Ce fut au tour du cardinal Zeno d'élever la voix.

— Je ne veux rien retenir de vos ardeurs, elles commencent à m'impatienter. Vous prétendez défendre l'Église, c'est à la tentation de la gouverner que tous vous cédez… Sans oser l'avouer clairement. Vos discours se veulent sains, vos pensées sont viles.

À sa place, Rodrigue Borgia, tenté d'intervenir, demeurait pourtant étrangement calme. Il avait prévu les résultats et s'en inquiétait : le parti milanais de Sforza disposait de quatorze voix, une seule lui manquait pour remporter l'élection. Giuliano della Rovere n'avait guère de chances : on le savait capable en une nuit de n'importe quel retournement d'alliance contre Rome s'il pouvait en tirer quelque profit. Rodrigue dissimulait mal son angoisse d'être éliminé : les joyaux qu'il avait offerts aux cardinaux Cibo – fils du pape Sixte IV –, Carafa, Costa, tous des Espagnols, lui avaient été rendus. On n'achèterait pas leur vote.

Afin de plaire au cardinal Costa, qui le haïssait, Rodrigue avait consenti à annuler le contrat de mariage de sa fille Lucrèce avec le seigneur du Val d'Aroya, Cherubino de Centelles ; aussitôt remplacé par un protégé de Costa, un jeune homme de quinze ans, don Gasparo d'Aversa, comte de Procida, issu d'une famille originaire de Valence, alliée aux Borgia.

Malgré ces décisions, engageant l'avenir de Lucrèce, sans qu'elle eût son mot à dire, Costa, après avoir prêté une oreille bienveillante à Rodrigue, s'était gardé de lui promettre un vote en sa faveur. Il appréciait que don Gasparo poursuivît des études de théologie en Espagne, mais ne pouvait pas négliger que son père, le comte d'Aversa, résidait à Naples et qu'il avait promis d'apporter son soutien à Giuliano della Rovere, candidat de Ferrante.

Rodrigue sortit enfin de son silence. Mesurant les risques de son propos, d'une voix calme il déclara :

— Nous tentons les uns et les autres d'user de nos influences… Peut-être pourrions-nous avoir la sagesse de voter.

Personne n'osa s'opposer au cardinal Borgia, personne ne le contredit. Chacun, par son vote secret, exprima sa volonté : quinze des trente et un électeurs donnèrent leurs voix à Ascanio Sforza, quinze à Giuliano della Rovere. Sous les voûtes de la chapelle Sixtine, la lutte entre Milan et Naples ne faisait que commencer.

Pas une voix pour Rodrigue. Son ambition, ses mœurs – pourtant familières à maints prélats –, mais surtout son intelligence tout entière au service de la ruse, peut-être aussi sa passion trop visible pour Giulia Farnèse, avaient retenu la plume des électeurs. Ils auraient voté pour Borgia s'ils avaient eu la certitude d'en tirer quelque bénéfice.

Le jour s'achevait, il n'y avait pas de chandelle dans la chapelle et nul ne pouvait pénétrer avant la désignation d'un nouveau vicaire du Christ.

Tout à leurs intrigues, les cardinaux n'eurent pas un regard pour les peintures ornant le plafond et les murs. Avant sa mort, Laurent, dit le Magnifique, satisfait qu'Innocent VIII eût donné la pourpre à son petit-fils Giovanni, avait offert la décoration de la chapelle. Les meilleurs artistes toscans avaient pris, heureux ou grognons, le chemin de Rome. Le premier à partir, Pietro Perugino, avait été rapidement suivi par Ghirlandaio et Botticelli, puis par Luca Signorelli et Piero Cosimo, qui avaient accepté de travailler sous ses ordres. Chacun avait la charge d'une portion de mur ou dc plafond. Un seul avait refusé : Michelangelo Buonarroti ; il avait néanmoins quelques idées, mais exigeait de choisir les sujets et de peindre une large fresque dont il avait déjà la matière : le Jugement dernier. Perugino refusa de céder aux exigences de ce jeune compagnon, excellent sculpteur, mais peu connu pour ses fresques.

La chaleur devenait de plus en plus pesante ; les fenêtres couvertes de draperies, afin de protéger les secrets, ne laissaient passer aucun filet d'air. Tous étaient d'accord sur un point : un second vote s'imposait. Sans tarder.

Une victoire annoncée pour Giuliano della Rovere ? Peut-être, sauf que le cardinal Riario allait de l'un à l'autre, vantant les mérites de Rodrigue Borgia, rappelant que peu avant de mourir, à Florence, Laurent de Médicis avait déclaré : « Giuliano est plus pape que le pape, négocier avec lui est impossible. »

En rapportant les propos de feu Laurent, Riario semait le doute : les cardinaux, de moins en moins nombreux à vouloir Giuliano au Vatican, hésitaient.

Ce fut dans un profond silence que le cardinal Cibo, protonotaire du Vatican, annonça le résultat du second scrutin : quinze prélats avaient voté pour Rodrigue Borgia… quinze pour Rovere… l'un d'entre eux s'était abstenu ; chacun imaginait qu'il s'agissait de son voisin. Pour une voix, on devait procéder à un troisième tour.

On délibéra, on discuta, à la recherche, sans trop y croire, d'un pape probe et expérimenté. Il fallait pourtant faire un choix.

Dans la chapelle, presque entièrement prise par l'obscurité, personne ne semblait prêter attention au patriarche de Venise, Matteo Gherardo, quatre-vingt-quinze ans, qu'on assurait dément. Il conversait avec Rodrigue.

— Nous ne pouvons demeurer toute la nuit… Nous ne supporterons pas la chaleur… Il n'y a ici aucune nourriture, et presque plus d'eau. Faites-moi allégeance, vous ne le regretterez pas.

Bien qu'appréciant peu les débauches de Rodrigue, le Vénitien avait hâte d'achever l'ouvrage : il se leva péniblement et annonça d'une voix faible qu'il voterait pour lui.

~

Jusqu'à l'aube, les cardinaux demeurèrent au secret dans la chapelle. Au lever du soleil, la lourde porte s'ouvrit enfin. Précédé de Giuliano della Rovere, la mine sombre, porteur d'une croix imposante, le cardinal Zeno lança *« Habemus papam ! »*, puis prononça d'une voix forte l'élection de Rodrigue Borgia, sous le nom d'Alexandre VI. En hommage au héros des temps anciens, Alexandre le Grand.

Rodrigue avait été élu par dix-sept voix contre quatorze : son adversaire le plus violent, le cardinal Giuliano della Rovere, avait, selon ses habitudes, changé d'avis, préférant de mauvais gré un Borgia débauché à un Sforza guerrier et conquérant.

23

Combien d'heures Vicente avait-il dormi ? Il n'en savait rien. Sitôt vêtu, il sortit. Dans la chaleur accablante, Rome semblait déserte. L'élection de Rodrigue Borgia n'avait soulevé ni enthousiasme ni révolte chez le peuple enfermé dans une torpeur dont rien n'aurait pu le sortir.

Comme chaque matin depuis qu'elle avait disparu, Vicente s'attristait de ne pas trouver Orovida à son côté. Il aurait tant aimé s'éveiller pour elle, et seulement pour elle. Depuis qu'il avait reçu sa lettre de Valence, il ne songeait plus qu'à la rejoindre.

~

Place Saint-Pierre, dans sa première déclaration face à la foule, peu nombreuse tant la chaleur écrasait les Romains, Alexandre VI Borgia avait exprimé une volonté : sous son pontificat, les puissances terrestres lui seraient subordonnées, comme lui étaient dévolue l'autorité spirituelle attribuée par le Christ à saint Pierre et à ses héritiers. Sans le dire clairement, le nouvel élu signifiait aux princes de la chrétienté qu'ils devraient compter avec lui.

Alexandre alla vite en besogne : dès le lendemain de son élection, il retira à Vicente ses enseignements pour installer sa fille Lucrèce, ainsi que sa maîtresse Giulia Farnèse, à l'intérieur du Vatican. Vicente ne montra ni surprise ni déception. Par le cardinal Riario, il apprit qu'afin de prouver sa générosité le pape avait abandonné à son fils César, âgé de dix-huit ans, l'évêché de Valence, qu'il tenait de son oncle Alonso, devenu Calixte III. Dès le 15 août, en consistoire secret, il avait nommé cardinal son neveu Juan Borgia, déjà archevêque de Monreale, en Castille. Dans le même temps, un autre Rodrigue Borgia, cousin d'Alexandre VI, s'installait au Vatican en qualité de capitaine des gardes du palais, en remplacement de Domenico Doria qu'on avait retrouvé poignardé à l'intérieur du Colisée, sans que quiconque se préoccupât du ou des meurtriers.

Autant par dégoût des premières journées du pontificat que mortifié par le contenu de la lettre d'Orovida, Vicente ne quittait plus son logis. Un voisin lui avait appris, sans qu'il y trouvât un intérêt particulier, que la fête du couronnement avait été somptueuse. À la lumière des torches, dans la nuit du 12 août, une cavalcade de huit cents Romains, désignés par des hommes d'armes du Vatican, avait défilé sur des chars décorés à l'antique de divinités grecques et romaines, sculptées dans des ifs de Latium, recouvertes de feuilles d'or. Une forme d'hommage au nouveau souverain pontife.

Une centaine de gueux auraient pillé et saccagé le palais de Rodrigue dès que celui-ci avait été élu. Arrêtés alors qu'ils en sortaient, les bras chargés de petits meubles et de tissus, ils auraient été pendus sans jugement, quelques-uns décapités. Qui avait ordonné le massacre ? Si certains pensaient à Alexandre lui-même, personne, à l'exception de Riario, n'osait lancer une accusation contre celui qui désormais gouvernait l'Église.

~

Devant Vicente, en lequel il avait confiance, Riario, qui le visitait presque chaque jour quoique ayant l'oreille du pape, ne pouvait retenir sa rage.

— Je connais bien Rodrigue, confia-t-il. La tiare sur la tête, il va mener une vie que les honnêtes laïcs, les ecclésiastiques vertueux ne supporteront pas. Il ne respectera pas le Saint-Siège et ne se souciera que de donner des titres et des bénéfices à sa famille, afin qu'elle ne soit pas tentée de s'opposer à lui.

Grognon, Riario avait poursuivi, sans que Vicente ne prononçât une parole, de crainte que le prélat ne fût un espion d'Alexandre cherchant à le provoquer, pour le dénoncer et le jeter une nouvelle fois dans les lugubres geôles du château Sant'Angelo.

— Alexandre, lâcha sans retenue Riario, fraude et simule en toutes circonstances. On n'y pourra rien changer. Pour s'enrichir, alors qu'il est déjà très fortuné, il vendrait les moindres charges et bénéfices.

Vicente écoutait les propos coléreux du cardinal. Il s'interrogeait : devait-il évoquer ce qu'Orovida rapportait dans sa lettre ? Il estima plus sage d'attendre. Il n'avait qu'une certitude : las de Rome, il retournerait dès qu'il en aurait la possibilité en Espagne. Orovida et avec elle beaucoup de juifs avaient besoin pour défendre leur dignité d'un courageux chrétien. Si la plupart d'entre eux avaient fui l'Espagne, il était absolument nécessaire de protéger et d'aider ceux qui, dans le royaume, pratiquaient secrètement leur religion en se cachant.

Alexandre avait-il été, alors qu'il ne portait encore que la pourpre, complice d'Isabelle et Ferdinand qui, dès Grenade tombée, avaient décrété l'expulsion de tous les juifs, avec obligation d'abandonner tous leurs biens ? Devenu pape, quelle position adopterait-il ? Dès qu'il obtiendrait une réponse convenable, Vicente quitterait Rome. Sans regrets. Un Borgia l'y avait appelé, un autre le faisait fuir. N'était-ce pas encore plus douloureux pour qui était de leur sang ? Souvent, seul dans sa chambre, il en pleurait. Ce qui ne servait à rien.

~

Vicente l'avait appris : ceux qui racontaient une cérémonie somptueuse disaient vrai.

L'intronisation d'Alexandre, le dimanche 26 août, dépassa en somptuosité tout ce que les Romains avaient vu jusqu'à ce jour. À l'angélus de midi, le pape avait été couronné sur les marches de la nouvelle basilique Saint-Pierre enfin achevée, sous les rayons d'un soleil si ardent qu'il y eut des dizaines de morts dans la foule ; les prélats de haut rang et les ambassadeurs des États d'Italie, de France et d'Espagne étaient assis à l'ombre d'un dais tendu de brocart ; sur le devant figurait une tête de taureau en or, les armoiries des Borgia.

Pour présenter ses compliments, nécessairement flatteurs, chaque cardinal était accompagné de douze écuyers vêtus d'étoffes précieuses à ses couleurs. Après l'hommage, tous, coiffés de mitres blanches, étaient montés, pour traverser la ville, sur des chevaux caparaçonnés de soieries d'Orient.

Sur la lourde tiare, portée jusqu'au terme de la cérémonie, Alexandre avait exigé plus de mille pierres précieuses, dont plusieurs centaines d'émeraudes et de diamants. Dans une cape cousue de fils d'or, le pape avait mené le cortège jusqu'à Saint-Jean-de-

Latran dont il était abbé en titre, afin d'en prendre possession.

Treize compagnies d'hommes d'armes précédaient les litières de la Maison du pape. Il n'échappa à personne que dans celle rehaussée des couleurs pontificales se tenaient en robe d'apparat Lucrèce et Giulia Farnèse ; à côté chevauchait César Borgia, ainsi que Giuliano della Rovere qui ne cessait de vanter les mérites de Rodrigue.

— Quelle chance pour les chrétiens, répétait-il avec enthousiasme, qu'un homme d'une telle valeur ait été placé au gouvernement de l'Église !

César ne disait rien, étonné qu'un adversaire aussi acharné de son père pût d'un coup devenir fervent admirateur ; peut-être espérait-il quelques faveurs… Il y a chez chaque individu, pensait César, une part de vanité et d'intérêt qui autorise la haine à se transformer en mensongères louanges. César écoutait, estimant sans modestie qu'il n'aurait aucune difficulté à se conduire comme Giuliano della Rovere. Aux hommes d'esprit, rouerie et mensonge facilitent la fortune.

Derrière les familiers, se bousculaient, désireux d'être reconnus par le pontife, les seigneurs des villes et forteresses fiefs de l'Église : les Baglioni de Pérouse, les Varano de Camerino, d'autres encore entourant le comte Antonio de la Mirandole portant l'étendard du pape pour la première fois dans Rome.

Au Latran, Alexandre VI subit ensuite l'épreuve, instituée après l'élection de la papesse Jeanne, de la vérification, sur une chaise trouée, de son sexe masculin. En charge de cet acte, le cardinal Riario fit remarquer à Alexandre, qui s'en amusa, qu'il avait maintes fois prouvé qu'il était un homme.

~

Vicente n'avait pas été sensible à l'émerveillement général. Il y avait si longtemps qu'il n'avait pas senti auprès de lui la présence douce et légère d'Orovida ! Jamais il n'avait imaginé qu'elle pourrait quitter l'Italie pour l'Espagne. Quel serait son avenir dans un pays où il n'y avait pas pire crime que d'être juif ? Dans sa lettre, elle lui exprimait, outre son désir de le revoir, sa volonté de désobéir au décret signifiant aux juifs de quitter la terre espagnole avant le 4 août. La lettre était emplie de détresse. Si elle avait eu l'envie de revenir sur la terre de ses aïeux, ce n'était assurément pas pour fuir à nouveau. La dure réalité ne lui faisait pas oublier ses instants de bonheur avec Vicente.

Orovida voulait peut-être se rapprocher de lui, mais surtout elle implorait son aide. Comment aurait-elle pu imaginer que Vicente lui aussi brûlait du désir d'abandonner au plus vite les turpitudes romaines ? Mais, conscient de la puissance d'Alexandre, il l'aviserait de son départ.

~

Sans que Vicente eût à solliciter une audience, Alexandre le convoqua au palais pontifical qu'il occupait avec sa famille depuis son couronnement, ayant abandonné sans regrets une luxueuse résidence dans laquelle il éprouvait le sentiment d'être toujours espionné.

Assis sur un trône de bois, plus modeste que Vicente ne l'imaginait, Alexandre reçut avec un large sourire celui qui avait été, très brièvement, le précepteur de Lucrèce.

— Sois-en convaincu, Vicente, le pape ne ressemblera en rien au cardinal que tu as connu.

Vicente n'eut pas la possibilité de répondre, fût-ce par un geste de courtoisie.

— Sache, poursuivit Alexandre, que j'entends, dans nos États, mettre un terme à l'agitation et rendre une bonne et loyale justice.

— Je ne peux que vous en féliciter, répondit Vicente sur un ton assez incrédule, mais en quoi puis-je vous être utile ?

Le pape feignit de ne pas avoir entendu. Sans doute souhaitait-il convaincre Vicente de sa nouvelle vertu. Mais pourquoi se justifier auprès de lui ?

— J'ai fait nommer dix inspecteurs des prisons et créé quatre offices à Rome ; on y recevra les plaintes des citoyens. J'ai aussi établi une audience chaque mardi, pour y accueillir les hommes et femmes victimes d'injustices dans les familles les plus fortunées d'Italie.

— En quoi cela me concerne-t-il ? répliqua Vicente, irrité.

Il ne croyait pas un mot de ces bonnes intentions. Ce n'était pas parce qu'il avait reçu la tiare qu'Alexandre serait capable d'abandonner aussi vite les machinations, intrigues, meurtres discrets, et tout ce qui avait occupé son existence.

— Cela te concerne, reprit Alexandre, toujours aimable. Je n'ai pas oublié que c'est mon oncle Alonso Borgia, mon prédécesseur, qui, dans ta jeunesse, t'a appelé à Rome : il voyait en toi un brillant érudit. Il n'eut pas à le regretter. Moins que d'autres tu commets des fautes inavouables.

— En effet, en effet, murmura Vicente, inquiet de ce que le pape attendait de lui.

— Alors, vois-tu, Vicente, impossible pour moi de négliger tes liens, fussent-ils illégitimes, avec notre famille. J'y pense souvent ; je n'en éprouve aucun contentement, je dois m'y résoudre. Je vais donc t'offrir une occasion unique de remplir une charge importante ; ton talent le justifie. Une occasion unique… Si tu refuses, je n'y reviendrai jamais.

Le ton du pape se fit presque menaçant.

— Connais-tu Ange Politien ?

— Qui peut ignorer cet humaniste, un sage qui a su réunir dans sa pensée l'intelligence des Anciens et l'esprit universel de notre religion ?…

Alexandre l'interrompit brutalement.

— Soit ! Tu connais Politien, cela ne me surprend pas. Ascanio Sforza, qui aurait tant aimé occuper ma place, souhaite que j'en fasse le libraire pontifical. Qu'il soit doué d'un esprit brillant me réjouit ; parce que la proposition vient d'un Sforza, elle me dérange.

— Je le comprends, reprit Vicente. Cet illustre lettré sera apte à servir ici Notre Seigneur. Je vous sais gré de m'avoir consulté sur les qualités de Politien. Un homme admirable. Je ne le crois pas capable de vous porter préjudice.

Le visage du pape montrait des signes d'agacement.

— Tu t'égares, Vicente. Ange Politien est sans doute un érudit aux grandes qualités, mais pour ma librairie je préfère un Espagnol à un protégé des Milanais. Que cela plaise ou non au cardinal Ascanio Sforza et à son frère Ludovic le More.

Vicente commençait à comprendre. Un Espagnol… Des Espagnols érudits, il n'en manquait pas à Rome.

— Ne fais pas le sot, Vicente ! Il s'agit de toi… Ta destinée me tient à cœur. Je suis certain que tu seras apte à remplir cette charge. Tu recevras chaque année dix mille ducats. Tu ne connaîtras plus jamais la misère.

Vicente, à la grande surprise d'Alexandre, ne parut guère enthousiaste. Si sa tête était au Vatican, son cœur demeurait auprès d'Orovida. Le moment lui parut bien choisi pour la requête qui lui tenait l'esprit. Si le pape avait besoin de lui pour diriger la plus importante librairie de la chrétienté, lui, Vicente avait besoin d'Alexandre pour protéger Orovida et d'autres juifs encore cachés en Espagne, malgré l'exil ordonné par Isabelle. À leurs côtés, il voulait lutter contre l'intolérance religieuse. Entre la vivante communauté juive et la puissante Église catholique romaine, le dialogue devait être possible. Les juifs d'Espagne étaient espagnols avant d'être juifs, comme les chrétiens de Rome étaient sujets du Vatican avant d'être chrétiens. Un nourrisson ne demande pas à être baptisé ou circoncis, il revient à chacun, l'âge venant, de choisir sa foi.

Après un moment de silence, craignant la colère du pape, malgré sa volonté de lui être agréable, Vicente se lança :

— La charge que vous souhaitez me confier m'honore grandement. Je l'accepterais si, vous découvrant enfin acquis à l'esprit de justice, ce qui me réjouis, vous acceptiez de satisfaire une demande…

D'un geste de sa main gauche, baguée de l'anneau d'alliance avec Dieu, Alexandre fit un signe d'acquiescement, ce qui donna du courage à Vicente.

— Chassés d'Espagne, des juifs ont en grand nombre dressé de fragiles abris de toile hors de Rome, sur la via Appia, au Campo di Bora. Sans pouvoir entrer dans Rome, pour rejoindre leurs frères, quelques dizaines de familles, pas davantage, vivant dignement dans vos murs. Toutes les portes sont gardées par des hommes d'armes espagnols qui leur interdisent l'entrée ; ils obéissent aux exigences d'Isabelle et de Ferdinand, qui ne voient dans les juifs que des ennemis de la foi chrétienne et les accusent d'empoisonner de nombreux puits du royaume. Ils seraient, selon eux, responsables de toutes les épidémies de peste.

Alexandre, mal à l'aise, l'interrompit.

— Dès aujourd'hui, je donnerai l'ordre qu'on leur ouvre ces portes ; ils sont aussi mes enfants… Il me paraît indigne de les condamner ; Jésus aussi était juif. À Avignon et à Carpentras, dans notre Comtat Venaissin, je n'accepterai aucune offense contre les juifs du pape. Il y a deux siècles, Clément V, un Français, a accueilli ceux que le cruel Philippe le Bel avait exilés ; aujourd'hui, moi, un Espagnol, je ne supporte pas les souillures imposées par Isabelle et Ferdinand. Il y a parmi eux des gens admirables avec lesquels on peut s'entretenir aussi aisément de Platon que de la qualité d'une soierie d'Orient.

Vicente resta sans voix. Il redoutait un échec, Alexandre allait au-delà de ses vœux. Le peu vertueux Rodrigue Borgia serait-il le pape qui ferait tomber les barrières depuis si longtemps dressées entre juifs et chrétiens ? Il y croyait difficilement, malgré ses paroles rassurantes.

— Les juifs de Rome auront-ils la possibilité de jouir sans entraves des libertés accordées aux chrétiens ?

Alexandre répondit par un sourire. Avec son habileté coutumière, il ajouta :

— Si ma fille Lucrèce s'éprenait d'un juif, je ne l'empêcherais pas de vivre avec lui, mais…

— Mais ? interrogea vivement Vicente.

— Mais cela ne se produira pas ; j'ai pour Lucrèce d'autres projets. Elle a su profiter des quelques heures d'enseignement que tu lui as offertes. Tu as sa confiance. Tu recevras, donc, la charge de ma librairie, si tu parviens à convaincre Gasparo d'Aversa qu'il ne sera jamais l'époux de Lucrèce… À ma fille, et pour calmer le cardinal Ascanio Sforza, furieux de ne pas avoir été élu, je donnerai un Sforza, le comte de Pesaro. Ne perds pas ton temps, ménage ta peine. Assez bavardé ! Rejoins Lucrèce dans ses appartements. La librairie t'attend ; sois digne de ma confiance. Quant aux juifs, je tiendrai ma promesse. Je leur reconnais le droit de vivre à Rome, ils l'apprendront avant le coucher du soleil sur le Colisée. Hélas, parce qu'ils ne doivent, pas plus que les chrétiens miséreux, abuser de la charité, ne rentreront dans Rome que ceux qui pourront payer cinq mille ducats par tête, pour l'usage qu'ils feront nécessairement des eaux ; il n'y a là rien d'étrange.

Alexandre se leva et se retira, après que Vicente eut baisé son anneau.

~

Comment Vicente l'aurait-il prévu ? Rodrigue Borgia, devenu Alexandre VI, semblait acquérir enfin quelque sagesse. Était-ce possible ? Et s'il ne tenait sa promesse que par ruse ou par intérêt personnel ?

Avant de rencontrer Lucrèce, pour laquelle il s'était pris d'une véritable affection tant il supportait mal qu'elle fût utilisée par son père pour mener ses affaires, Vicente s'arrêta chez son confident et ami, le cardinal Riario, dont la silhouette et le visage s'accordaient à sa vive intelligence autant qu'à sa volonté altière.

Quand Vicente lui eut rapporté son entretien avec Alexandre, Riario entra dans une violente colère.

— Alexandre n'a aucune parole. Comme de nombreux chrétiens, il déteste les juifs, leur reprochant toujours le meurtre de Jésus. En s'opposant à Isabelle et Ferdinand, il entend prouver que son autorité est supérieure à la leur. Il n'a aucune idée de leur puissance. Si Borgia les afflige trop, ils sauront montrer leur autorité.

Vicente en convint aisément, mais pourquoi Alexandre n'annonçait-il pas lui-même à Lucrèce son intention de la marier au fils du comte d'Aversa ?

— Non, Vicente, pas toi ! Ne sois pas aussi naïf que ceux qui espèrent une conduite vertueuse du pape ! Ils s'illusionnent. Alexandre VI ne sera jamais différent de Rodrigue Borgia. Ne te laisse pas endormir par ses bonnes paroles, toutes perfides ! Tu en seras victime.

Vicente insistait.

— Mais avec Lucrèce ?... Comment agir ?

Riario, assis sur un banc, face à Vicente, lui prit les mains, les serra affectueusement entre les siennes.

— Tu es un pur, Vicente. Ne t'y trompe pas, sous son apparente autorité, Alexandre n'est que faiblesse. Il n'a rien de la fierté espagnole. Il a peur...

— Peur de quoi ? De qui ? s'étonna Vicente.

Poussé par le désir de protéger son ami, le cardinal s'efforça de lui ouvrir les yeux.

— Avant d'être élu, Borgia avait promis, pour s'attirer les votes de Giuliano della Rovere, de donner sa fille à Gasparo d'Aversa, fils du comte de Procida, un Catalan au service du roi de Naples. Sans se préoccuper du contrat signé avec Cherubino de Centelles, Borgia en a scellé un autre avec Aversa. Aujourd'hui, Milan intéresse Alexandre plus que Naples. Il a sans doute tort, mais qui aurait le courage de s'opposer à lui ? Les préséances de son rang imposent trop d'hypocrisie... Mais, dis-moi, connais-tu le comte de Procida ?

Vicente ne pouvait répondre que par la négative. Riario, plus calmement, poursuivit :

— Le comte de Procida détient son pouvoir de

Ferrante, le roi de Naples. Qu'il parte en guerre, il n'est jamais vaincu ; les armées françaises ne l'ont pas encore oublié. Les victoires, il les veut sur les champs de bataille et, avec la même assurance, dans sa famille. On le croyait dans son fief napolitain... on l'a vu à Rome. Il affirme, dans les galeries du Vatican, que si le contrat de mariage de son fils avec Lucrèce n'est pas respecté il n'hésitera pas à faire couler le sang. Aversa n'est pas homme à accepter une injure. Que lui importe un scandale, s'il tient sa vengeance !

Vicente dissimulait mal son incompréhension. Cette nouvelle intrigue le surprenait autant qu'elle l'affligeait.

— Je ne saisis pas... Qu'ai-je à faire dans cette histoire ? Que Lucrèce épouse qui on lui donne ! Son sort ne me concerne pas. En prenant de l'âge, elle montrera, j'en suis certain, autant d'artifices que son père.

Riario ne put s'empêcher d'être clair.

— Crois-moi, Vicente, ta vie est en danger. Alexandre est rusé, il va t'utiliser. Partout, il fait courir la rumeur que c'est toi qui as voulu l'annulation de ce contrat ; tu ne caches pas tes liens avec les Sforza. N'es-tu pas proche du cardinal Ascanio Sforza ? Pour Alexandre, cela suffit. Qu'Aversa croie aux arguments du pape, je ne répondrais pas de ta vie. Tu me verrais peiné d'être contraint de bénir ton cadavre.

Vicente fut saisi d'un grand effroi. Quel choix s'offrait à lui ? Si Alexandre niait la validité du contrat avec Aversa, il lui semblait normal que celui-ci cherchât à se venger.

~

Après avoir quitté Riario, Vicente prit le chemin de son logis, persuadé que le cardinal lui avait parlé avec sagesse et affection. Dès le lendemain, il verrait Lucrèce. Ne connaissant pas ce second prétendant, elle ne devrait pas trop souffrir de le voir écarté, ne serait pas accablée de chagrin.

Ensuite, Vicente, renonçant sans peine à la charge de libraire, vérifierait que, malgré l'humiliation de la taxe sur les eaux, les portes étaient ouvertes aux familles juives ayant pu payer ; puis il quitterait Rome. Il n'avait plus la force de supporter les turpitudes, les duperies, les excès de la cour pontificale. Il était révolté de voir sous le porche des églises de pauvres gueux tendre la main dans l'espoir d'une modeste aumône, alors que certains religieux dépensaient sans compter pour leurs divertissements.

Alexandre prétendait être devenu sage, il n'avait jamais dénoncé les peu vertueuses mœurs des prélats qu'il devait sans doute rejoindre discrètement, la nuit, afin de partager leurs vices.

C'était Giulia Farnèse qui recevait les ambassadeurs et remplaçait souvent le pape à son audience du mardi ; à la Curie, on s'en indignait, persuadé, hélas, de ne rien pouvoir changer.

Parce que Vicente croyait, lui, en sa mission de paix et de compassion, sa foi, peut-être plus qu'Orovida, occupait son esprit. Que Lucrèce épousât un seigneur ou un laboureur, peu lui importait, il n'avait qu'une hâte : se rendre au port d'Ostie et, sans se retourner, naviguer vers l'Espagne. Personne ne l'en féliciterait, personne ne l'en blâmerait. Peu querelleur, il voulait user de sa liberté. Sans en rendre compte à quiconque, hormis Dieu.

Sa décision était cette fois définitive. Il n'en dirait pas un mot à Lucrèce quand, le lendemain matin, il lui annoncerait la nouvelle qui devrait peu l'émouvoir.

Quand elle apprendrait que son précepteur avait quitté l'Italie, elle ne serait pas femme à pleurer son départ.

24

L'été romain était aussi chaud que l'année précédente, néanmoins une légère brise agitait les robes d'apparat et les bannières des princes, ducs et ambassadeurs. Pas le moindre espoir de nuage qui aurait apporté quelques gouttes de pluie. Du Tibre, presque sec, montait une odeur si insupportable que la plupart des taverniers avaient vu fuir leur clientèle. Dans les ruelles, la puanteur était aussi effroyable qu'au temps de la peste. Les gens seraient volontiers restés chez eux si les hérauts n'avaient cessé plusieurs jours durant de les convoquer, plus que de les inviter à assister à un cortège nuptial comme il n'y en avait jamais eu dans Rome.

Un bouffon, habillé de velours, coiffé d'une toque dorée, précéderait les hauts prélats entourés d'écuyers en costume de brocart. Alexandre avait imposé à cette parade un caractère plus festif qu'une procession religieuse. Qu'on se montre gai et insouciant ! Alexandre VI ne quitterait pas le palais pontifical où, peu habitué à tant de calme, il en profiterait pour se livrer à d'agréables paillardises avec Giulia Farnèse. Celle-ci, la fête achevée, devait, sur ordre du pape, accompagner les époux jusqu'à leur chambre, dans les appartements d'Alexandre.

De nombreux hommes – il n'y avait aucune femme –, invités malgré eux à suivre la cérémonie, avaient remarqué en traversant la ville des cris de révolte dans le peuple : « Querelleurs dehors ! » hurlait celui-ci ; « Méchants meurtriers ! » criait celui-là ; « Assez de luxe scandaleux ! » lançaient d'autres.

Ce qui s'annonçait comme une fête menaçait de tourner à la révolte. Quand il l'apprit, Alexandre s'en inquiéta. Des hommes d'armes seraient mêlés au peuple et veilleraient à ce qu'il y ait de l'allégresse en tous lieux. La chaleur accablante ne serait pas prétexte à la mauvaise humeur. Les adversaires du pape, qu'on les enferme à Sant'Angelo ! Pour quelques jours, afin de leur enseigner la soumission au pontife. Qu'on bâtonne ceux qui s'étonneraient d'une si étrange cérémonie ne servant pas la dignité de l'Église !

Longtemps, Lucrèce s'était refusée à croire que son père pouvait l'utiliser dans l'intérêt de ses affaires ; elle avait imaginé épouser l'homme de son choix. Hélas, rien n'avait pu l'empêcher ; Lucrèce, sans avoir été consultée, avait été mariée, devenant, malgré elle, l'héroïne d'une sorte de carnaval pontifical.

~

Vicente se souvenait du récit qu'elle lui avait fait quand il s'était présenté à elle pour lui dire à la demande du pape qu'elle n'épouserait pas don Gasparo. Leur dernière rencontre ! Il ne la reverrait jamais, décidé à fuir l'Italie pour l'Espagne, avec le désir de porter secours aux quelques juifs ayant refusé de se convertir et de quitter le royaume, même s'il risquait d'être lui-même jeté au bûcher par un jugement sans juste procès d'Isabelle et de Ferdinand.

Lucrèce avait écouté Vicente lui annoncer l'annulation de son projet de mariage. Son visage n'avait pas exprimé le moindre sentiment : ni regret ni satisfaction. Puis, elle lui avait raconté :

— Un matin, à la fin de l'hiver, quelques mois seulement après le couronnement de mon père, Adriana, qui venait d'achever de coiffer Giulia et glissait ses mains dans ma chevelure, montra une distraction inaccoutumée pour une tâche qu'elle prenait d'habitude fort à cœur. Peut-être en raison de l'insolite présence de mon père. Il voulait me parler. Pourquoi devant Adriana ? Je l'ignorais.

Vicente s'était étonné de ce que Lucrèce ne se coiffât pas elle-même. Semblant ne pas l'avoir entendu, elle avait continué son récit ; Vicente l'avait reçu comme une sorte de confession désespérée à laquelle, hélas, il ne pouvait apporter de sage solution.

Lucrèce lui avait rapporté les paroles de son père dans les termes exacts où il les avait prononcées, avait-elle pris soin de préciser.

— Je souhaiterais, aurait dit Alexandre avec solennité, que tu t'initties moins à la musique qu'aux affaires des États pontificaux. Tu es, ne l'oublie pas, la fille du plus puissant souverain d'Italie… du maître de l'univers.

Vicente, réprimant un sourire, avait reconnu là l'insatiable vanité d'Alexandre, mais autant par curiosité que pour ne pas peiner Lucrèce, il avait sagement écouté, ayant hâte d'entendre la suite.

Après un long soupir, Alexandre se serait signé et aurait murmuré :

— Je veux te marier à un Milanais… Ce sera pour Rome un avantage considérable.

Vicente, toujours muet, avait alors songé à Ludovic le More, frémissant un instant d'une crainte qui n'avait plus lieu d'être. Peu avant l'élection de Rodrigue

Borgia au pontificat, Ludovic avait épousé Béatrice d'Este. Heureusement ! Pour s'attirer l'alliance du duché de Milan, Alexandre aurait été capable d'offrir sa fille à ce monstre qui avait fait mettre à mort ses frères, afin d'exercer seul le pouvoir au nom de l'héritier légitime, Gian Galeazzo Sforza. Sans égard pour la détresse du jeune homme, Ludovic avait signé un contrat de mariage avec doña Isabella d'Aragon, la petite-fille de Ferrante, roi de Naples. Alors, à quel Sforza voulait-on accorder Lucrèce ?

Lucrèce lui avait donné la réponse.

— Mon père veut m'offrir à Giovanni Sforza, comte de Pesaro.

Avec une moue dédaigneuse, elle avait ajouté :

— On le dit bel homme, bien fait de sa personne et pieux chrétien, mais il est veuf et… vieux.

— Quel âge ? avait demandé Vicente.

— Vingt-six ans !

Lucrèce n'avait pas compris le sourire de Vicente qui en avouait, lui, plus de cinquante. Il s'était inquiété : nul n'ignorait que la femme de Giovanni Sforza était morte trois mois plus tôt. La rumeur assurait que la douce Madalena de Gonzague aurait été empoisonnée sur ordre de Ludovic le More pour n'avoir pas donné d'enfant mâle à son époux. Rumeur ou réalité ? Vicente n'avait rien dit, ce troisième projet de mariage lui paraissait de mauvais augure. Dans l'obligation de se taire, il en avait éprouvé du remords. Inutile, car jamais, il le savait, l'amour ne triompherait de la politique.

Singulier entretien. Vicente avait dissimulé sa surprise. Pour quel obscur motif Alexandre lui avait-il imposé de se rendre auprès de sa fille et de lui apprendre ce qu'elle savait déjà ? Avec le pape, rien n'était jamais impossible. Il y avait là un nouveau mystère ; il s'était promis de le percer.

~

L'hiver achevé, aux premiers bourgeons aux arbres des jardins du Vatican, on ne parlait plus des épousailles de Lucrèce avec le Milanais. Vicente, occupé à enseigner le latin aux familles juives installées dans Rome, sans jamais chercher à les convertir à la foi chrétienne, vivait frugalement, désireux de rassembler quelques centaines de ducats pour la traversée vers Valence et pour sa subsistance en Espagne jusqu'à ce qu'il trouve une occupation. Il épouserait enfin Orovida et s'associerait à la cause qu'elle défendait. Peut-être, sans avouer qu'il avait du sang des Borgia, apprendrait-il le nom de cette mère à laquelle il pensait de nouveau chaque jour.

Vicente, s'il se tenait à l'écart d'une Église où il n'y avait jamais eu autant d'intrigues secrètes et de débauches non dissimulées, avait appris par son ami, l'honnête cardinal Riario, que le pape avait refusé à sa fille de faire retraite au couvent de San Sisto, comme elle le souhaitait, avant son mariage. Il avait exigé qu'elle se familiarisât non avec la vie religieuse au Vatican, mais avec les affaires liant Naples, Milan et Rome. Entre ces États la situation n'était pas simple et les renversements d'alliance étaient fréquents. Elle avait dû aussi apprendre à condamner la violence des prêches du dominicain Jérôme Savonarole : il régnait sur Florence et menaçait Rome d'une destruction infernale. Riario avait affirmé à Vicente que le pape non seulement avait refusé de le recevoir, mais avait l'intention de l'excommunier définitivement.

Certes, Vicente condamnait aussi le fanatisme de Savonarole tant il terrifiait les honnêtes chrétiens, mais il aurait souhaité qu'en termes plus modérés des voix s'élèvent pour condamner l'Église romaine. Vicente s'était même étonné devant Riario que Ferdinand et Isabelle, s'affirmant rois très catholiques, ne sortent pas d'un complaisant silence et demeurent indifférents à trop de turpitudes.

— Tu comprendras plus tard, lui avait répondu Riario, énigmatique.

Puis, il lui avait soufflé :

— Cristóbal Colón... Cristóbal Colón... Un aventurier que le roi de France nomme Christophe Colomb... Un juif catalan converti... aussi utile aux monarques espagnols qu'au Saint-Siège.

Riario devait avoir de bonnes raisons de se montrer aussi discret. Vicente avait ouï dire que ce Colón espérait trouver un chemin rapide pour gagner les Indes, il n'en savait pas davantage. Pourquoi aurait-il interrogé Riario sur son ton mystérieux pour évoquer ce personnage ? Le cardinal cherchait-il à le protéger ? Il semblait évident que si Cristóbal Colón, juif, bénéficiait des faveurs royales, ce n'était pas par amitié, mais parce qu'Isabelle et Ferdinand y trouvaient des avantages.

~

Tout cela appartenait au passé. Après deux projets sacrifiés, Lucrèce était donc mariée, sans qu'on eût sollicité son consentement.

Si Vicente n'avait pas participé aux festivités, il avait entendu les cris de révolte lancés par le petit peuple. Quelle force le poussa ? Il n'aurait su le dire. Il décrocha le crucifix de bois d'un mur de sa chambre, se précipita à la fenêtre, l'ouvrit. Dans la ruelle, la foule attendait, malgré la chaleur, le passage du cortège. Il brandit du bras droit le crucifix et lança d'une voix puissante :

— Habitants de Rome, apprenez à verser des larmes ! Des fléaux terribles vont frapper l'Italie. Ensuite, viendra un saint pape qui n'aura d'autre souci que le salut des âmes et le bien du troupeau ! Jusqu'à ce jour béni, les fauves ne renonceront à aucun crime, ils vous dévoreront, vous les innocents !

Malgré l'ardeur de sa voix, personne ne leva la tête. Qui avait entendu Vicente ? Avait-on souhaité l'entendre ?

Rageur, il descendit et se mêla à la foule, peut-être avec l'espoir, sans en avoir conscience, de partager les cris hostiles à Alexandre. En sortant de son logis, son regard se porta sur une vieille femme, laquelle le dévisageait aussi. Il la reconnut sans peine, s'approcha d'elle. Si elle n'était guère plus jeune que lui, elle semblait avoir davantage souffert des douloureux caprices qu'apporte parfois la vie : son visage était ridé, son corps courbé. Était-il possible que cette créature en haillons fût la séduisante et voluptueuse Catalina ? La cousine d'Alonso Borgia, la première personne qu'il avait naguère rencontrée à Xàtiva, avant de la découvrir dans son impudique nudité lors d'une fête, qu'il n'avait jamais oubliée, chez l'évêque de Valence. Catalina qui lui avait apporté la lettre d'Alonso, alors cardinal, auquel il devait sa situation à Rome. Alonso, devenu Calixte, ne lui avait jamais parlé de cette parente, pourtant une Borgia ; Vicente ne l'avait jamais croisée dans les galeries du Vatican où elle avait rejoint son cousin, ce que nul n'ignorait ; mais qui aurait pu condamner sa présence se gardait de toute phrase désobligeante. Parfois, il s'était interrogé : par honte ou désespoir avait-elle repris, après la mort de Calixte, le chemin de Xàtiva, propriété de la famille. Peut-être même était-elle morte…

Le destin, qui parfois sépare définitivement les

hommes, s'emploie aussi à sortir des ténèbres ceux qui n'auraient jamais dû se revoir. Insolite destin qui joue du hasard pour se montrer cruel ou généreux ! Que demander d'autre à la vie, s'inquiétait parfois Vicente, si ce n'était que ce destin, que dans sa foi profonde il appelait Dieu, lui épargnât trop de tracas ?

Qu'apporterait à Vicente cette imprévisible rencontre avec Catalina ? Elle avait, dans sa jeunesse, habité quelques-uns de ses rêves les plus doux, avant qu'il ne gardât d'elle le souvenir d'une femme légère, amante d'un cousin cardinal, élu pape. Il lui avait fallu beaucoup de temps pour se consoler de cette douloureuse déception. Il croyait l'avoir définitivement oubliée ; il n'en était rien.

Sans la moindre marque de contrariété, Catalina s'approcha de Vicente et le serra avec force entre ses bras.

— Vicente !... Vicente !

— Catalina !

L'un et l'autre demeuraient incapables de prononcer autre chose que leur prénom. Depuis combien d'années ne s'étaient-ils pas rencontrés ? Ils se refusaient à y penser.

Vicente prit la main de Catalina et, sans qu'elle cherchât à fuir, la mena jusqu'à son logis.

Lorsque, sur le lit, ils furent assis côte à côte, Vicente, après un long silence, lui demanda en riant :

— Par quoi commençons-nous ?

Il n'eut pas à répéter la question. Catalina lui raconta sans honte que, depuis des années, toutes ses journées, toutes ses nuits se déroulaient dans les larmes. Quand Alonso, qui l'avait, comme d'autres parents plus ou moins proches, appelée à Rome, avait appris qu'elle passait ses nuits avec Giorgio Danti, un des plus acharnés adversaires à la présence des Catalans en Italie, il l'avait, sans un ducat, chassée de sa demeure, avec la volonté de ne plus jamais la revoir.

— Et ce Giorgio Danti ne t'a pas recueillie ?

Catalina ne put retenir ses larmes. Elle bredouilla :

— Jetée par Alonso, j'ai aussitôt rejoint la demeure de Giorgio, le riche banquier lié aux Médicis, sans même prendre une malle. Les meurtriers avaient été plus rapides que moi. Auprès de lui j'espérais revivre les joies et les rires que nous partagions, je n'ai trouvé dans notre chambre d'amour que son cadavre blême. Du sang coulait encore de sa bouche. Les hommes d'Alonso l'avaient égorgé. Sans pitié.

Vicente ne cachait pas son émotion, il murmura :

— Et depuis toutes ces années ?…

— À la mort de Giorgio, j'étais grosse. L'enfant est né sur l'herbe rase des rives du Tibre. Sans l'aide de quiconque. Il n'a pas vécu, c'était mieux ainsi. J'ai jeté le petit corps sans vie dans le fleuve. Inévitable extrémité !

Vicente, malgré sa compassion, ne comprenait pas qu'une mère pût ainsi abandonner un enfant, fût-il mort. Il était de ceux qui pensaient que, sitôt conçu, un être humain appartenait à Dieu, avant même que de voir le jour. Il ne put s'empêcher d'en faire le reproche à Catalina.

— Garçon ou fille ?

— Je l'ignore, répliqua doucement Catalina.

— Peu importe. Si la mort d'un enfant ne t'effraie pas, je crains que tu ne trouves jamais grâce aux yeux du Seigneur.

— Tu parles vrai, Vicente. Je n'ai connu de joies véritables qu'avec Giorgio. Il m'a fait découvrir l'extase amoureuse, il n'en reste rien… Plus je regarde en arrière, plus je suis tentée de me révolter contre ma situation et de désespérer de mon salut. Mais…

Catalina hésita à poursuivre.

— Mais quoi ?… Accorde-moi ta confiance. Je connais assez la vanité de la puissance humaine pour t'assurer que c'est auprès de Dieu qu'on peut trouver la consolation et la force de vivre.

Catalina devait-elle dire ce qu'elle savait ? Elle s'y résolut.

— Dans ma jeunesse, alors que je n'avais l'envie que de fêtes et de caprices amoureux, Alonso m'a imposé une terrible épreuve. J'étais sa parente par le sang, l'avoir pris pour amant faisait de moi une hérétique ; si je ne lui obéissais pas, il pouvait obtenir que je sois condamnée au bûcher. D'une autre maîtresse, il avait eu un enfant… Un garçon…

Parce que Catalina craignait d'avoir été trop bavarde, elle proposa à Vicente de le revoir dans les jours à venir. Elle se délierait de son secret. Pour l'heure, elle souhaitait assister avec le peuple à la parade nuptiale. Vicente accepta. À regrets.

Quand elle fut sortie, son visage se couvrit de larmes. Dès le jour suivant, elle était de nouveau auprès de lui.

~

Le cortège se faisait attendre. Catalina et Vicente apprirent par un personnage semblant ne rien ignorer du déroulement de la cérémonie que Giovanni Sforza, comte de Pesaro, et Lucrèce Borgia – Rodrigue l'avait officiellement reconnue – s'étaient agenouillés dans Saint-Pierre sur des coussins dorés aux pieds du pape ; après une courte prière, l'évêque de Concordia leur avait passé les anneaux au doigt ; puis ils avaient échangé leur consentement que, selon l'inconnu, bien renseigné, personne n'avait entendu. C'est alors que Nicolas Orsini di Pitigliano avait élevé son épée de capitaine général de l'Église au-dessus de leurs têtes. Les festivités profanes, à commencer par la parade dans les rues de Rome, pouvaient débuter.

Il en allait différemment – ce qui expliquerait le retard : le pape Alexandre avait réservé une surprise aux nouveaux mariés. À l'arrière de l'autel, dans Saint-Pierre, avaient surgi des étudiants vêtus de peaux de bêtes, qui avaient joué *les Ménechmes*, une comédie de Plaute. Un divertissement qui avait ravi Borgia, il n'avait pas ménagé ses applaudissements. Imité avec plus ou moins de plaisir par la foule des invités.

Catalina et Vicente se méfiaient de cet homme fort bien vêtu, sachant tout des épousailles de Lucrèce et Giovanni. S'agissait-il d'un espion du pape ayant reçu mission de découvrir dans la foule, afin de les faire emprisonner, celles et ceux qui seraient heurtés par une telle somptuosité, en un temps où le nombre des miséreux ne cessait d'augmenter dans Rome ?

S'ils gardèrent le silence, Catalina et Vicente pensaient la même chose. Ayant lu la comédie de Plaute, ils avaient remarqué que les moqueries sur les mœurs antiques n'étaient pas très éloignées de ce qu'on pouvait écrire sur les maris cocufiés, jouisseurs débauchés, amantes voraces, et entremetteurs meurtriers d'Alexandre VI.

Ne venait-il pas d'annoncer, quelques jours plus tôt, que César serait fait cardinal ? Il n'était âgé que de dix-sept ans. Comme Alonso, comme Rodrigue, la pourpre cardinalice préparait-elle César Borgia à occuper dans quelques années le trône de saint Pierre ? Vicente s'en émut et posa la question à Catalina, qui lui répondit en riant :

— De toute la famille, César est le plus intelligent et le moins préoccupé par les affaires d'Église. Il y a quelques mois, alors que j'étais plus démunie encore qu'à l'accoutumée, je me suis rendue chez lui. César Borgia est le seul de la famille qui vive loin du Vatican, dans une modeste demeure du Trastevere. À mon arrivée, il se disposait à partir pour la chasse, l'arme au côté, dans un habit de soie, il est vrai, tout à fait gracieux. À peine un petit cercle dans sa chevelure rappelait que, contrairement à son père Rodrigue, il n'avait que dix ans quand il avait été tonsuré.

— Intrigue-t-il autant que les autres ? s'inquiéta Vicente.

— Quand on intrigue, répliqua Catalina, on n'en fait pas étalage en tous lieux et devant n'importe qui. Tout ce que je peux dire : quand je lui ai parlé, il avait l'humeur sereine et gaie. Mais il a d'autres ambitions.

Vicente n'eut pas le temps de poser de question ; Catalina lui apporta elle-même la réponse.

— Cardinal, César est aussi archevêque de Valence. L'Espagne l'intéresse plus que l'Italie. Ses compagnons, ses serviteurs, tous dévoués, sont pour la plupart originaires de Catalogne et d'Aragon. Un seul dans son entourage ne me plaît guère : Miguel Corella, de Valence ; ceux qui le connaissent l'on toujours appelé Michelotto. Pour plaire à César, il est prêt à tout. Il ne s'attache qu'aux ducats que lui rapportent les coups donnés au nom de César. Qu'ils soient bons ou mauvais.

Vicente n'ajouta rien ; il était clair dans son esprit que si Catalina faisait de César le plus aimable des portraits, sans que cela semblât l'émouvoir, elle accepterait, sans s'en offusquer, qu'il soit, à tort ou à raison, coupable de très viles actions. Avec les Borgia, rien ne changerait jamais. La famille avait installé au Vatican des cardinaux immoraux, des courtisans sans pudeur ; les enfants naturels y tenaient une place plus importante que les abbés.

Le cortège arriva dans la rue sous les vivats de la foule et aussi quelques huées. Catalina s'éloigna de Vicente, il ne chercha pas à la retenir.

Cette fois, rien ne l'empêcherait de gagner l'Espagne. Convaincu d'y trouver plus qu'à Rome les voies de la vérité, il ne ménagerait pas sa peine. Quelque chose pourtant le retenait : il lui avait semblé, peut-être se trompait-il, que Catalina, placée sur son chemin par la Providence, avait failli lui livrer un secret. Qui était l'enfant auquel elle avait fait allusion, sans avoir le courage d'achever ?

Et si ?… Non, ce ne pouvait être vrai… Il s'agissait d'une mésalliance. S'il avait réellement du sang des Borgia… jamais il ne chercherait à utiliser un nom marqué par la malédiction ; ils avaient trop d'ennemis.

Vicente laisserait glisser les jours sans se détourner du chemin qu'il avait choisi d'emprunter. Sans plus tarder, il devait partir pour l'Espagne.

Aux meurtres il préférait la chasteté. Loin des affaires romaines, il se retirerait définitivement au couvent de la Guadalupe, où s'étaient établis une vingtaine de moines. Dans la contrée la plus aride, soumise aux tornades glaciales, aux tempêtes brûlantes, ils se tenaient sagement à l'écart des bruits du monde, libérés des soucis de la vie quotidienne. Entre la prière et l'entretien de la bâtisse entourée d'un maigre potager.

25

Les réjouissances romaines organisées pour le mariage de Lucrèce et Giovanni Sforza avaient eu un goût terriblement amer pour Giuliano della Rovere et son protecteur Ferrante, le roi de Naples qui avait pourtant beaucoup manœuvré pour qu'il fût élu.

Alexandre VI ne l'avait-il pas contraint à quitter ses appartements dans le palais pontifical pour y installer Ascanio Sforza, qui n'avait pas caché sa volonté de soutenir le Borgia ? Une disgrâce si évidente que tout Rome s'en amusait ; Vicente, comme beaucoup d'autres. Malgré cela, voulant ignorer les vices de Giuliano, il sollicita de le visiter dans son château d'Ostie, véritable forteresse peu éloignée de Rome. Giuliano accepta avec joie, mais suggéra à Vicente d'attendre quelques jours, il avait d'importantes affaires à régler.

Giuliano voulait surtout profiter, jusqu'au moment où il déciderait de l'éloigner, des douceurs de Magdalena, une Espagnole longtemps au service des cuisines de Rodrigue Borgia quand il n'était encore que cardinal. Magdalena n'avait jamais caché, par orgueil, avoir été régulièrement la maîtresse de Rodrigue quand il ne parvenait pas à retenir une autre femme chez lui.

Magdalena, de tempérament galant, avait accepté la proposition de Giuliano de le rejoindre à Ostie, quand elle avait compris que seule la jeune Giulia Farnèse – mais pour combien de temps ? – occuperait le lit du pape. Elle était devenue, par jeu, l'amante de Giuliano qui voyait en elle un instrument de sa vengeance contre le Borgia.

En se donnant à Rodrigue, puis à Giuliano, Magdalena avait manifesté à l'un et à l'autre les marques d'un amour sincère, alors qu'elle voulait surtout exciter la jalousie entre les deux hommes. Si Alexandre avait cru apaiser la haine de Giuliano en lui confirmant les bénéfices de sa légation dans le Comtat Venaissin, en Provence, il s'était égaré. Giuliano n'était pas homme à se satisfaire d'un titre visant surtout à l'éloigner de Rome. Avec le pontife vainqueur, il entendait traiter d'égal à égal.

De sérieux ennuis commencèrent quand, sans précaution de langage, Giuliano eut la maladresse d'annoncer à Magdalena qu'elle devait sans délai quitter Ostie : il se disposait à recevoir Vicente Romero, un adversaire des Borgia, brillant théologien, peut-être trop sévère avec les mœurs des gens d'Église. Giuliano entendait l'utiliser contre Alexandre et ne voulait pas que son visiteur découvrît qu'il se livrait volontiers, comme de nombreux autres prélats, aux plaisirs des festins et autres fêtes galantes.

C'était compter sans la fierté de Magdalena. Si elle n'ignorait rien des joyeusetés de la chair, elle aspirait à ce que son amant sût qu'elle ne manquait pas de caractère. Magdalena, qui avait rencontré Vicente dans le palais de Rodrigue en maintes circonstances, ferait en sorte qu'il apprenne, s'il l'ignorait, qu'elle était désormais attachée à Giuliano della Rovere. Cette visite la réjouissait : depuis longtemps, elle souhaitait s'entretenir secrètement avec lui. Si elle ne lui parlait pas, peut-être le regretterait-elle toute sa vie…

Giuliano, incapable de chasser Magdalena, qui inventait chaque jour pour lui de nouvelles douceurs amoureuses, obtint seulement qu'elle fût discrète dans ses propos en présence de Vicente. Elle promit, ce qui ne l'engageait à rien.

~

Vicente, qui retardait sans bonnes raisons son embarquement pour l'Espagne, éprouva du désappointement quand un émissaire de Giuliano della Rovere lui demanda de patienter encore quelques jours et lui remit une lettre : Giuliano ne cachait pas les raisons de ce nouveau délai. Redoutant, comme d'autres, le poignard ou le poison qu'Alexandre utilisait volontiers contre qui lui déplaisait, le cardinal Cibo, fils du défunt pape Innocent VIII, avait fait savoir à Giuliano qu'il quittait Rome pour se réfugier à Florence chez Pierre de Médicis ; celui-ci ne parvenait pas à calmer les ardeurs menaçantes de Savonarole. Cibo l'avait aussi informé de sa volonté de vendre quelques domaines situés dans les États pontificaux. Il estimait leur valeur à quarante mille ducats. Giuliano avait sans tarder conseillé à Ferrante, son protecteur, de se porter acquéreur. L'achat de ces terres, à l'intérieur des États du pape, rendrait plus aisée une indispensable et proche marche sur Rome. Ferrante avait ouvert ses coffres. Giuliano tenait sa vengeance contre Alexandre.

Réjoui d'avoir réussi dans cette entreprise, il ne put s'empêcher, entre deux cajoleries, d'en informer Magdalena, qui avait feint de ne porter aucun intérêt à cette affaire. Maintenant que Vicente arrivait à Ostie, elle lui parlerait. La perfidie féminine, contrairement à ce qu'on pense souvent, peut se révéler très efficace.

~

Vicente ne pouvait le cacher, il était préoccupé. Une fois encore, il avait appris que le cardinal Giuliano della Rovere remettait leur rencontre à plus tard. Sans précision de lieu ni de date. Romaines et Romains se plaisaient dans les intrigues et les bruits dont on ignorait l'origine, entremêlant souvent vérité et délices de l'imagination ; on sut bien vite, parce que le château d'Ostie était vide d'occupants, que Giuliano della Rovere, criant et geignant, avait embarqué sur une galère pontificale à destination de Marseille, puis d'Avignon, fief pontifical où il exerçait sa charge de légat. De crainte d'être emprisonné, torturé et victime d'un meurtre.

Quant à la rumeur, personne n'aurait su dire qui l'avait lancée, encore que de sérieux soupçons eussent pesé sur le jeune cardinal César. Elle prétendait que sitôt installé dans Avignon, où sept papes avaient régné avant que le Grand Schisme mît un terme à leur exil de Rome, Giuliano avait pris le chemin du Louvre. À Paris, le roi Charles VIII l'aurait accueilli plus qu'aimablement.

Alexandre, le visage de plus en plus soucieux, affirmait à ses proches, surtout à Giulia Farnèse, qui s'empressait de rapporter les propos, que le traître Giuliano della Rovere aurait convaincu le monarque qu'il disposait de droits sur le royaume de Naples : les derniers princes de la maison d'Anjou ne les avaient-ils pas légués à sa famille ? Après une victoire en Italie, il pourrait imposer une croisade contre les Infidèles, que nul depuis près de deux siècles n'avait réussi à mener. La chute de Constantinople n'avait fait qu'aggraver les désaccords dans la chrétienté.

~

Vicente, toujours décidé à rentrer en Espagne, mais abandonné par Giuliano, ce qui, pensait-il, avait peut-être sauvé son âme, avait une conviction : ce n'était pas Naples que le fougueux Rovere convoitait ; Vicente le soupçonnait d'avoir d'autres idées en tête. Il crut pouvoir s'en ouvrir à son ami le cardinal Riario.

— Giuliano est résolu à mener le roi de France jusqu'à Rome. De ce souverain très chrétien, il obtiendra ensuite la convocation d'un concile qui déposera Alexandre VI, ce Borgia qu'il hait plus que tous les autres.

Face à Riario silencieux, Vicente ajouta :

— Je n'ai aucun doute : vous et d'autres cardinaux intègres du Sacré Collège, tel l'Espagnol Caraffa, vous unirez pour la destitution d'Alexandre, poussés autant par l'élévation de votre foi que par votre volonté de voir enfin une lumière d'honnêteté dans les galeries du Vatican.

Le visage austère, contrairement à ses habitudes, Riario répondit sèchement :

— Ce qui m'attriste spécialement, Vicente, c'est que tu ajoutes foi à des affirmations n'ayant aucunement l'apparence de la vérité. Plus que d'autres, méfie-toi de la calomnie !

De retour chez lui, Vicente, d'abord surpris, puis angoissé, craignait de demeurer prisonnier de son destin.

~

Il n'eut pas longtemps à attendre avant de connaître d'autres alarmes. Alexandre VI le pria de venir sans plus tarder au Vatican. Vicente éprouva d'autant plus d'appréhension à être ainsi convoqué autoritairement par ce pontife pour lequel il ne nourrissait guère d'affection que, si le Borgia avait appris qu'il s'était rapproché de Giuliano della Rovere, le pire devenait possible. Refuser l'invitation eût été d'une injurieuse démence ; les lugubres tourelles du château Sant'Angelo lui apparaissaient en songe.

À l'aube d'une douce matinée automnale, il prit sans se hâter le chemin du Vatican. Peut-être traversait-il la ville pour la dernière fois. Avant de revoir les terres espagnoles desséchées, il songea à ce que lui avait dit Alonso, un jour de belle humeur.

— Quand on quitte Rome, on éprouve toujours l'envie d'y revenir. Il y a ici un mélange d'épouvante, de cruauté et de douceur comme nulle part ailleurs. La lumière du soleil y est brûlante ou douce, on y vit actif ou nonchalant... Cette ville où l'Église s'est établie pour l'éternité demeurera à l'image des hommes : le bien remplace le mal, le mal succède au bien ; rien ne changera jamais.

Vicente n'avait pas, sur le moment, prêté attention aux propos du cardinal ; il avait un peu plus tard vérifié leur justesse. Il ne croyait pas qu'en un autre lieu on mêlât ainsi le profane et le sacré, la misère et la richesse, le vice et la vertu, le châtiment et la louange.

Rien, désormais, ne le retiendrait en Italie. Il ne poserait plus jamais un pied à Rome, il s'en faisait le serment. À moins que, enragé d'apprendre ses liens avec Giuliano, Alexandre ne le jetât en prison. Jusqu'à sa mort. Peut-être même serait-il pendu, comme tant d'autres gredins ou innocents, au gibet toujours dressé devant Saint-Pierre. De la basilique les condamnés entraient sans détour dans les feux de l'enfer. Avec un peu de chance, au passage de leur âme dans le sanctuaire, quelques généreux religieux leur donneraient l'absolution, pour leur ouvrir les portes du purgatoire. On y souffrait moins que chez Satan.

À la grande surprise de Vicente, Alexandre le reçut dans de luxueux appartements privés, récemment achevés. À l'extérieur s'activaient autant de tailleurs de pierre que d'artistes décorateurs. Vicente, précédé par un garde, eut grand-peine à se glisser jusqu'au logis du pape entre les maçons, charpentiers, verriers, mosaïstes, peintres et sculpteurs. Dans la galerie reliant Saint-Pierre au palais, le pontife avait fait dresser deux statues de bronze, hautes de plusieurs pieds, de saint Pierre et de saint Paul, selon l'idée que s'en était fait le sculpteur. Sur les murs, Filarete, que Vicente avait aperçu sur un échafaud, avait peint d'assez singulières images : des fables d'Ésope et une large fresque aux couleurs très vives contant l'histoire du cygne et de Léda. À ses visiteurs Alexandre voulait ainsi montrer sa puissance et son attrait pour les arts. Encore qu'il eût refusé aux artistes d'œuvrer selon leur inspiration. Michelangelo Buonarroti, après un court séjour à Rome, avait préféré retourner à Florence, malgré les menaces de Savonarole visant les hommes qui négligeaient le mariage, accordaient à d'autres hommes leurs caresses amoureuses.

Cette vaniteuse somptuosité irritait Vicente. Alexandre dictait sa loi ; qui pouvait s'y opposer ? Trois tapisseries représentant l'antique bataille de Trasimène étaient disposées dans sa chapelle personnelle, à l'arrière de l'autel chargé de pièces d'orfèvrerie, elles-mêmes serties de pierres précieuses.

Vicente baisa l'anneau pontifical et, à l'invitation d'Alexandre, particulièrement souriant, s'assit, les mains tremblantes, en face de lui, sur un banc de bois recouvert d'une grande pièce de brocart.

Selon l'usage, Alexandre parla le premier.

— Le cardinal Riario, un de mes plus fidèles serviteurs, m'a rapporté que tu voulais te rendre au royaume de France, afin d'y rencontrer Charles VIII… Tu aurais bien du mérite, car on le dit d'une laideur saisissante, peu intelligent et guère attentif aux gens qui lui parlent. S'il en était allé différemment, je lui aurais volontiers donné Lucrèce ; je la préfère mariée à un Sforza. Quel courage a eu la belle Anne de Bretagne de l'avoir épousé ! L'empereur Maximilien d'Allemagne eût été un meilleur parti.

— Tout cela est faux ! hurla Vicente, manquant ainsi de respect à la dignité pontificale. Faux !… Je croyais Riario un ami ; à la félonie, il ajoute le mensonge…

Alexandre sourit et, sans émotion, lui répondit :

— Tu veux donc que les Français pénètrent dans Rome et m'arrachent de mon trône pour y placer Giuliano… C'est cela, n'est-ce pas ? Soit. À me trahir ainsi, tu saccages ce qui te reste de jours à vivre. Prends garde !

Vicente blêmit. Il se sentit perdu, tentant de contenir sa rage contre Riario qui l'avait cruellement trompé. Il se contint. La félonie n'avait jamais tenu une place aussi importante dans la vie romaine : Vicente en souffrait ; il ne s'y habituerait jamais.

Alexandre croisa ses mains baguées sur ses genoux et, toujours aimable malgré ce qu'il venait de lâcher, parla avec autant de douceur que d'autorité.

— Remets-toi. Je pourrais ordonner qu'on te pende pour avoir comploté contre le Saint-Siège. Tu voulais, selon Riario, te rendre à Amboise où est installée la cour de France… C'est en Espagne, à Grenade, où Isabelle et Ferdinand sont installés depuis qu'ils ont pris la ville, que je vais t'envoyer. Tu as du goût pour les voyages, tu vas voyager !

Vicente sursauta : une mission en Espagne ! Il en ignorait l'objet, peu lui importait ; il n'aurait plus à courir après les ducats pour payer son embarquement.

Alexandre, satisfait du visage étonné et soudainement réjoui du théologien, poursuivit :

— L'Espagne est notre terre. Comme nous tous, tu n'as pu être qu'exalté par la chute de Grenade ; elle a précédé de peu mon élection. Nous avons arraché la dernière province d'Ibérie tenue par l'islam. Dans nos pays, il n'y aura plus de place pour ceux qui refusent la religion du Christ. Quant à la volonté de Luther de réformer l'Église, elle n'aboutira jamais.

— Et les juifs ? osa faiblement Vicente.

Alexandre s'agita, il n'aimait pas qu'on lui parlât des juifs ; il en avait pourtant accueilli à Rome. Un instant, il chercha une réponse pertinente.

— Ils n'ont pas tous quitté l'Espagne. Avec plus ou moins de loyauté, ils se sont convertis. Certains occupent même des charges importantes dans l'entourage royal. C'est pour cela que j'ai besoin de toi… Connais-tu Cristóbal Colón ?

Vicente comprit alors pourquoi Riario, énigmatique, avait cité le nom de ce juif converti. Il devait écouter plus attentivement les paroles d'Alexandre.

— Cristóbal Colón, expliqua le pape, certains le prennent pour un aventurier… N'est-il pas revenu d'un monde dont nous ignorions l'existence, ses caravelles chargées de trésors ? Sur ces terres nouvelles, il y a plus d'or que de froment…

Vicente n'avait plus besoin d'explications. Il avait compris que le pontife voulait sa part de richesses. Irait-il jusqu'à se brouiller avec Isabelle et Ferdinand pour parvenir à ses fins ?

Alexandre sortit d'une poche un feuillet déjà scellé.

Avant d'en livrer le contenu à Vicente, il lui précisa ce qu'il attendait de lui.

— Ceci est une bulle, une bulle très importante. C'est toi – je ne veux pas que l'Église soit mêlée à cette affaire – qui auras la charge de la remettre à ceux auxquels elle est destinée : les souverains espagnols…

Il prit un temps avant d'ajouter :

— Le roi du Portugal aussi… Les uns et les autres ne s'aiment guère, mais n'ignorent pas qu'ils doivent se résigner à m'honorer. Ils seront heureux d'accueillir un ambassadeur aussi candide que toi.

Vicente eut l'impression que le pape avait oublié sa présence. Psalmodiait-il une prière ? Il se parlait à lui-même.

— J'ai besoin de l'Espagne pour éviter que Charles VIII ne pénètre en Italie… Les Espagnols ont enragé de me voir accueillir des juifs qu'ils avaient chassés… Si j'exige une part de l'or que leur a rapporté Cristóbal Colón, cela ne facilitera pas mes affaires… L'idée de passer par les Portugais me paraît astucieuse. Ce que j'imposerai, Espagnols et Portugais devront s'y plier…

Relevant la tête, Alexandre sembla découvrir Vicente.

— Afin de t'épargner la tentation d'arracher le sceau pour découvrir le texte, je vais te le livrer. Tu auras cet avantage sur les autres chrétiens : connaître le premier une décision qui influera sur l'avenir de l'humanité… Pendant des siècles, ajouta-t-il, de la fierté dans la voix.

Il tendit le rouleau à Vicente ; il en connaissait chaque phrase, chaque mot tant il avait réfléchi avant de les rédiger. Sur un ton solennel, il répéta à Vicente ce qu'il avait écrit. Cela commençait par « *Inter cætera* » ; Alexandre décrétait que dans ces terres inconnues où Cristóbal Colón avait abordé vivaient, nus, des chasseurs, mangeurs d'hommes, qui ne croyaient pas en notre Dieu et ne demandaient qu'à être instruits de Jésus-Christ. Dans ces îles nouvelles et au-delà, l'or abondait ; mais aussi des épices, des pierres précieuses... Aussi décidait-il que toutes les terres à l'occident à plus de cent lieues des côtes chrétiennes seraient désormais propriété des Espagnols ; les Portugais disposaient déjà de l'Afrique et des îles dites du Cap-Vert et des Açores, repaires des barbares de la mer, où ils pouvaient abandonner leurs condamnés. Chacun, dans son royaume, devrait respecter ces dispositions.

— Voilà, conclut Alexandre, le message que je te confie. Pour Isabelle et Ferdinand, c'est un cadeau ; ils ne manqueront pas d'en saisir l'importance... Et l'intérêt. Cela calmera leur colère de m'avoir vu recueillir les juifs exilés. Ils devraient se ranger à mes côtés pour éviter que Charles VIII ne franchisse les Alpes. Nul ne doit l'oublier, pas plus toi que les autres : la chance est toujours favorable aux Borgia.

Vicente, effrayé de devoir accomplir une ambassade dont les Espagnols, plus que les Portugais, tireraient avantage, était en proie à une grande agitation. Pour quelle raison le pape le désignait-il pour cette mission ? Immobile sur son banc, c'est au prix d'un terrible effort sur lui-même qu'il se retint d'interroger le pape.

Conscient du trouble de son interlocuteur – la bulle dont il était porteur n'engagerait-elle pas l'avenir de l'univers connu ? –, le pontife tint à le rassurer.

— Ne crois jamais au hasard, Vicente. Je n'ai pas à me justifier de mes actes, sache néanmoins que tes liens avec Giuliano della Rovere, le cardinal rebelle, devraient m'inciter à te condamner... te bannir... t'emprisonner... te tuer peut-être... Je n'en ferai rien.

Au contraire. À la disgrâce, que ton comportement impose, je préfère les honneurs. Comme tous ceux qui, par légitimité ou naissance imprévue, ont du sang des Borgia, tu seras contraint sans déplaisir de me servir. C'est un jeu subtil, il ne m'ébranle pas ; je suis certain de réussir. Sois fier d'être catalan, sois surtout fier d'être un Borgia ! Mon oncle Alonso n'a pas négligé d'utiliser un érudit de ta qualité. Ne l'oublie jamais ! Tu lui dois tout.

Vicente avait la tête lourde, comme lestée des boules de plomb qu'on liait aux cadavres emportés pour l'éternité dans les eaux troubles du Tibre.

Un serviteur apporta – ce devait être prévu, Alexandre n'avait rien demandé – un plateau de fruits frais : oranges, figues, raisins sombres, et deux coupes en or emplies de vin clair. Le pape, soudain, se fit grave.

— J'ai souhaité te retenir un moment… J'ai été longtemps perplexe, ne sachant ce que je pouvais te confier de ce que j'avais appris de la bouche d'Alonso avant qu'il ne soit élu au siège sacré que j'occupe à mon tour. Il fallait des circonstances exceptionnelles pour que je me décide à parler. L'édit sur le partage des nouvelles terres et ton ambassade en Espagne m'incitent à ne pas te dissimuler plus longtemps une incroyable vérité. Prends cette figue, savoure son sucre, cela t'aidera à supporter ce que tu dois entendre.

La matinée était claire, pas un nuage au-dessus de Rome. Par la fenêtre, on apercevait les collines couvertes de vastes forêts d'ifs. Vicente ne les voyait pas… Presque chaque jour, on découvrait de nouvelles et somptueuses demeures : l'été, les riches familles romaines s'y installaient, afin d'échapper à la chaleur brûlante de la ville. Vicente prit la figue ; et si elle était empoisonnée ?… Acide ou douce, il n'aurait su le dire… Il attendait, incapable d'en définir le goût, ce que le pape avait encore à lui dire.

Alexandre jouissait, prenant son temps pour calmer l'angoisse visible de Vicente. Enfin, après avoir bu le vin et croqué une douzaine d'olives, il parla.

— Te souviens-tu, Vicente, de tes premières années, au couvent de La Bellina, à Saragosse ?

Vicente leva les yeux vers les poutres du plafond couvertes de feuilles d'or.

— Comment les oublierais-je ? J'y ai vécu sans famille, avec la seule volonté d'accroître mon savoir.

— C'était bien… très bien, reprit Alexandre. Te souviens-tu du billet t'invitant à quitter Saragosse pour Xàtiva ? Le fief des Borgia était connu, cela n'a-t-il pas suscité ta curiosité ? Une bizarrerie imprévue ; elle aurait dû t'étonner.

Vicente, qui s'efforçait d'écouter sans répliquer, s'interrogeait : où Alexandre voulait-il en venir ?

— Mon oncle Alonso ne fut pas le pire des Borgia. Désigné pape, s'il a toujours gardé le goût des fêtes, il n'a jamais cédé à la corruption. Puissent mes enfants le prendre pour modèle !

Vicente, malgré son esprit perturbé, remarqua qu'Alexandre évitait de parler de lui. Les désordres de sa vie quand il n'était encore que le cardinal Rodrigue Borgia, Vicente avait eu maintes fois l'occasion de les observer : il n'hésitait pas à porter préjudice à des adversaires réels ou imaginaires, il suffisait que leurs mines lui déplaisent ; il donnait ordre de les éliminer par le poison ou le poignard, leur offrait les profondeurs du Tibre en guise de considération. Pourquoi, la tiare sur la tête, changerait-il ses cruelles habitudes ?

Vicente attendait, sans trahir aucun des sentiments qui l'assaillaient, qu'Alexandre levât enfin tout ou partie du secret qui avait toujours pesé sur sa naissance.

— La Bellina, à Saragosse, c'est le début d'une longue histoire ; je la tiens d'Alonso… commença lentement le pape, hésitant, se passant à plusieurs reprises sur le visage un parfum lourd.

Il n'eut pas le loisir de poursuivre, on frappa à la porte. Le cardinal Carafa, essoufflé, rouge d'avoir couru tout le long des galeries, pénétra dans la chambre. Sans un regard pour Vicente, le prélat se jeta aux pieds du pape, comblé d'être malgré lui réduit au silence.

— Le roi de France est dans Asti !… À la tête d'une armée puissante et nombreuse… Avec dans sa suite Giuliano della Rovere… Ludovic de Milan… et Hercule d'Este, duc de Ferrare…

Alexandre garda un visage de marbre. Il se tourna vers Vicente.

— Tu le constates, l'affaire est sérieuse ; je dois y consacrer tout mon temps. Délivre la bulle en Espagne, ne changeons rien à nos décisions. Nos affaires familiales, nous en parlerons plus tard. À ton retour… Va, efforce-toi de gagner notre pays sans dommage.

— Que puis-je faire d'autre sans craindre vos reproches ? demanda simplement Vicente, en s'inclinant devant le pape.

Il baisa l'anneau et quitta la chambre.

~

Pour Vicente, pas question de refuser la délicate ambassade. Son angoisse estompée, il se résoudrait à préparer son voyage, à assurer sa protection. Avec une certitude qu'il avait tue à tous, y compris au pape : il ne reviendrait jamais à Rome.

Qui l'aurait rencontré dans les rues aurait remarqué la pâleur de son visage. Sur son passé, sur ses premiers pas dans le monde, Alexandre semblait seul tenir le secret, Vicente n'avait pourtant qu'un désir : vivre en Espagne avec Orovida à ses côtés.

En ouvrant la porte de son logis, Vicente songeait combien il était souvent douloureux d'ajouter les jours aux jours. Avant de s'endormir, l'esprit occupé par ses souvenirs, il considéra que le destin, parfois, frappait fort. Trop fort.

26

Tout cela était si loin… Rome… La bulle portée aux Espagnols satisfaits, aux Portugais mécontents… Afin de ne pas déplaire au pape, ils avaient dissimulé leurs sentiments, accueilli fort aimablement Vicente, et s'étaient engagés à respecter ce qui leur était imposé. Curieusement, Vicente avait eu l'impression que les uns et les autres n'avaient que faire des décisions pontificales. Leur confiance, ils la mettaient surtout dans le tempérament courageux de leurs capitaines.

~

Charles VIII avait occupé Rome ; heureux de son succès, il festoyait, réjoui d'avoir capturé Giulia Farnèse et Adriana Orsini, alors qu'elles se rendaient à Viterbe, dans l'espoir d'y trouver refuge.

Prisonnières dans la forteresse de Montefiascone, sous la garde d'hommes d'armes français, elles n'avaient été libérées, selon ce qui se disait à Valence, que contre une rançon de quarante mille ducats d'or payés par Alexandre VI ; lui-même avait quitté le palais pontifical pour se mettre à l'abri dans le château-prison Sant'Angelo, avec l'espoir de tenir tête à l'armée royale commandée par l'illustre chevalier Bayard.

Si Alexandre comptait sur le peuple pour résister à l'invasion, il s'était trompé. Charles avait effectué son entrée dans Rome en grand cérémonial, sous les vivats d'une importante foule, hurlant de joie à l'idée d'être libérée du joug d'Alexandre. On prétendait même que le roi de France, installé au palais pontifical, avait refusé, sur le conseil de Giuliano della Rovere, de rencontrer le pape. Quoique hautain et fier, Charles n'avait pas déposé le pontife : non parce qu'il représentait Dieu dans le monde chrétien, mais parce que, fort d'une armée de plus de quarante mille hommes, le Français s'intéressait à Naples plus qu'à Rome. Pour être sacré roi de Naples, il aurait besoin d'Alexandre Borgia, il le contraindrait à le couronner. La décision n'avait guère plu à Giuliano della Rovere : comme il avait soutenu Charles VIII, sans hésiter, il apporterait son aide à Alexandre dont il solliciterait le pardon.

~

Toute cette effervescence italienne, Vicente, enfin en Catalogne, voulait l'ignorer. Dans ce qui avait été le quartier juif de Valence, il coulait des jours heureux avec Orovida, regrettant seulement qu'elle refusât de l'épouser.

— Comprends mes réticences, lui avait-elle dit, un soir, après l'amour. Tu peux être assuré de ma fidélité. Si, après avoir longtemps hésité, je t'ai écrit à Rome, c'est parce que j'avais besoin de toi. Après tous les orages de ma jeunesse, je pensais à toi comme à un rayon de soleil. Quand je t'ai vu arriver, je ne pouvais y croire. Une chance inespérée !

— Tu as raison, avait répondu Vicente, en soulevant légèrement ses sourcils grisonnants. Une juive peut aimer loyalement un chrétien, mais jamais elle ne consentira à l'épouser. Les souverains, plus que l'Église, interdisent dans ce royaume toute union entre chrétiens et juifs.

Orovida l'interrompit, en caressant sa chevelure, et lui dit tendrement :

— Tu sais très bien, Vicente, que je n'ai jamais pris ces interdictions au sérieux. Pour vivre avec toi je ne me suis pas, comme d'autres, convertie à la religion chrétienne. Qu'on jase sur nos liens m'importe peu. Il y a, à l'impossibilité de notre mariage, une autre raison : je ne peux pas croire que tu l'ignores.

Vicente jaillit hors du lit, courut jusqu'à un miroir et observa son visage. Avait-il donc tant vieilli depuis leur première rencontre à Sienne, lors des cérémonies de béatification de Catherine la Toscane ? Orovida, malgré les années, avait gardé son éclatante beauté. Qu'elle ne lui donne pas les véritables raisons de son refus l'exaspérait, mais pour préserver leur bonheur il se tut.

~

Les nuits suivantes avaient été sereines, mais ce matin, prisonnier d'une désolante solitude d'esprit, il voulait savoir. Après les propos mystérieux et inachevés d'Alexandre, alors qu'il se disposait à quitter Rome pour accomplir sa mission, c'était au tour d'Orovida de ne pas se défaire d'un secret certainement assez lourd pour être la cause de son refus de l'épouser et de lui donner peut-être des héritiers. Cela ne pouvait plus durer.

Vicente s'était levé dès l'aube, afin de travailler aux prêches commandés par l'évêque Torquemada, qui le payait plus que largement : Vicente savait trouver les mots pour accabler une Église trop souvent méprisable.

Orovida était encore couchée. Il s'approcha, s'assit au bord du lit, prit la main de sa compagne et gentiment lui murmura :

— Je t'aime, Orovida ; j'aurais éprouvé une grande joie à ce que nous donnions le jour à un enfant légitime. Peu m'importait qu'il fût fille ou garçon. Puisque c'est impossible, j'entends me séparer de toi…

À la vue d'Orovida, tremblante, secouée par les sanglots, il la prit doucement entre ses bras. D'un geste brusque, elle le repoussa. Devait-elle se résoudre à le quitter ?

~

Bouleversé, regrettant d'avoir été peut-être trop brutal, mais ne comprenant pas la volonté farouche d'Orovida de refuser le mariage, Vicente errait, aux premières heures du jour, dans les ruelles encore calmes de Valence. Il aspirait à sortir de la ville, à marcher, marcher encore jusqu'au faîte de la sierra proche où il éprouverait enfin le sentiment de pénétrer dans un autre monde.

À Rome, Vicente avait lu les poèmes du Toscan Francesco Pétrarque ; exilé à Florence, celui-ci avait ensuite séjourné de longues années en Provence, dans le Comtat Venaissin pontifical. Il racontait comment il avait atteint le sommet du mont Ventoux, une montagne emplie d'animaux sauvages. Au terme de sa randonnée, il avait sorti de sa poche les *Confessions* de saint Augustin, les avait lues sous un ciel sans tache : jamais il ne s'était senti aussi proche de Dieu.

Ce que Pétrarque avait fait, Vicente voulait le réussir à son tour. Au pied d'une paroi rocheuse de la couleur du sang, il s'arrêta. Alentour, rien. Pas un arbre, pas un buisson, pas une herbe entre les pierres du sol.

La nature nue, où seule l'éclatante lumière du soleil grimpant vers un horizon inconnu triomphait du néant. Soudain, dans ce silence absolu, Vicente perçut comme un appel. Ce ne pouvait être que la voix de Dieu. Avare de mots, Il lui enjoignait d'abandonner toute forme de passion charnelle et de retourner sans tarder à Rome, même s'il ne le souhaitait pas. L'Église avait besoin de lui pour épargner aux Borgia, à tous les Borgia, la gueule de l'enfer ; elle ne tarderait pas à les avaler. Pour l'éternité. Effrayé, Vicente étouffa un cri de panique : lui, le théologien, était-il capable de relever le défi ?

~

Sous le soleil devenu brûlant, après plusieurs heures de marche sans avoir avalé la moindre goutte d'eau, il regagna le quartier juif de Valence, l'esprit empli de folles chimères.

Devant la porte, plus resplendissante que jamais, tel un clin d'œil du démon, Orovida l'accueillit, souriante.

— Tu as des années de plus que moi, mais tu es trop indulgent. Moi aussi, tu ne le vois peut-être pas, mais j'ai vieilli. Je comprends tes interrogations… Ce n'est pas l'âge qui nous sépare… autre chose… plus grave.

Vicente demeura silencieux, avec le sentiment d'être victime d'un complot.

Le futur s'annonçait incertain, la présence d'Orovida ne pourrait que compromettre son avenir. S'il se résolvait, malgré ses vœux, à rentrer en Italie, aucune femme ne pourrait l'aider : la religion était affaire d'hommes. C'était fâcheux, il le regrettait, néanmoins il l'admettait : la solitude convenait à la foi. Éloigner les femmes de l'entourage du pape serait nécessaire pour que l'Église redevînt ce qu'elle n'aurait jamais dû cesser d'être ; c'était pour lui une évidence. Vicente parviendrait-il à s'accoutumer à l'absence d'Orovida ? Il ne l'aurait pas juré.

Orovida tentait de rompre un silence chaque jour plus pesant. Décidée à parler, elle parlerait, convaincue que Vicente ne verrait dans ces nécessaires aveux qu'une preuve d'amour et de fidélité. Elle saisit les mains de Vicente, les serra fort, en le regardant fixement.

— À Rome, lui dit-elle, avec une fermeté retrouvée, la situation s'aggrave de jour en jour. Alexandre a fait emprisonner le cardinal Ascanio Sforza, qui l'avait pourtant aidé à donner sa fille à un Milanais. Les Orsini s'éloignent aussi du Vatican. Dans sa rage, le Borgia a fait pendre cinquante juifs faussement accusés de vol. Partout dans la ville, on appellerait les Français à l'aide et les façades des maisons seraient couvertes de bannières brodées de fleurs de lys. Alexandre ne sème plus la terreur, il n'inspire que le mépris.

Vicente soupira.

— Seul, que puis-je faire ?

Orovida ne pouvait plus attendre pour lâcher ce qu'elle avait appris.

— Je ne te l'ai jamais dissimulé : c'est sur ordre de Rodrigue, dont j'étais alors la maîtresse, que j'ai quitté Florence et que je t'ai rejoint à Sienne. Je pressentais que Rodrigue rêvait de la papauté, sans comprendre pour quelle raison il te faisait espionner plus que d'autres. Dans son palais, par la bouche de quelques-uns de ses gens, j'entendais des murmures auxquels je ne voulais pas croire… Des chuchotements qui m'intriguaient.

Vicente, très agité, s'efforçait de mettre de l'ordre dans ses pensées : sa personne était-elle si précieuse que le cardinal Rodrigue ait déployé tant d'efforts pour le surveiller ?

Orovida devait enfin parler, soulager son esprit du secret confié il y avait tant d'années par Rodrigue Borgia. Pour que Vicente ne doutât pas de sa loyauté, elle devait utiliser un langage clair.

— Souviens-toi... Qui t'a appelé à Rome ? lui demanda-t-elle avec une émotion mal contenue.

— Alonso Borgia, répondit-il sans surprise. Il n'était pas encore le pape Calixte, mais quand il tenait l'évêché de Valence il avait appris que je n'étais pas trop mauvais théologien. Je n'ai pas dû lui paraître trop prétentieux ni trop méprisant.

Vicente se garda de faire allusion à ses rencontres avec le cardinal dans l'auberge à catins du port.

Orovida, après une profonde respiration, parla d'un trait, d'autant plus pressée de se libérer qu'elle n'avait joué aucun rôle dans l'intrigue.

— Alonso – je ne fais que répéter ce que m'a confessé Rodrigue – ne s'est jamais privé des plaisirs de la vie. Isabelle de Portugal, avant d'épouser Jean de Castille et de donner le jour à l'actuelle Isabelle d'Espagne, suscitait le désir partout où elle passait. Séjournant à Valence, elle céda, parce que cela pouvait aussi servir les desseins du Portugal, aux galanteries d'Alonso. D'une nuit de plaisir, un enfant naquit. Craignant de regretter toute sa vie un moment d'égarement, Isabelle l'a fait abandonner par une de ses suivantes. Elle parvint, avec discrétion, à ce que ce fils fût convenablement éduqué, faisant payer sur le trésor royal les maîtres du couvent.

~

Vicente passa des jours et des nuits à pleurer. Quel poids sur ses épaules ! Lui, né de parents inconnus, était issu de la furtive liaison d'une future reine avec un futur pape ! Tout s'expliquait : le premier billet lui enjoignant de rejoindre Xàtiva… le second se voulant la preuve de sa filiation avec Alonso… la sollicitude, parfois mêlée d'angoisse, de Rodrigue devenu à son tour souverain pontife, puis sa colère en apprenant que Vicente s'était épris d'une juive… Une colère injuste, qui pouvait compliquer les relations entre l'Église et Isabelle. Comment imaginer qu'une passion entre un chrétien et une hérétique pût être cause d'une guerre avec l'Espagne ? Alexandre Borgia était sûr de sa puissance. Jusqu'au terme de sa vie, il entendait le prouver.

Épilogue

Les côtes d'Espagne s'éloignaient. Sans amertume, au risque d'être brûlé vif, Vicente revenait à Rome. Avec la volonté de sauver l'Église.

Avant d'embarquer, il avait appris qu'à l'issue d'un festin chez leur mère Vanozza Cattanei, de retour à Rome, César avait fait tuer son frère Juan Borgia, duc de Gandia, avec l'assentiment du pape Alexandre. Deux inconnus auraient surgi devant son cheval ; on les aurait aperçus porter le cadavre, puis le jeter dans le Tibre.

Agenouillé à la poupe du navire, dans une bure de lin rouge, Vicente lança au vent du large :

— Que soient à leur tour dévorés les fauves et que, sur terre, la volonté de Dieu enfin s'accomplisse !

Achevé en Comtat Venaissin,
janvier 2011

Généalogie simplifiée des Borgia

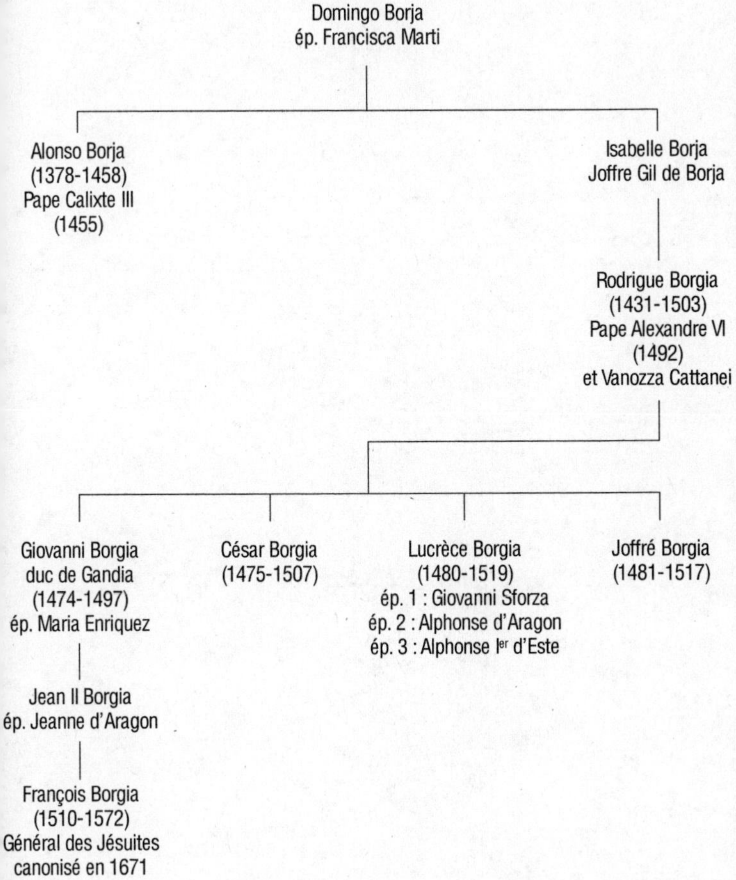

Chronologie historique

Au temps des Borgia

1452 L'empereur germanique Frederik III est couronné à Rome. Il sera le dernier.

1453 Les Ottomans s'emparent de Constantinople.
Premier livre imprimé par Gutenberg.
Ferrante, bâtard d'Alphonse V d'Aragon, devient roi de Naples.

1461 En France, Louis XI succède à Charles VII.
Mort du pape Pie II. Paul II lui succède.

1469 Les royaumes de Castille et d'Aragon sont réunis sous une même couronne.

1481 Torquemada crée l'Inquisition et les tribunaux du Saint-Office.

1483 Première messe dans la chapelle Sixtine, dite par Sixte IV.

1483 Mort de Louis XI. Charles VIII monte sur le trône de France.

1484 Le Portugais Diego Cam pose le pied en Angola.

1486 Maximilien devient empereur d'Allemagne.

1487 Le pape Innocent III publie la bulle *Sunomis desiderantis*, condamnant la sorcellerie.

1492 Le cardinal Rodrigo Borgia est élu pape, sous le nom d'Alexandre VI.
Christophe Colomb pose le pied sur Hispaniola (Haïti).
Expulsion des juifs du royaume d'Espagne.

1494 Alexandre VI impose le traité de Tordesillas : Espagne et Portugal se partagent le monde. Ce qui n'intimide ni les Français, ni les Anglais, ni les Hollandais.

1495 Le roi de France Charles VIII franchit les Alpes et s'empare de Milan.

1497 À Florence, Savonarole veut réformer l'Église romaine.
Léonard de Vinci peint *la Cène*.

1498 En France, mort de Charles VIII. Louis XII lui succède.

1500 Année jubilaire : tous les princes chrétiens se rencontrent à Rome.
Vasco de Gama aborde les Indes.
Les souverains espagnols imposent un tribut en or aux habitants des terres conquises.
Le Portugais Cabrel fonde Rio de Janeiro.
Les derniers Maures quittent l'Espagne : la Reconquête est achevée.

1503 Mort d'Alexandre VI Borgia, après onze ans de pontificat.

1504 Construction de la Cité interdite, à Pékin.
Révolte paysanne dans tout l'empire germanique.
Michel-Ange sculpte son *David*.

1506 Mort de Christophe Colomb.
Jules II, pape, pose la première pierre de la nouvelle basilique Saint-Pierre.

1507 Mort, en Navarre, de César Borgia.
Le cartographe allemand Martin Waldseemüller désigne pour la première fois sous le nom d'« Amérique » les terres découvertes à l'ouest, en hommage au conquérant Americo Vespucci.

1508 Alliance entre la papauté, le royaume de France et l'empire d'Allemagne.

1509 Jules II excommunie tous les Vénitiens.
Tremblement de terre à Constantinople qui provoque plus de 50 000 morts.

1512 Michel-Ange dévoile le plafond de la chapelle Sixtine.
Le pape Jules II autorise l'esclavage en Afrique et aux Amériques ; il rompt avec Louis XII de France.

1513 Machiavel publie *le Prince* (avec César Borgia pour modèle).
Mort du pape Jules II.

1515 Victoire de François Ier à Marignan.
Le pape Léon X lui offre le duché de Parme.
Mort de Lucrèce Borgia.

Composition et mise en pages
Nord Compo à Villeneuve-d'Ascq

Imprimé en France par

MAURY IMPRIMEUR
à Malesherbes (Loiret)
en novembre 2014

POCKET – 12, avenue d'Italie – 75627 Paris Cedex 13

N° d'impression : 193974
Dépôt légal : décembre 2014
S22373/01